SPARTACUS

Adrian Franklin

SPARTACUS

73 v. Chr.

IMPRESSUM

Spartacus
Novel
von Adrian Franklin

© 2023 Adrian Franklin
Alle Rechte vorbehalten.

Autor: Adrian Franklin
Kontaktdaten (Haupstr. 86, 51143 Köln)

Herstellung und Verlag: BoD – Books on Demand, Norderstedt
ISBN: 9-783739-21481-8

Inhaltsverzeichnis

1. Kapitel   Seite 13   »*Thrakien*«

2. Kapitel   Seite 21   »*Gladiatorenschule*«

3. Kapitel   Seite 57   »*Alter Veteran*«

4. Kapitel   Seite 71   »*Annaeus*«

5. Kapitel   Seite 87   »*Sklaven*«

6. Kapitel   Seite 115   »*Capua*«

7. Kapitel   Seite 121   »*Legionen*«

8. Kapitel   Seite 129   »*Kilikier*«

9. Kapitel   Seite 153   »*Dives*«

10. Kapitel   Seite 179   »*Kriegsmaschinerie*«

11. Kapitel   Seite 195   »*Marcus L. Crassus*«

12. Kapitel   Seite 217   »*Mons-Garganus*«

13. Kapitel   Seite 231   »*Zwölf Legions*«

14. Kapitel   Seite 249   »*Verhandlungen*«

15. Kapitel   Seite 263   »*Ende*«

Prolog

„…und es ist ihnen besser, sich in dieser Art von Dienstbarkeit zu befinden…

Denn der ist von Natur aus ein Sklave, der eines anderen sein kann – weshalb er auch eines anderen ist…

und der an der Vernunft nur insoweit teilhat, als dass er sie in anderen vernimmt, ohne sie selbst zu besitzen…"

Aristoteles 384 v. Chr.; † 322 v. Chr. Politics, 1254b16–21.

Jahr 73 vor Christus

Nichts deutet auf einen Aufstand, als es einer kleinen Gruppe von Gladiatoren gelingt, der Schule in Capua zu entkommen. Schnell entwickelt sich ein Flächenbrand der das ganze Land erfasst.

Unter der Führung des Thrakers Spartacus schlugen sie die römischen Legionen, überall in der Welt siegreich, ein ums andere Mal. Fast drei Jahre beherrschen die Aufständischen die italische Halbinsel und das Zentrum der damaligen Weltmacht, Rom.

1. Kapitel
Thrakien

Die dritte Stunde nach Sonnenuntergang. Warmer Nebel, vom Mond beschienen, liegt auf dem Tal, das Schlachtfeld bedeckend.

Am frühen Abend waren beide Heere in einer hochgelegenen, baumlosen Ebene aufeinandergetroffen, zehntausend Thraker gegen dreißigtausend Römer. Der Kampf dauerte nur wenige Stunden. Das thrakische Heer kämpfte mit wechselnden Fronten, sich immer wieder zurückziehend, um nicht eingeschlossen zu werden. Schließlich brach ihr Widerstand zusammen. Einem geringen Teil gelang die Flucht, etwa Tausend wurden gefangen, der Rest liegt tot oder sterbend im Tal.

Auf einem Hügel steht eine Gruppe von Reitern, unter ihnen der Tribun Marcus Glabrus. Man hatte ihn zur Südgrenze Makedoniens gesandt, um dann in Thrakien einzufallen, so wie vor zwei Jahren, als er über den thrakischen Stamm der Maider siegte. Das Gebiet der Maider wurde eingegliedert, in die römische Provinz Makedonien. Doch die Thraker begehrten auf, wollten sich nicht abfinden mit der Unterwerfung ihres Gebietes. So wurde Glabrus erneut beordert für ›Ordnung‹ zu sorgen. Fürs Erste ist ihm dies gelungen, vorläufig wird es hier keine weiteren Unruhen mehr geben. Er gibt seinem Pferd einen leichten Stoß mit den Fersen, widerwillig setzt sich das Tier in Bewegung. Die Gruppe reitet auf eines der Lager zu, die von den Römern in der Nähe des Schlachtfeldes aufgeschlagen wurden.

Glabrus ist verwundet und seine Befehlshaber drängen ihn, sich versorgen zu lassen, aber er will nicht, denn er weiß, wonach die Legionäre lechzen. Dann hört er es, das Geschrei von Frauen und Kindern.

So ist es immer nach der Schlacht. Dort, wo er in der Nähe ist, halten sie sich zurück, also bleibt er in Bewegung, lässt das Pferd im Trab durch die Menge reiten. Ein paar Stunden noch, so hofft er, dann werden sie genug getrunken haben, müde sein und die Zelte aufsuchen.

Es gibt zwar ein Gesetz, das vorschreibt die Überlebenden möglichst schonend zu behandeln, denn sie werden in die Sklaverei verkauft und Rom braucht das Geld, aber er weiß, dass er es sich trotzdem kaum erlauben kann Strafen zu verhängen. Gefolgschaft, Kampfmoral des Heeres, wären vergiftet und schwer zurück zu gewinnen.

Auch unter seinen Centurionen gibt es viele Befürworter dieser Übergriffe und die Legionäre verstehen es als Teil der Abmachung, für die Bereitschaft das Leben zu riskieren, bei den Besiegten auf Raub auszugehen. Alles zu rauben, zu gebrauchen, zu benutzen, was das Leben, das Dasein, wieder lebendig macht, Frauen inbegriffen.

Jemand ruft nach ihm, eine Stimme, die ihm vertraut ist: »Tribun«, er blickt suchend um sich und erkennt die silhouettenhafte Gestalt eines Reiters, der auf ihn zukommt.

»Ja, ich bin es«, antwortet er laut. Als sich beide schon sehr nahe sind, erkennt er einen seiner Centurionen.

»Tribun.«

»Centurio.«

»Im Lager, ein Stück die Straße hinunter, fangen sie an die Gefangenen zu foltern. Du solltest besser mitkommen.«

Schon beim Heranreiten können sie den Lärm hören. Wellen aus jauchzendem Geheul laufen durch das Lager. Sich labend am Gefühl des Sieges, folgen sie der Gier, den Barbaren einzuschärfen, mit wem sie es zu tun haben, sie zu strafen, sich gegen Rom erhoben zu haben. Ein Laut, ein Schrei, sticht aus dem Getöse heraus, nicht sofort als menschlich zu erkennen. Doch dann, in schrillen, hohen Oktaven, zweifellos einer der Gefangenen. Glabrus blickt starr in die Mitte des Kreises, noch ein paar Schritte, dann sieht er, was er bereits angenommen hat. Ein geschwollener Rücken, aufgequollen wie ein gequetschter Pfirsich, die Haut zerfetzt.

Der Mann wird ohnmächtig. Wasser wird über den bluttriefenden Körper gegossen. Die Menge kreischt und feuert die Peiniger an weiterzumachen. Diese haben auch nicht vor, das Schauspiel zu beenden, nur eben noch die Strähnen der Peitschen voneinander lösen, da sie etwas verklebt sind, und schon fliegen die knotigen Riemen wieder auf das Opfer.

Doch das Getöse legt sich, allmählich. Marcus Glabrus hat den Kreis betreten, nicht alle haben es sofort bemerkt. »Bindet den Mann los«, sagt er mit eingefrorenem Gesicht, »und lasst ihn verbinden. Setzt die anderen auf die Wagen, kettet sie dort an und verdoppelt die Wachmannschaften. Centurio!« Der Angesprochene macht sich daran, den Befehl auszuführen.

»Wer auch nur versucht, den Gefangenen nahezukommen«, wendet sich Glabrus wieder an die Menge, »werde ich persönlich züchtigen!«

Ein tiefes Raunen geht durch die Runde. »Unter Sulla hätte es so etwas nicht gegeben«, sagt einer der Umstehenden.

»Tritt vor Soldat, damit ich dich sehen kann!« Der Gefragte tritt langsam aus der Menge hervor.

»Sag mir deinen Namen!«, kalt blickt Glabrus in die Augen.

»Ich bin Severus Verulanus, Sohn des Vettius Verulanus, aus Capua.«

Glabrus zögert. Capua, wenn die Verachtung von Sklaven einen Namen hat, dann Capua. In keiner anderen Stadt ist Sklavenhaltung so verbreitet wie dort. Die Ausbildung von Gladiatoren ist zum Perfektionismus mutiert, die Schule des Lentulus Batiatus im ganzen Reich bekannt.

»Es ist mir gleich, was Sulla getan hätte«, erwidert Glabrus scharf. »Er ist nicht hier, aber ich bin es. Die Gefangenen sind römisches Eigentum und entsprechend zu behandeln!«

Glabrus blickt um sich, dann wieder an Severus gewandt: »Geh mir aus den Augen.«

Er lässt den Blick über die Menge schweifen, suchend, ob noch jemand gewillt ist, mit ihm anzubändeln, doch keiner wagt es. Er verlässt den Kreis, zusammen mit seinen Centurios. »Lasst sie weiter sich besaufen. Noch etwa eine Stunde, dann werden sie wohl Ruhe geben. Wenn es Ärger gibt, lasst einige von ihnen festnehmen.«

»Ja Tribun.«

Glabrus steigt wieder auf sein Pferd und lässt es langsam neben den anderen hertrotten. *Wieso hab ich mich wieder wieder überreden lassen?*, fragt er sich. Diese Kriege, wie Rom sie jetzt führt, führen kann, sind ihm zuwider. Und dann Sulla, mit ihm hatte es begonnen. Seit der Plünderung Athens gehört dieser ›Ausgleich‹, wie manche es zynisch nennen, dazu. Nein,

es war keine Plünderung, sondern ein Gemetzel. Es war einer der ersten Kriege Roms mit einem stehenden Heer, ein Jahr belagerten sie die Stadt. Vergehen wider die Disziplin wurden drakonisch bestraft und der Riss zwischen Sulla, dem

Feldherren, und seinen Legionen unvermeidbar. Doch er brauchte sie, wenn er sich in Rom halten wollte – so ließ er die Zügel fahren, als die Athener sich ergaben, und wie Vieh brachen die Legionäre über die Stadt herein, sie mordeten, folterten und vergewaltigten. Knapp war er damals dem Tod entronnen, da er versucht hatte, Sulla davon abzuhalten.

Glabrus nimmt seinen Dolch und drückt ihn auf die Stirn. *Wieso nur befällt mich immer dieses Fieber, wenn ich verwundet werde. Verfluchte Mariusverehrer, sobald ich wieder in Rom bin, lege ich den Kriegstribun ab. Ich habe genug, sollen sie einen aus seinem Anhang nehmen.*

Zur Mittagszeit des nächsten Tages gibt er Befehl zum Aufbruch. Nach etwa einer Stunde setzt sich das Heer in Bewegung.

Tag für Tag schleppt sich der Tross durch die Landschaft. Der Boden ist oft so aufgeweicht, dass sie bis über die Knöchel im Schlamm versinken. Immer wieder müssen Brücken gebaut werden, immer wieder zerfällt das Heer in mehrere Teile und findet erst am Abend beim Aufschlagen des Lagers wieder zusammen.

Endlich, nach über zwei Monaten, haben sie die Po-Ebene erreicht. Hier, auf den befestigten Straßen Italiens, kommen sie schneller voran. In etwa drei Wochen, so hofft Glabrus, werden sie in Rom sein.

Als sie nur noch wenige Tagesmärsche von Rom entfernt sind, nähert sich ihnen eine Gruppe von Männern auf zweirädrigen Streitwagen.

Glabrus, an der Spitze des Heeres, ahnt, wer ihm dort entgegen kommt. Es ist Lentulus Batiatus, Leiter der Gladiatorenschule in Capua. Das Erscheinen dieser Kreaturen ist ihm zuwider, aber Aufwartungen wie diese lassen sich kaum vermeiden. Gladiatorenspiele werden immer beliebter und der Bedarf der Lanista an neuen, kräftigen Männern, kann kaum gedeckt werden. Kriegsgefangene sind besonders begehrt, denn der Umgang mit Waffen ist ihnen vertraut und die Lanista können sie schon nach kurzer Zeit an den Spielen teilnehmen lassen.

»Heil dir Marcus Glabrus, dein Ruhm eilt dir voraus. Ich hörte schon, dass du siegreich warst.«

Glabrus erwidert den Gruß mit einem leichten Nicken. Batiatus weiß um sein Ansehen und erwartet keine Erwiderung. Doch für sein Vorhaben scheint es ihm geboten, die für seinen Stand angemessenen Schmeicheleien hervorzubringen. »Wenn du erlaubst, möchte ich dir gern meine Aufwartung machen. Feinste Seide …«

»Die Gefangenen werden in Rom verkauft«, antwortet Glabrus trocken, den Blick nach vorn, auf den Horizont gerichtet.

Nicht zu ändern, denkt Batiatus, grüßt den Tribun noch einmal und fährt weiter entlang der Menschenkette. Irgendwo in der Mitte werden die Gefangenen zu finden sein. Wenn er auch heute noch nichts kaufen kann, so will er doch wissen, was morgen auf dem Markt angeboten wird. Was er sieht, stimmt ihn zufrieden. *Nicht übel, besser als ich gehofft hatte.*

Eine Bewegung läuft durch die etwa tausend Menschen, auf die Batiatus ein Auge geworfen hat. Sie sind seit ihrer Gefangenschaft immer wieder von allen Seiten begafft worden, aber nie auf diese Weise. Einer der Männer zieht an seiner Kette, um seinem Vordermann ein Zeichen zu geben, dass er mit ihm sprechen will: »Was sucht dieser?«, fragt er mit trockener Kehle.

»Ich weiß nicht. Könnte ein Lanista sein.«

»Was heißt das?«

»Ein Mann, der eine Gladiatorenschule unterhält, an dem sie dich abrichten, um zu kämpfen, in einer Arena, so lange bis du selbst…«

»Ja, ich habe davon gehört.«

»Warum fragst du dann!?«, sagt der andere mit wütender, gebrochener Stimme.

»Weil ich hoffte, du würdest etwas anderes sagen.«

2. Kapitel

Gladiatorenschule

Träge schleppen sich die Handelsschiffe den Tiber hinauf, beladen mit Rohstoffen und Kostbarkeiten aus den besetzten Provinzen. Ziegel, Obst und Weine aus Italien, Getreide aus Ägypten, Öle aus Arabien, Wild, Holz und Wolle aus Gallien, Datteln aus den Oasen, Marmor aus Griechenland und Numidien, Blei, Silber und Kupfer von der Iberischen Halbinsel. Alle erdenklichen Genussmittel strömen von hier aus auf die Märkte und lassen das Leben zur täglichen Labsal werden, wenn man zum Ritter oder Senatorenstand gehört.

Ungeduldig wartet Cato auf das Zeichen des Kapitäns, während er am Heck des Schiffes steht. *Wenn er doch endlich anlegen würde, worauf wartet er noch.* Er blickt den Fluss hinunter, vorbei an all den anderen Schiffen, die ihnen nachfolgen. Wieder das eigene betrachtend, erscheint es ihm viel kleiner als bei der Abreise in Alexandria. Endlich legt das Schiff an. Cato hilft seinem alten Lehrer Gawain über den schmalen Steg. Gawain, ein Philosoph aus Alexandria, lässt sich von Cato nur ungern helfen, trotzdem er weiß, dass er allein kaum über den Steg kommen würde. Doch ohne Cato würde er befehlen das Schiff am Haltetross zu vertäuen, bis auch ein alter Mann mühelos von Bord gehen kann, und sollte es Tage dauern.

Etwas abseits wartet ein vierrädriger Reisewagen und bringt sie bis in die Nähe des Forum Romanum. Von hier aus wollen sie zu Fuß weitergehen, zunächst das Forum überqueren, dann weiter bis zum Haus von Senator Sargon,

Catos Oheim. Staunend, sichtlich erfreut und immer wieder den Kopf hebend, lässt sich Gawain an der Seite Catos durch den südlichen Zugang zum Forum führen. Sie gehen vorbei an der Basilica Sempronia, vor ihnen erhebt sich der Tempel des Saturn. Dahinter öffnet sich der Blick über einen großen, mit Steinfliesen belegten Platz, der zu beiden Seiten von prachtvollen Bauten gesäumt wird. Zwischen den Säulen des Saturn-Tempels stehend, verharren sie eine Weile, um mit Muße die Schönheit dieser Anlage zu bewundern. Doch der Augenblick währt nur kurz. Unverhofft werden sie Zeugen des
 wohl unheilvollsten Schauspiels, dem man in Rom begegnen kann. Auf einer Bahre, getragen von Dienern des Vestatempels, liegt der Körper einer Frau, mit Riemen gefesselt, sodass kein Laut zu hören ist. Stumm weichen die Menschen zur Seite. Kein Ereignis bedeckt die Stadt mit solcher Niedergeschlagenheit wie dieses. Cato drängt seinen Lehrer, mit ihm weiterzugehen, doch Gawain wehrt ab. »Eine Vestalin?«

»Ja«, antwortet Cato mit kalter Stimme. »Sie werden die Bahre zu einem kleinen Verlies tragen, an der Porta Collina – und die Frau lebendig begraben.« Zwischen den Säulen stehend, folgen sie mit ihren Blicken dem Menschenstrom, wie er langsam über das Forum zieht. Schließlich greift der Lehrer nach Catos Arm und bedeutet ihm weiterzugehen.

Nach Fußmarsch über Brücken und schattige Gassen erreichen sie das Haus von Senator Sargon, Catos Oheim.
Flavius, ein naher Verwandter der Sargen, und nur wenige Jahre älter als Cato, empfängt sie freudig. Mit seinem leicht hüpfenden Gang kommt er ihnen entgegen.

Cato behagt es wenig, gerade ihm an diesem Tag zu

begegnen und erkundigt sich auch gleich nach seinem Oheim.

»Eine Vestalin war unkeusch, sie wurde verurteilt. Sargon musste während des Prozesses zugegen sein.«

Flavius' Aussprache bleibt in Catos Ohr stehen. Eine Leichtigkeit, Unbeschwertheit, die sich nicht verbinden will, mit dem Geschehen auf dem Forum. »Nicht weiter beachten«, hört er leise Gawains strenge Stimme hinter sich, während sie von Flavius ins Atrium geführt werden, das für ihre Ankunft hergerichtet wurde.

Schweigend sitzen sie für einen Moment beieinander. Flavius betrachtet Gawain, der auch sein Lehrer gewesen ist. Das Haar ist lang, ein paar graue Strähnen sind dazugekommen. Die buschigen Augenbrauen scheinen zusammenzuwachsen. Doch seine Augen sind klar und wach wie eh.

»Wie ich sehe, hast du nichts von deinen Marotten verloren!«, sagt Gawain barsch.

Flavius zuckt zusammen, der Ton seines früheren Lehrers zermalmt ihn auch heute noch. Er sucht Catos Blick, doch findet ihn nicht, bemerkt nur, dass er selbst gemeint ist, Er will antworten sucht nach Worten, doch kommt gegen das Aufwühlende der urplötzlichen Vorwürfe, nicht an. Gawain spricht auch schon weiter, ohne jeden Versuch eine Brücke zu schlagen, zu seinen vorherigen Worten: »Es sind die Priester, von denen sie verführt werden, jeder weiß es!«

»Du sprichst von den Vestalinnen?« Flavius blickt ihn mit vorsichtig fragendem Gesichtsausdruck an. Gawain antwortet nicht. Grimmig dreinblickend, schlägt er ein paar Mal mit seinem Gehstock auf die Lehne seines Stuhls. »Gibt es sonst noch etwas, was Priester verführen!?«, jedes Wort überdeutlich hervorpressend.

»Sie haben ein Gelübde abgelegt, ein Keuschheitsgelübde«, erwidert Flavius kleinlaut und blickt ihn fragend, mit starren Augen ins Gesicht, die Kinnlade langsam wieder anhebend.

»Hör auf, mir diesen Irrsinn vorzutragen«, donnert Gawain weiter. »Sie sind sechs, höchstens zehn Jahre alt, wenn der Pontifex sie auswählt, wissen noch nichts von dem, was sie zwischen den Schenkeln haben. Der Pontifex selbst und seine Priester sind es, die sich an ihnen vergehen und sie dann das Verlies hinabführen, um sie lebendig zu begraben.«

»Sie bekommt einen Vorrat an Nahrungsmitteln, Brot, Wasser, Milch und Öl«, antwortet Flavius ruhig, aber voller Überzeugung und seine Stimme klingt wie der Vortrag einer Liste des heutigen Marktangebots. Er will weitersprechen, doch Gawain, von impulsiver Natur, fällt ihm wutentbrannt ins Wort: »Welcher Tor hat dir das Hirn verbrannt? Brot, Milch, Öl, vielleicht geben sie demnächst noch eine Giraffe dazu, es ändert nichts. Das Verlies wird mit Erde aufgefüllt und sie wird dort zugrunde gehen, ersticken, umgeben von Dunkelheit.«

Flavius starrt auf seinen ehemaligen Lehrer, den Mund halb geöffnet. Er will antworten, doch die abweisende Haltung des Alten macht alle Ansätze zunichte. Zurückgelehnt, mit abgewandtem Gesicht und grimmig verzogenen Mundwinkeln, blickt Gawain in die Ferne. Flavius formt ein paar Laute mit den Lippen, doch kommt nicht mehr zu einer Antwort, da Cato dazwischen geht und ihn sanft beiseite nimmt. »Er ist älter geworden, manchmal aufbrausend. Du solltest es nicht allzu ernst nehmen, wenn er so redet. Außerdem glaube ich, dass solche Reisen inzwischen zu anstrengend für ihn sind.«

»Mag sein, wollen wir glauben, dass es so ist«, gibt Flavius zur Antwort und macht dabei einen Schritt auf den Ausgang des Atriums zu.

»Ich komme mit dir«, sagt Cato, »ich bringe dich bis ans Tor.« Schweigend verlassen beide das Atrium und gehen die Stufen hinunter in den Innenhof.

»Er sollte diese Reden nicht außerhalb des Hauses führen«, unterbricht Flavius das Schweigen. »Es braucht in diesen Tagen nicht viel, um jemanden zu verurteilen.«

»Gut, ich werde es ihm sagen.« Beide gehen die letzten Schritte bis zum Torbogen. Sklaven öffnen einen der schweren hölzernen Flügel.

»Bitte verzeih, wenn ich dir kein guter Gastgeber war. Um so mehr danke ich dir für den Empfang, den du uns bereitet hast.« Etwas verärgert stellt Cato fest, wie gekonnt ihm solche Sätze noch immer über die Lippen gehen, trotz der Jahre in Alexandria.

»Es ist schön, dich wiederzusehen, Cato. Du bist stets willkommen.«

Cato kehrt ins Haus zurück. Als er wieder das Atrium betritt, winkt Sargon, der gerade heimgekommen ist, von der Terrasse. Er scheint korpulenter geworden, die senatorischen Purpurstreifen auf der Tunica fallen nicht mehr so tief wie vor ein paar Jahren. Das Haar eisgrau, doch seine Augen, wie eh, zwei schmale Sehschlitze, die nie zu viel verraten.

»Cato, mein Guter«, begrüßt er seinen Neffen mit borstiger, aber gütiger Stimme, fasst nach seinen Händen und drückt sie fest, »schön dich wieder bei uns zu haben.« Beide umarmen sich freudig. »Ein Mann ist aus dir geworden.«

»Das war ich auch vorher schon.«

»Unsinn, ein halbes Kind.«

»Wenn du es sagst«, er wirft kurz den Kopf zur Seite und streicht eine Haarsträhne zurück. Eine unausstehliche Geste, doch hilft sie ihm, ein leichtes Grinsen zu unterdrücken.

»Wo ist dein Lehrer? Gawain? Hattest du nicht geschrieben, er wolle dich begleiten?«

»Die Reise war sehr anstrengend, und dann das Alter, er hat sich zur Ruhe gelegt.« Sargon lacht kurz und verzieht sein Gesicht zu einer wohlwollenden Grimasse, als Antwort auf Catos Einlassung zum Alter.

»Flavius hat uns empfangen, es wäre beinah zum Streit gekommen, zwischen ihm und Gawain.«

»So, weshalb?«, fragt Sargon.

»Wir ließen uns bis zum Forum bringen und gingen dann zu Fuß weiter, als der Zug der Vestalin zur Porta Collina unseren Weg kreuzte. Wir standen oben zwischen den Säulen und plötzlich kamen sie, mit der Bahre, – du weißt.«

»Ja. – Gibt es Grund zur Sorge?«

»Ich weiß nicht, er ist mir sehr fremd geworden.«

»Dein Lehrer?«

»Nein, Flavius.«

Sargon macht es sich auf einer der Bänke bequem und lehnt sich mit einem leichten Seufzer an die Wand. »Kein Trinkgelage, das er auslässt. Verschwenderisch seine Ausgaben. Ein Heer von Sklaven bewirtschaftet seine Felder. Die Kilikier unterbrechen immer häufiger die Getreidezufuhr, wodurch seine Gewinne ins Unermessliche steigen. Und wie alle Patrizier glaubt er fest, dass er vom Schicksal dazu auserkoren wurde.«

Cato ahnt, dass Sargons Verdrießlichkeit nicht allein von Flavius' Lebensweise herrührt. »Du bist die Gerichtsverhandlungen doch müde, warum nimmst du immer wieder daran teil?«

»Das verstehst du nicht, dafür bist du nicht alt genug!«, knurrt Sargon, griesgrämig wie ein alter Bär, doch fasst sogleich nach Catos Hand und tätschelt sie ein wenig. Ein paar Mal öffnet er den Mund, als wolle er noch etwas sagen, doch lässt es bei einem ›ach‹ und schüttelt dabei den Kopf, wie um den eigenen närrischen Verstand zu entschuldigen. Mirßa, eine Sklavin des Hauses, bringt einen Krug Olivenöl.

»Hab Dank«, sagt Sargon, »gib den Pflanzen im Atrium noch etwas Wasser und bring mir meine Toga.«

Beide verweilen einen Augenblick und betrachten einander. In Catos Antlitz würde man kaum einen Philosophen vermuten, unter dem schwarzen, zerzausten Haar schon eher. Schlank ist er, aber keineswegs mager.

Was treibt diesen Jungen nur zur Philosophie, denkt Sargon bei sich. »Erzähl mir endlich von deiner Reise und den Wissenschaften, die du betrieben hast.«

»Es liegt mir nicht – Geschichten zu erzählen.« Catos Stimme verrät seinen Widerwillen, von sich selbst zu sprechen. »Es würde dich nur langweilen.«

Doch Sargon gibt sich damit nicht zufrieden. Es gefällt ihm, sich in diese väterliche Rolle zu begeben. »Keine Ausflüchte, mein Guter«, er zupft an seiner Toga. »Einem alten Mann willst du diese Bitte doch nicht abschlagen.«

»Ich werde dir davon erzählen, doch lass mich erst wissen, was aus Tiberius wurde. Du hast mir geschrieben, dass sie ihn vors Gericht zwingen werden.«

»Ja, das haben sie auch getan. Es war eine der heutigen Verhandlungen.«

»Es war heute?«

»Die Verhandlung endete mit einem Freispruch.«

»Das ist unmöglich!«, wütet Cato.

»Unmöglich? Nein! Er wurde angeklagt wegen Amtsaufkäufen, Wahlbetrug, Ausplünderungen von Provinzen und Bestechung. Die Machenschaften, derentwegen er angeklagt wurde, brachten ihm den Freispruch. Draußen warteten seine Sänftenträger und brachten ihn zum Hafen. Er wird mittlerweile unterwegs nach Capri sein. Und dort, in einer seiner Villen, werden ihn seine Sklavinnen umsorgen.«

»Womöglich nicht nur sie.«

»So? Du hast etwas gehört?«

»In Alexandria. Es gab sogar Gerüchte, dass Häscher nach Einbruch der Dunkelheit unterwegs sind, um verwaiste Knaben, auch Mädchen, einzufangen.«

Über Sargons Miene legt sich Traurigkeit. »Lass uns ins Haus gehen«, sagt er nach einer Weile, »die Abende sind immer noch kühl.«

*

Willen brechen

Der Verkauf von Sklaven gehört zu jenen Ereignissen Roms, die keiner Ankündigung durch Herolde bedürfen. Vor allem wenn sie aus fernen Ländern, jenseits des Reiches, stammen. Auf einem hohen Podium, für alle sichtbar, werden sie angeboten, gefesselt und nackt. Cato steht abseits, im Schatten einer Hauswand.

Der Verkauf zieht sich hin, immer wieder kommt es zu Tumulten unter den Käufern, was zu längeren Unterbrechungen führt. Entweder fühlen sie sich übergangen und beginnen wild gestikulierend herumzuschreien, man hätte ihnen kein Gehör geschenkt.

Oder sie fühlen sich betrogen, wenn sie sehen, dass plötzlich Ware auf dem Podium steht, die einen wesentlich besseren Eindruck macht, als jene, für die sie gerade ihr Geld ausgeben haben.

Eine Frau von ungewöhnlicher Schönheit wird zum Verkauf geboten. Noch fast ein Kind, denkt Cato und schaut in das ernste Gesicht. Ihre Augen blicken geradeaus, ins Nirgendwo. Ein Zittern läuft durch ihren Körper und setzt sich in ihren Schenkeln fest. Ihr Mienenspiel bleibt gleich, nur ein Schlucken lässt ahnen, wie sehr sie mit sich kämpft. Das Zittern hört auf. Stolz blickt sie weiter ins Nirgendwo und Cato fröstelt bei der Vorstellung, wie man diesen Stolz brechen wird. Er sieht die Gesichter hungriger Männer, denen der Speichel aus stinkenden, zahnlosen Mäulern läuft.

Plötzlich herrscht große Aufregung. Eine Gruppe von Sklaven versucht verzweifelt, den Zurufen eines Mannes zu folgen. Rechter Hand stürmen die Wachen heran. Schutzlos sind sie den Schlägen der Aufseher ausgeliefert. Immer noch ist die Stimme zu hören, die Stimme eines Mannes, der sich nicht beugen will. Zweifellos ein Führer in seinem Volk. Er wird schließlich aus dem Verband herausgerissen.

Man fesselt ihn mit gekreuzten Armen, um die Haut zu spannen. Dann wird er gezüchtigt, sein Gesicht der Menge zugekehrt, die Versteigerung geht weiter.

Angespannt, zermürbt von der Hitze, wartet Batiatus ungeduldig auf die Männer, die er vor zwei Tagen bei der Rückkehr von Marcus Glabrus ins Auge gefasst hat. Sobald sie an der Reihe sind, will er einem seiner Untergebenen ein Zeichen geben. Endlich, nach etwa zwei Stunden, sieht Batiatus einen seiner Auserwählten, ein Prachtstück. Der sehnige, muskulöse Körper glänzt in der Sonne, er scheint noch jung, kaum an die dreißig. So! So wünscht er sich seine Gladiatoren. Schon längst ist es den Römern nicht mehr egal, wer sich in der Arena zerfleischt. Schöne, kriegerische Gestalten sollen es sein, so wie in den griechischen Dichtun-gen beschrieben. Amüsiert stellt Batiatus fest, dass auch die Frauen vorsichtig die Köpfe wenden und ihre Hälse recken. Schließlich hebt er den Arm und sein Vertrauter hat verstanden.

Am Abend, als Batiatus sich auf den Weg nach Capua macht, nachdem er um die acht Stunden der Versteigerung beiwohnte, kann er einhundert neue, gesunde Männer sein Eigen nennen, für die Summe von fünfzigtausend Sesterzen.

*

wertvoll

Die Gladiatorenschule liegt im ärmsten und heruntergekommensten Viertel der Stadt. Die große und feste Mauer, mit der die Schule umgeben ist, die an der Ostseite auch gleichzeitig als Stadtmauer dient, bildet einen starken Kontrast zu den brüchigen Lehmhütten, die um sie herum-stehen. Drei Tore gewähren Zugang, eines davon an der Nordseite. Batiatus hatte es extra anlegen lassen, um nicht immer durch die schmutzigen und von Bettlern durchzogenen

Gassen fahren zu müssen. Eben durch dieses Tor kommt er heute, gibt Befehl, die Pferde zu versorgen, und lässt sich in seine Gemächer führen, wo man ihm ein Mahl bereitet hat.

Am Morgen des nächsten Tages ist es wie immer seine Aufgabe, die Neulinge genauer zu begutachten. Während er die Stufen hinauf zur Terrasse geht, kommt ihm sein Verwalter entgegen, Leonidas, und erinnert ihn an den Besuch der beiden Kaufleute aus Lucanien.

»Sie haben keine Fragen gestellt?«, will Batiatus wissen.

»Nein«, antwortet Leonidas, »sie kommen wegen der Aussortierten.«

»Ach beim…,hatte es völlig vergessen«, knurrt Batiatus kurz und will weitergehen, bleibt dann aber abrupt wieder stehen. »Und? Sind die Männer transportbereit?«

»Nein Herr. Sie sind noch in ihren Quartieren.« Batiatus wird hektisch.

»Sollen wir das Vorlesen streichen?«, fragt Leonidas.

»Den Bericht des Geografen? Nein! Mäcenas soll die Männer herausführen, alles wie üblich. Sag den beiden Kaufleuten, sie müssen sich noch etwas gedulden. Führe sie auf die Ostseite, falls sie dem weiteren Geschehen zusehen wollen, – werden sie bestimmt.«

Lionidas kehrt zurück zu den Kaufleuten. Überaus höflich nimmt er sie erneut in Empfang und führt sie zur Tribüne, auf der Ostseite der Arena.

»Die Sonne wird erst am Nachmittag herüberscheinen«, spricht er mit freundlicher Geste zu ihnen, nachdem sie die Anlage in Augenschein genommen haben. »Natürlich stehen Erfrischungen bereit, aber auch in Zucker geröstete Datteln.«

»Gut, ist gut«, antwortet einer der Kaufleute mit

abweisendem Klang, »wir bleiben nicht lange. Wir wollen uns nur ein wenig umsehen, uns vertraut machen mit den Gepflogenheiten einer Gladiatorenschule.«

Batiatus hat sich derweil auf die Terrasse oberhalb der Kampfbahn begeben, die in ihrer Größe der Arena in Rom gleicht.

Die Neulinge werden herausgeführt. Eine Gruppe von Aufsehern befielt ihnen, an einer bezeichneten Stelle der Arena Aufstellung zu nehmen, dann spricht er zu ihnen, wobei die Aufseher in die jeweilige Sprache übersetzen.

»Ihr seid von nun an dazu bestimmt, hier, in der Schule von Capua zu leben, der berühmtesten im ganzen Reich. Man wird euch den Umgang mit Waffen lehren, euch zu Gladiatoren ausbilden. Allzu betrübt solltet ihr darüber nicht sein. Es gibt weitaus schlimmeres, wie ihr gleich erfahren werdet. Und ich bete zu den Göttern, niemals auch nur einen einzigen von euch zu jenem schrecklichen Ort schicken zu müssen, von dem dieses Schriftstück erzählt.« Batiatus rollt das Papyrus auf und hält es in die Höhe. »Es ist der Bericht eines grichischen Geographen, über die Goldbergwerke im Nordosten.« Er wartet kurz, um den Übersetzern Zeit zu geben und lißt aus dem Bericht:

» ›Mit Schlägen zur Arbeit getrieben,
egal ob krank, gebrechlich oder eine
schwache Frau.
Tag und Nacht ohne Unterbrechung.
Keine Möglichkeit zur Flucht.‹

Denn alle sind an Füssen gefesselt. Die Wachen stammen aus barbarischen Stämmen, sprechen also andere Sprachen.‹

Glaubt nicht, dass euch das helfen könnte, nur weil auch ihr Barbaren seid. Es wird dafür gesorgt, dass immer solche um euch sind, die nicht eure Sprache sprechen.«

Kopfschüttelnd, hin und wieder sich zuflüsternd, blicken die Kaufleute von der Tribüne auf das Geschehen.

»Was soll der Unfug?«, wendet sich einer von ihnen an den Verwalter, seine Stimme halblaut, belanglos sein Tonfall.

»Das Papyrus, dem die Worte entnommen sind, war der Bericht eines griechischen Geografen, Agatarchidas«, antwortet Leonidas. »Auf seinen Reisen hat er sich auch in den römischen Bergwerken, den Gold und Silberminen umgesehen. Vor einigen Jahren kam er hier in der Gegend zu Tode, ein Unfall, hieß es. Batiatus glaubt an die Furcht. Sie sollen sich mehr vor den Bergwerken fürchten, als vor dem Tod in der Arena. Wir haben hier ein Abschrift. Wenn Ihr sehen wollt.«

Der Kaufmann, der sich zischelnd an Leonidas gewandt hat, greift nach dem Papyrus und ließt still für sich selbst:

Die Zahl der in die Goldbergwerke verbannten Menschen ist sehr groß, und alle sind an den Füßen gefesselt und müssen ohne Unterbrechung Tag und Nacht arbeiten. Es gibt für sie kein Ausruhen und keine Möglichkeit zur Flucht. Denn die Wachmannschaften stammen aus barbarischen Stämmen und sprechen andere Sprachen, so dass keiner durch ein freundliches Gespräch oder

Gefälligkeiten bestochen werden kann.
Das durch Feuer gelockerte Gestein wird von Zehntausenden dieser Unglücklichen mit Brecheisen bearbeitet. Indem sie ihre Körperhaltung jeweils der Lage des Gesteins anpassen, werfen sie die losgehauenen Gesteinsbrocken auf den Boden. Diese Arbeit verrichten sie ununterbrochen und unter der unbarmherzigen Peitsche des Aufsehers. Keiner findet Nachsicht oder Erholung, mag er krank, gebrechlich, alt oder eine schwache Frau sein. Alle werden in gleicher Weise durch Schläge zur Arbeit angetrieben, bis sie schließlich, von den Strapazen gebrochen, an ihren Leiden zugrunde gehen.
Ihr Elend ist so groß, dass sie künftiges Leid noch mehr als das gegenwärtige fürchten, und die Strafen sind so hart, dass ihnen der Tod wünschenswerter als das Leben erscheint.

Mit fragendem Blick bietet der Kaufmann das Papyrus seinem Partner an, doch dieser lehnt ab.

Während die Aufseher die letzten Worte Batiatus monoton übersetzen, steigt dieser die steinernen Stufen hinauf bis zu einem Absatz, blickt die Reihen entlang und gibt schließlich seinen Leuten das Zeichen mit den ersten Kämpfen zu beginnen.

Nach einer halben Stunde muss er einsehen, dass außer einer handvoll Gallier, Germanen und ein paar Thrakern nichts ›Brauchbares‹ dabei ist. Missgelaunt lässt er die Auswahl abbrechen.

Die Neulinge, die sich bewährt haben, werden von den anderen abgesondert, man führt sie durch ein Labyrinth von Gängen, bis sie in einer großen Halle stehen. Dort werden sie genötigt, sich zu waschen. Ein Arzt steht bereit, um ihre Wunden zu versorgen. Selbst harmlose Fleischwunden werden sorgsam untersucht, gesalbt und gebunden. Alles wird getan, um möglichen Wundbrand zu vermeiden. So wertvoll sind sie schon jetzt.

Der nächste Tag. Gruppen zu je vierzig bis sechzig Gladiatoren werden in die Kampfbahn geführt. Die Neulinge werden gleichmäßig verteilt. Jede dieser Gruppen soll einer Legion entsprechen und Legionen gleich sollen sie taktische Manöver beherrschen.

Bevor die Übungen beginnen, steigt Batiatus auf die Tribüne am Südende der Arena, um von dort das Treiben zu beobachten. Er prüft das Leinentuch, das sich über ihm aufspannt, ob es ihn auch gegen die Sonne schützt, und lässt seinen wohlgenährten Körper in die Sitzgelegenheit plumpsen. Dann hebt er den Arm in Richtung seiner Aufseher.

Mit strenger Miene beobachtet er jede Bewegung, achtet peinlich genau auf die richtige Formulierung der Befehle. In ein paar Tagen werden Abgesandte aus Rom zu ihm kommen, um mit ihm einen Preis für seine Gladiatoren auszuhandeln, denn das Fest zu Ehren des Saturn steht unmittelbar bevor. Höhepunkt des Spektakels werden die Gladiatorenkämpfe sein und Batiatus hofft, bei den kommenden Verhandlungen eine höhere Summe fordern zu können.

Die Sonne brennt. Batiatus' Enthusiasmus hat nachgelassen, halb eingedöst sitzt er unter seiner schattenspendenden Überdachung. Plötzlich fährt er zusammen, weil er einen stöhnenden, ächzenden Laut hört. Aufgeregt blickt er hinunter in die Kampfbahn, wo sich ein Kreis gebildet hat. Batiatus befürchtet das Schlimmste. Schnell steigt er die Stufen hinab und nähert sich mit schnellem Schritt den Männern, Mäcenas, sein Oberaufseher, schlägt zweimal kräftig auf sein Schild, als er ihn kommen sieht, und die Wachen bilden eine Gasse bis zu dem Verwundeten. Batiatus' Lippen pressen sich zusammen. Das rechte Knie des Mannes ist zerschmettert. Zitternd vor Schmerzen liegt er auf dem Boden. Batiatus tauscht einen kurzen Blick mit seinem Arzt: »Er wird humpeln, mehr kann ich nicht tun«, sagt dieser. Batiatus gibt darauf keine Antwort, wendet sich ab und geht durch die Gasse zurück.

»Was war los?«, fragt er Mäcenas, den er hinter sich weiß, »konntet ihr ihm nicht die Hand abschlagen?«

»Ihr wisst, wir können in solchen Situationen nicht lange wählen.«

»Ach, genug für heute. Lasst ihn versorgen, vielleicht lässt er sich doch noch verkaufen. Ein Beinkrüppel kann nicht so schnell davonlaufen.«

Zwei Reiter aus Rom, treffen an diesem Morgen in seiner Schule ein.

Batiatus erwartet sie seit mehreren Tagen. Es ist einer der üblichen Besuche. Meist sind es Patrizier, die auf ihren ausschweifenden Gelagen Gladiatoren kämpfen lassen. Batiatus lässt die Männer hereinführen. Sie gehen die Reihen entlang, mustern die Gladiatoren, stellen Fragen, wollen einen Teil der Neuen kaufen, doch Batiatus lehnt ab. *Immer das Gleiche*, denkt der bei sich. *Ein, zwei Tage vorher kommen sie, wollen die Männer inspizieren.* Diesmal war er kurz davor, es ihnen zu verweigern, widerwillig gewährte er ihnen letztlich doch Zutritt. Es hat keinen Zweck sie abzuweisen, es würde alles Weitere nur schwieriger machen.

*

Feigling

Für Cato vergeht die Zeit unendlich langsam, er sehnt den Tag der Abreise nach Alexandria herbei. Anfangs verbrachte er viel Zeit mit Gawain, führte ihn in der Stadt herum oder ließ den Wagen anspannen und sie erkundeten die Gegend. Die Abendstunden verbrachten sie oft gemeinsam mit Sargon. Sie redeten nicht viel, sie brauchten nicht ständig zu plaudern, um zusammen sein zu können. Hin und wieder eine Frage, ein Gedanke, über den man sich austauschte: ›Das Pferd bringt wieder ein Pferd hervor, niemals ein Schaf oder einen Esel. Ein Adler einen Adler, niemals etwas anderes, nicht einmal eine

dem Adler ähnliche Gattung. Dies gilt auch für uns Menschen. Wir aber sortieren uns nach der Geburt, versklaven andere Menschen, versklaven unsere eigene Gattung, obwohl es neben uns nichts annähernd Ähnliches gibt. Alle Gedanken und Überlegungen zur Rechtfertigung der Sklaverei, mögen sie auch von Aristoteles sein, ich verachte sie zutiefst.‹

»Aber wir Menschen sind nicht alle gleich«, widersprach Flavius, als er eines Abends dabei saß. »Ich bin nicht nur Mensch, ich bin meinem Stand nach Patrizier, übe Staatsämter aus, doch bin ich kein Gelehrter, wie du es bist, auch bin ich kein Baumeister.«

»Sehr richtig«, hatte Gawain geantwortet, »die Götter mögen uns bewahren vor einer monotonen Gleichheit. Doch die Antwort liegt schon in deiner Frage. Menschen sollen sich unterscheiden, durch Künste, die sie betreiben, Wissenschaften, Berufe, denen sie nachgehen. Hier findet sich wahrhaftig, wodurch sich ein Individuum vom anderen unterscheidet. Der Anspruch auf Unterschied von Standes wegen, durch Gesetz, durch Geburt, ist wider diese Wahrheit.« Und es sind eben diese Gedanken, mit denen er die bestehenden Verhältnisse untergräbt, die ihn nicht loßlasssen. Drei Monate ist es her, dass sie so zusammensaßen und Gawain wieder nach Alexandria zurückkehrte.

Catos Blick wandert über die Regale mit den Schriftrollen, die sie immer wieder herangezogen hatten, als ihm plötzlich Flavius' Einladung zu einem Triclinium wieder einfällt, die ihm ein Sklave vor ein paar Tagen überreicht hat. Unschlüssig, ob er dem Gelage beiwohnen soll, geht er in den Innenhof, sich wundernd über das Befremden, das er plötzlich empfindet, gegenüber einer Einladung zu einem üblichen, gewöhnlichen Anlass. Noch vor zwei Jahren, bevor er nach Alexandria aufbrach, erschienen ihm diese Orgien als willkommene Abwechslung. Er will kein Asket sein, nein! Doch diese Art hervorgepresster Fröhlichkeit, ausgequetschter Lebensfreude, stösst ihn mehr und mehr ab. Er schaut den vorüberziehenden Wolken nach, bis ihm jemand einen leichten Stoß versetzt. Erschrocken dreht er sich um und blickt in das Gesicht seines Pferdes. »Musst du mich so erschrecken?« Er streicht ihm über die Nüstern.

»Wir werden Flavius besuchen, nur für ein, zwei Stunden. Was meinst du? Dann ist er nicht böse auf uns. Das erspart uns viele nachträgliche Erklärungen.«

*

verfügbar

Seit Beginn der Festlichkeiten versucht Flavius, die Gunst der schönen Valeria zu erlangen. Nachdem die Gäste zahlreich erschienen sind und er sein Ohr nicht mehr dem Nomenklator leihen muss, der ihm unentwegt die Namen der Gäste ins Ohr flüstert, scheint es endlich zu gelingen. Die Gladiatorenkämpfe haben begonnen, er setzt sich neben sie, lächelt ihr zu, als gelte die Wahl des Platzes nur dem Interesse der Gladiatoren. Valeria lächelt kurz zurück, offene Zurückweisung scheint ihr im Augenblick nicht angebracht. Valeria lächelt kurz zurück, offene Zurückweisung scheint ihr im Augenblick nicht angebracht. Doch aus Sorge, ihr antwortendes Lächeln sei missglückt, spricht sie ihn an: »Flavius«, sagt sie, ohne ihn anzusehen, »was für eine Überraschung, darfst du das denn? Kämpfe auf Leben und Tod, hier in deinem Haus?«

»Natürlich ist es verboten. Aber natürlich gelten diese Verbote nicht für jeden«, antwortet er und versucht ein charmantes Lächeln aufzusetzen.

Sie lacht zurück. »Ich wusste gar nicht, dass du solch ein Schelm bist.«

»Nun ja – manchmal übertreffe ich mich selbst«, und denkt noch immer über den ›Schelm‹ nach. *Was bedeutet es, wenn sie mich einen Schelm nennt, was bedeutet es? Warum ist sie immer wieder aufs Neue so quälend undeutlich?* »Ich könnte dich ein bisschen herumführen, wenn du magst?«

Doch Valeria ignoriert ihn, absichtlich. Doch Valeria ignoriert ihn, absichtlich. Keine Veränderung ihrer Mimik, ihrer Gestik, starr blickt sie nach vorn, auf die Gruppe der Gladia-toren. *Was will er*, denkt sie. *Würde ich nicht aussehen wie ich aussehe… setzt mir diese schön gewachsenen Krieger vor und bettelt um Aufmerksamkeit.* Ihr Schoss füllt sich mit Hitze. Doch Begehren und Verlangen bringen auch wieder die Wut mit sich, ein Ozean voller Wut, auf Mütter, ihre Mutter. Zehn Jahre waren dahin, vielleicht bleiben noch fünf. Zehn Jahre weil sie Lügen glaubte, von Frauen, von Müttern, ihrer Mutter, weil sie nichts wusste von der Wut dieser Frauen. Benutzt haben sie sie, um ihrer eigenen Rache willen. Hatten zugesehen, sich ergötzt, nach innen gejubelt, wenn Männer, schöne Männer, sich abmühten, um sie einmal zu berühren.

»Lass mich noch etwas zusehen«, sagt sie, auch wenn Flavius wohl nicht mehr mit einer Antwort gerechnet hat.

»Natürlich, meine Teuerste.« Er schaut sie von der Seite an, sieht die Gier in ihren Augen und fühlt, wie Eifersucht in ihm hochkocht. Er blickt schließlich selbst auf die Kämpfenden, und schon nach kurzer Zeit ist er sich sicher das Objekt ihrer

Begierde zu sehen. Ein junger Thraker, schon zum dritten Mal kämpft er an diesem Abend, die ›Weiber‹ können sich nicht satt sehen, sein Körper gleicht dem aus Stein gemeißelten Abbild des Dionysus. Ein Anblick den Flavius wieder und wieder, als Demütigung seiner selbst empfindet. Schlaksig, ja kränklich, erscheinen ihm seine eigenen Gliedmaßen. Er blickt wieder hinüber zu den Gladiatoren, gerade sticht der Thraker seinen Gegner nieder, als das Schwert eines anderen von der Seite auf ihn niedergeht. Mit einer blitzartigen Bewegung weicht er aus, verliert aber das Gleichgewicht. Er fällt zu Boden, schleudert dem anderen sein Schwert entgegen, macht eine Drehung mit dem Körper, die ihn wieder auf die Beine bringt, und greift dabei nach dem Schwert des vorher von ihm Getöteten. *Wie eine Katze*, denkt Flavius.

Jauchzender Beifall durchflutet den Raum. »Flavius, hast du das gesehen?« Valeria wirft den Kopf zur Seite, mit großen Augen und einer Mimik die ihn wissen lässt, dass dieser Gefühlsausbruch nicht ihm gilt, »er hat die Reflexe eines Raubtiers.«

Lächelnd nickt er ihr zu, da sie aber keinen Blick für ihn hat, sieht auch er wieder nach vorn und kann zum ersten Mal deutlich das Gesicht des Thrakers sehen. Er atmet schwer, Bitterkeit liegt in seinen Zügen. Er geht einen Schritt auf seinen Gegner zu. Flavius sieht das Zittern des anderen, das typische Zittern eines überanstrengten Körpers. Verzweifelt hebt dieser noch einmal das Schwert und führt einen kraftlosen Schlag aus, den der Thraker mit seinem Schild abwehrt. Mit einer kurzen, schnellen Bewegung stößt er ihm sein Schwert ins Herz. Wieder gibt es tosenden Beifall.

Die Gladiatoren werden von Wachmannschaften hinausgeführt und eine Gruppe von Musikern und Tänzern ist an der Reihe, die Gesellschaft zu unterhalten.

»Flavius«, wendet sich Valeria ihm wieder zu, da sie glaubt er suche erneut ein Gespräch mit ihr. Verstört blickt er zur Seite, bemüht sich aber sogleich um ein freundliches Mienenspiel. »Was wünschst du, meine Teuerste?«

»Ich habe mich gerade gefragt, was fühlt so ein Barbar wohl, wenn er als Sieger vor uns steht und unseren Beifall empfängt?«

»Ich weiß nicht. Ich glaube, er fühlt gar nichts«, antwortet er mit Bestimmtheit.

»Gar nichts?«, fragt Valeria unbekümmert weiter. »Ooh, aber das kann doch nicht sein, irgendetwas muss man doch fühlen.«

»Ich denke, sie fühlen nicht mehr als ein Hund, dem man einen Klaps gibt, wenn er den Knochen zurückbringt.«

»Haaa – hahaha«, lacht Valeria in ihrer hohen Stimme, »mein Lieber, du überraschst mich immer wieder. Ich wusste gar nicht, dass du so komisch sein kannst.«

Komisch findet sie mich, gräbt es sich in sein Gehirn. Schnell bemüht er sich um ein Schmunzeln, doch fühlt sein Gesicht wie eine zähe Maske und fürchtet, Valeria könnte sein Unbehagen bemerken, als Leandros, sein alter Haussklave, ihn aus der Situation befreit.

»Verzeiht, wenn ich störe, Herr. Cato Livius Sargon ist soeben eingetroffen.«

»Ich werde ihn selbst empfangen« und heisst den Sklaven, sich auf den Weg zu machen. »Entschuldige mich meine Liebe«, wendet er sich an Valeria, »ich muss meinen Pflichten als Gastgeber nachkommen«, er verharrt einen Moment, wartend auf eine Reaktion, doch es bleibt bei einer kurzen

Handbewegung mit der sie ihm bedeutet, dass sie verstanden hat.

Während Flavius sich seinen Weg durch den linken Seitenflügel bahnt, wählt Leandros eine andere Richtung. Er hat das gleiche Ziel, doch für Sklaven gibt es eigene Wege, jenseits der mit Gästen überfüllten Terrassen und Veranden. Vorsichtig steigt er die Wendeltreppe hinab, durch wegweisende Rundbögen hindurch, die an hell erleuchteten Thermen und Bädern vorbeiführen. Zielstrebig geht er weiter, verflucht das Alter, das ihm die Kräfte aus den Armen gezehrt und seine Finger zu nichtsnutzigen Stümpfen hat werden lassen.

Wieder hört er ihre Stimmen, Stimmen zweier Halbwüchsiger aus dem Anhang des Flavius. *Sie sind noch immer mit ihr beschäftigt, noch immer*, denkt er.

»Gefällt sie dir?«, hört er den Älteren sagen.

»Ja«, hört er den Jüngeren antworten.

»Na komm, sei kein Hasenfuß! Du wolltest es doch unbedingt!« Stille für einen Moment, dann spricht der Ältere weiter: »Siehst du die Öffnung dort zwischen ihren Schenkeln, da musst du ihn reinstecken. Warte, nimm erst den Finger und reibe an dieser Stelle, das mögen sie. Davon werden sie feucht.«

Wieder Stille

»Ich weiß nicht recht – ist es schon feucht – so?«

»Nein, greif nach ihren Brüsten.«

Leandros lauscht, unbemerkt. Der Ältere der beiden ist ihm bekannt. Ein roher, kaltherziger Jüngling. Durch familiäre

Strukturen im Glauben gehalten das andere Geschlecht zu kennen. Genötigt, sich im Gewand eines Wissenden zu präsentieren. Die Falschheit, die überall herausquillt, und das

Gewand verfärbt, muss begraben werden. So kommt er hierher, einen Jüngeren zu unterweisen, ihm zu zeigen, ›wie es geht‹.

Betend verharrt Leandros. Betend zu Isis, Zeus, den Göttern oder was immer dort sein mag, dem Mädchen die Kraft zu geben, sich im Geiste frei zu machen, bis diese entfesselten Kreaturen ihr erhofftes Ergebnis bekommen haben und von ihr lassen.

*

›Ich‹ nicht absolut

Cato erreicht Flavius' Anwesen zu später Stunde nicht ohne Absicht. Er hofft die Gesellschaft bereits trunken, sich allen Sinnfreuden hingebend, werden sie sein Erscheinen nicht weiter beachten. Lästige Fragen wird es nicht geben, er kann seiner Einladung nachkommen und sich leichter wieder entfernen.

Die Räume im vorderen Bereich des Front-Hauses sind leer. Er geht weiter, bis er einen lichten Raum betritt, eher eine Halle, denn ein Raum. Er lässt den Blick über die hohen Wände und Säulen schweifen, die bis in das Gewölbe emporragen. Plötzlich hört er ein Seufzen und Stöhnen. Er geht weiter, mit langsamen Schritten.

Hinter einer der Säulen sieht er eine Frau, mit starrem Blick rücklings auf dem Boden liegen. Jung ist sie, über ihr eine

knochige Kreatur von widerlichem Anblick, der Speichel aus dem Mund läuft, während sie gierig, mal saugend oder leckend, sich an den Brüsten der Frau zu schaffen macht.

Cato denkt nicht, zögert nicht. Schnelle lange Schritte, dann ein Fußtritt in die Rippen der Kreatur.

Schmerzverkrümmt fällt diese auf die Seite. Flavius, der sich auf den Weg gemacht hat ihn zu empfangen, kann eben noch dazwischen gehen, um Schlimmeres zu verhindern.

»Beim Zeus, was tust du? Bist du von Sinnen?«

»Der Sklavenring, ich hab ihn nicht gesehen! Ich dachte, die Frau sei vielleicht angewidert, aber zu schwach, sich zu wehren.«

»Angewidert? Was heißt hier angewidert«, meldet sich der Getretene. »Sie ist eine Sklavin! Eine Sklavin, sonst nichts!« Er versucht, mit schmerzverzerrter Fratze, sich halb aufzurichten. »Wo ist sie?«, spricht er mit kranker Gier weiter, »ich will sie nehmen. Oder willst du, der du mich heute eingeladen hast, mir das verwehren?«

»Nein, nein, mein Lieber«, antwortet Flavius beschwichtigend, »du sollst alles bekommen, wonach es dich verlangt. Wenn du ein anderes Mädchen haben willst, so lass es mich wissen.«

»Nein«, röchelt er, mit tausend-jahre-alter Gier, »ich will nur sie.«

Cato packt Flavius am Arm und zerrt ihn ein paar Schritte zur Seite. »Was soll das!? faucht er gepresst hervor. »Das alles!? Wie kannst du....!?«

»Es ist, – wie er sagt, Cato. Sie ist eine Sklavin!«

Cato lässt seinen Arm los. Beide starren sich an.

»Ich denke in vielerlei Dingen genau wie du«, spricht Flavius weiter. »Vor ein paar Stunden hat sich der Oheim meines Vetters über sie hergemacht, Julius Catelina. Ein ebenso widerlicher Anblick wie das, was du gerade gesehen hast.«

Er wartet, auf eine Reaktion in Catos Antlitz die nicht kommt: »Ich kann diese Art von Ärger nicht gebrauchen. Also bitte ich dich, sei mein Gast und verhalte dich danach – oder geh!«

»Sprich nicht mit mir wie mit einem deiner Klienten«, erwidert Cato scharf.

Plötzlich wird der Raum von einem wehklagenden Schrei erfüllt, zweifellos eine Frauenstimme. Sie laufen zurück.

Wie im Wahn sticht der Verschmähte mit einem Dolch auf die Frau ein. »Du Mistvieh!«, brüllt er dabei. »Du Mistvieh!«

Cato will auf ihn losstürmen, doch Flavius hält ihn am Arm.

»Lass ihn«, bittet er flehentlich, »um alles in der Welt, halt dich zurück.« Doch Cato reißt sich los, packt den Tobenden am Genick, dreht ihm den Dolch aus der Hand und schleudert den Widerling gegen die Wand. Mühsam, keuchend, kommt dieser wieder auf die Beine. Cato stellt sich seitlich neben ihn. »Du machst jetzt besser, dass du hier rauskommst«, flüstert er ihm zu.

»Was fällt dir ein?«, ächzt er. »Bei den Göttern, ich bin Gast in diesem Haus«, stöhnt und schnappt nach Luft. Flavius geht dazwischen und spricht wohlwollend zu ihm: »Gajus, bitte lass dich von meiner Dienerschaft begleiten, sie werden dir neue Kleider geben und dich vom Blut reinigen.« Dann winkt er den Sklavenmädchen, die beordert wurden sich einzufinden. Sie nehmen den leblosen Körper der Frau und tragen ihn hinaus.

»Du Narr, willst du mich ruinieren!? Was ist in dich gefahren«, faucht er Cato mit lautloser Stimme an, doch der scheint ihn nicht zu hören, gebannt starrt er in eine andere Richtung: »Was machen die hier?«, fragt er trocken.

Flavius schaut auf den Käfig. Die Männer dort drinnen haben sich erhoben und stehen aufrecht nebeneinander, nur die breiten, massiven, eisernen Stäbe, trennen sie von ihren Betrachtern.

»Sie sind aus Capua, der Schule des Batiatus. Ausnahmsweise habe ich keine Kosten gescheut. Es sollte ein ganz besonderer Abend werden.«

»Warum hast du sie nicht wegbringen lassen?«

»Es wäre längst geschehen. Doch plötzlich bekam ich Nachricht, du seiest angekommen und – ich müsse dich von weiteren Fußtritten abhalten.« Flavius wartet, wieder kann aber die erhoffte Wirkung seiner Worte nicht erkennen und spricht weiter: »Ich habe nie verstanden, wieso du diesen Kreaturen menschliche Regungen zuschreibst. Es sind Barbaren, Sklaven. Aber du hast recht, sie sollten nicht hier sein. Du kamst in dem Moment, als die Spiele gerade beendet waren und ich ging, um dich zu empfangen. Ein kleines Missgeschick, dass sie noch hier sind und all das gesehen haben.«

»Sie haben gekämpft?«, fragt Cato weiter.

»Ja.«

Cato geht näher heran und blickt von einem zum anderen. »Der Zweite von rechts, ist das ein Thraker?«

»Ja«, antwortet Flavius, »ein Feigling, er wimmerte wie ein Weib. Wir mussten ihn peitschen, damit er kämpft.«

Cato betrachtet den Thraker und zweifelt an Flavius Worten. Am rechten Arm klebt Blut, auch an seinen Beinen, aber es ist nicht von ihm. Er geht ein paar Schritte nach vorn und blickt

dem Thraker ins Gesicht, der seinerseits auch ihn jetzt ansieht. Seine Züge scheinen versteinert.

»Seit wann bist du in der Schule des Batiatus?«, fragt Cato ihn, wartend, ob er eine Antwort geben wird. »Versteht er, was ich sage?«, wendet er sich wieder an Flavius.
»Möglich, – ich weiß es nicht.«
»Gibt es hier jemanden, der thrakisch versteht?«
»Du hast dem Alten die Rippen gebrochen! Wegen einer Sklavin! – Nein, es gibt niemanden der trakisch versteht.«
»Es wird besser sein, wenn ich jetzt gehe, wolltest du sage?«
»Du weißt«, antwortet Flavius verlegen, »du bist wilkommen, doch …«
»Es wird Ärger geben, wenn ich bleibe. Gut, ist gut. Ich kam nicht, um dich in Schwierigkeiten zu bringen.«
Beide gehen durch die Halle zum Ausgang. Schweigend steht Flavius neben ihm, während ein Sklave das Pferd heranführt. Cato glaubt plötzlich, das Gesicht dieses Sklaven zu kennen. Eindringlich betrachtet er die kantigen Züge. Auf der linken Seite läuft eine Narbe von der Schläfe bis zur Mitte des Kopfes. Cato nimmt ihm die Zügel ab und der Sklave geht ein paar Schritte zurück. Flavius heißt ihn, den Wagen mit den Gladiatoren aus dem Haus zu schaffen.
»Du lässt ihn die Gladiatoren versorgen?«, fragt Cato.
»Du hast dich doch eben darüber beklagt, dass sie noch im Haus sind.«
»Mir ist, als kenne ich diesen Mann.«
»Das ist Rufus. Ich habe ihn vor zwei Monaten von Petronius Sergius gekauft, auf ihn ist Verlass.«
Cato hat keinen Zweifel. Dieses Gesicht hat er schon einmal gesehen. Vor sechs Monaten wurde dieser Mann während der Versteigerung ausgepeitscht, fügig gemacht. Man hatte ihn als einen Führer seines Volkes erkannt, als er trotz der Ketten

versuchte, seine Leute zusammenzuhalten. Heute, mit gebeugter Haltung, sein Mienenspiel zur freundlich grinsenden Fratze verzerrt, ist er nur noch ein Schatten dessen, was er war. Das ›Ich‹ ist nicht absolut, erinnert sich Cato, so sagte es einer der Lehrer in Alexandria, hier der Beweis.

Er setzt sich auf dem Rücken des Pferdes zurecht, als Flavius noch einmal zu ihm spricht:

»Als dein Freund sage ich dir, dein Verhalten und dein Gerede könnten einmal sehr gefährlich für dich werden.«

»Flavius«, antwortet Cato, ohne ihn anzusehen, seine Stimme ist voller Verachtung für all die verrenkten Rechtfertigungen dieser Klasse. »Du bist in Rom aufgewachsen, du kennst nichts anderes – ihr armen Narren. Falls du in nächster Zeit wieder vorhast, mit solchen Vergnügungen zu protzen, dann achte darauf, dass so ein Käfig wie dieser immer gut verschlossen ist. Vor allem, wenn dieser Thraker wieder dabei sein sollte.« Er hält inne. Das hätte er vielleicht nicht sagen sollen, nicht mit dieser Anspielung auf die Herkunft. Doch schiebt er diesen Gedanken wieder beiseite, wenn er auch an Flavius' Miene erkennt, dass er auf eine Entschuldigung wartet. Mag er beleidigt sein, es ist ihm gleich. Er verabschiedet sich mit kurzen Gruß und reitet davon. Flavius bleibt allein zurück.

Er fühlt eine jähe Wut in sich aufsteigen. *Auf den Thraker soll ich achten. Reicht es nicht, dass die Weiber nach ihm lechzen, müssen wir noch weitere Attribute an ihm festmachen? – Nein!*

Nein! Höflichkeit und Anstand... ist ein Weg... stets zuvorkommendes und tugendhaftes Benehmen... seinem Stand angemessen, was sonst könnte meine Mutter bewogen haben... sich für meinen Vater zu entscheiden... ja, natürlich, so ist es...

Plötzlich bemerkt er Rufus, der noch immer neben ihm steht. Mit einer kurzen Armbewegung weist er ihn an, den Wagen mit den Gladiatoren hinauszubringen und geht wieder hinein, zu seinen Gästen.

Rufus stellt den Wagen etwas abseits, längs einer Baumreihe. Der Himmel ist zugezogen, es ist sehr dunkel. Vorsichtig geht er um den Wagen herum und bleibt schließlich vor dem eisernen Gitter stehen. Er greift nach den Händen, die sich ihm langsam entgegenstrecken. Stumm schreit er in den Nachthimmel, wieder und wieder die Arme des anderen umklammernd.

*

›*besonderen*‹

Schnellen Schrittes geht Lentulus Batiatus durch den östlichen Flügel seines Hauses, nervös beäugt er das Lichtspiel der Sonnenstrahlen. Am frühen Morgen wollte er aufbrechen, jetzt ist die Mittagsstunde erreicht. Im Vorbeigehen nimmt er Schild und Schwert entgegen:

»Alles fertig? Stehen die Wagen bereit?«

»Ja, Herr«, ruft Mäcenas ihm zu, der ihn bereits erwartet.

»Gut, dann können wir endlich aufbrechen. Ich werde in einer Woche zurück sein. Bis dahin weder übermäßiger Drill noch Bestrafung und auch keine Besichtigungen, ganz gleich welchen Ranges.«

»Es wird geschehen, wie Ihr es verlangt.«

Batiatus betrachtet noch einmal den Tross: Wachmannschaften und etwa sechzig seiner Gladiatoren, die in schweren, Bronze beschlagenen Wagen mitgeführt werden. Dann gibt er den Befehl zum Aufbruch.

Mit der Dämmerung des vierten Tages erreichen sie die Umgegend Roms. Er gönnt seinem Tross eine längere Pause, auch, um die Gladiatoren noch einmal reinigen und massieren zu lassen.

Als sie die Stadtmauern passieren wollen, versperren ihnen die Wachen den Weg.

»Was hat das zu bedeuten?«, fragt Batiatus scharf und richtet den Blick auf einen kleinen korpulenten Mann gesetzten Alters, den er als Hauptmann erkennt. »Es bedeutet, dass du vor der Stadt lagern musst.«

»Aber ich muss zur Arena, ich werde dort erwartet!«

»Nicht heute«, erwidert der Hauptmann und ein breites Grinsen legt sich auf sein fleischiges Gesicht. Rot vor Zorn wendet Batiatus sich ab und heißt sein Gefolge die Stadtmauer entlang zu ziehen, um ein geeignetes Lager für die Nacht zu finden. Am nächsten Morgen wird ihm der Zugang gewährt.

*

Bevor die Wagen mit den Gladiatoren geöffnet werden, müssen sie ihre Hände durch die Gitter strecken, jede Fessel wird noch einmal geprüft. Schließlich werden sie in die unterirdischen Gewölbe der Arena geführt. Batiatus wird vom Ädilen in üblicher Weise begrüßt, man bittet ihn Platz zu nehmen und bietet ihm Wein an. Im Schein von Fackeln werden die Gladiatoren gemustert.

Batiatus blickt sich um. Außer ihm ist noch ein weiterer Händler anwesend mit Sklaven der ›besonderen‹ Art.

Menschen, einzeln eingesperrt in sperrige Käfige, um einen verkrüppelten Wuchs zu erzwingen, zur Befriedigung ausgefallener sexueller Neigungen. Der Preis für ein solch ›absonderliches Wesen‹ kann den eines Gladiators weit übersteigen. Schaudernd wendet er sich ab und mustert das Waffenarsenal, mehr aus Verlegenheit denn aus Neugier. Wie üblich sind alle Gattungen vertreten. Den größten Anteil bilden Schilde, Schwerter und Helme für Samniten und Thraker, dann Netze und Dreizack für Numider.

Batiatus greift nach dem Becher, streift dabei den Ädil mit einem kurzen Blick. Abfällig beäugt dieser ihn, mit halb geschlossenen Augen, das längliche Gesicht schräg nach hinten geneigt. »Warum wurde mir gestern der Zutritt zur Stadt verwehrt?«, fragt er ihn.

»Es gab einen Mord an einem bekannten Stadtpräfekten«, antwortet der Ädil, Pausen zwischen die Wörter setzend, als wolle er nach jeder einen neuen Satz beginnen, um schließlich das Wort ›Stadt-Prä-fek-ten‹ auszusprechen. Batiatus versteht die Bedeutung der Antwort nur zu gut. ›Sieh her, ich bin Römer, ich bin Ädil, ich muss nicht mit dir sprechen, ich tue es nur aus Mitleid. Ich kaufe zwar deine Sklaven, aber wir haben nichts gemein.‹

Er kämpft mit sich, will sich nichts anmerken lassen, doch fällt es ihm schwerer als sonst. Nie zuvor hat er vor der Stadt lagern müssen, weil ihm der Einlass verweigert wurde. Höflich bleibend fragt er weiter: »Was hat der Mord an einem Präfekten mit meinen Geschäften zu tun?«

»Der Präfekt wurde im Schlaf von einem seiner Sklaven erdolcht. Deswegen müssen alle Sklaven aus seinem Besitz verurteilt werden. Es sind an die vierhundert, ein großer Teil Frauen und Kinder.«

»Wollte man mich am möglichen Kauf hindern?«

»Es gibt nichts zu kaufen, sie wurden gekreuzigt. Man war in Sorge wegen der vielen Sklaven in der Stadt. Deine Kreaturen dort stellen ein unnötiges Risiko dar, also habe ich veranlasst, dir den Zutritt zur Stadt bis zur vollendeten Vollstreckung zu verweigern. Aber es ging zügiger vonstatten als ich dachte.«

Batiatus greift noch einmal zum Becher und mustert kurz den Ädil, der sich während des Gesprächs kaum bewegt hat. Ein höhnisches Grinsen legt sich über sein hölzernes Gesicht, der Kopf noch immer leicht zurückgelegt, eine Hand um das spitze Kinn flechtend, lässt er keinen Zweifel an der Farce ihn bei Ankunft vor der Stadt lagern zu lassen. Er hat eine Vorliebe für Knaben und Mädchen, heißt es.

Batiatus will das Thema beenden und zum Geschäftlichen kommen. »Die meisten Männer sind noch sehr jung – dreißigtausend Sesterzen.«

Der Ädil gibt einem der im Hintergrund stehenden Männer ein Zeichen. »Hier sind fünfundzwanzigtausend, mehr zahle ich nicht – und nun geh.« Wieder höhnisches Grinsen im hölzernen Gesicht.

Ohne Zögern nimmt Batiatus den ledernen Beutel und macht sich auf den Rückweg. Das hat er sich anders vorgestellt, doch instinktiv verzichtet er darauf, mit dem Ädil zu streiten. Vierhundert Sklaven wurden gekreuzigt. Bei solchen Ereignissen reagiert der Adel äußert gereizt und empfindlich auf jedwede Form von Sklavenwirtschaft.

Wieder bei seinen Leuten angekommen, teilt er ihnen mit, dass er noch ein oder zwei Tage in Rom bleiben werde, sie sich ohne ihn auf den Weg machen sollen und: »Während meiner Abwesenheit seid ihr Apulejus unterstellt.«

Apulejus, ein hochgewachsener Mann von sechzig Jahren, war einst selbst wohlhabend. Als Sklavenhändler in Delos hat er täglich hunderte Sklaven verkauft. An wen oder wohin, war ihm gleichgültig. Edle Fürsten aus dem Partherreich fanden sich nachts zu seinen Gelagen ein, selbst Könige speisten an seiner Tafel. Seit zwei Jahren steht er im Dienst des Lentulus Batiatus. Seine Aufgaben verrichtet er zur Zufriedenheit, doch er verabscheut sie zutiefst. Immer wieder sich quälend mit der Frage, ob es Trunksucht oder Aberglaube war, die ihn in den Ruin getrieben und ihn zum Diener eines Lanistas machten. Schlaflos seine Nächte. Er, der keine Skrupel kannte, jetzt verfolgt von Bildern verzweifelter Familien, sobald sich die Stille und Dunkelheit der Nacht ausbreitet, mit ihren endlosen Stunden, in denen er häufig nach seinem Dolch greift, um sich die Adern aufzutrenen.

»Apulejus«, hört er jemanden rufen, und noch einmal doch lauter: »Apulejus.«

Er hebt den Kopf. Mit starren Blick aus tiefen Augenhöhlen mustert er den Mann. »Wir können aufbrechen«, lässt dieser in wissen. Zögernd, fast seufzend antwortet er: »Gut.« Dann, vollends aus der Lethargie zurück, gibt er das Zeichen zum Aufbruch.

Die römischen Wachen öffnen das Tor. Während der Tross passiert, bleibt Apulejus bei den Wachen, überreicht den Passierschein und eilt dann seinen Leuten hinterher. Er lässt das Pferd in leichtem Trab gehen, da die Wachen das Tor berreits wieder schließen, knapp kommt er hindurch, doch reißt dann das Tier am Zügel zurück. Voller Entsetzen, mit weit aufgerissenen Augen starrt er auf den sich bietenden Anblick. Stöhnend und ächzend, sich im Todeskampf windend, hängen die Leiber von Frauen und Kindern, gebunden an hölzerne Kreuze. Endlos scheint die Straße vor ihm ein Weg des Leidens zu sein. Es sind nur Sklaven, kommt es flehentlich aus seinem Mund, nur Sklaven. Doch die Stimme des Gewissens ist damit nicht zufrieden.

Sein Pferd peitschend prescht er nach vorn, entlang des Zuges.

»Verhüllt sie!«, ruft er mit bebender Stimme, als er die Wagen der Gladiatoren passiert. »Bei allen Göttern, verhüllt sie doch!« Stockend hält der Zug. Eilig werden die Wagen mit Leinentuch bedeckt, dann wieder vorwärts getrieben.

Wild mit seinem Reitstock um sich schwenkend, zu beiden Seiten umgeben von den am Kreuz Sterbenden, treibt Apulejus die Kolonne an, wenn dieser Weg doch bald zu Ende wäre.

3. Kapitel
Alter Veteran

Noch vor Sonnenaufgang erhebt sich Ädil Gratus von seiner Schlafstatt. Er fieberte diesem Tag bereits entgegen.

Diesem Tag, der, der letzte ist, vor Beginn der Gladiatorenspiele in der Arena und an dem ein großes Bankett stattfinden wird. Den Gladiatoren werden ausgefallene Speissen vorgesetzt, Wein fließt in Strömen, Frauen gehen von Hand zu Hand. Wen immer es danach verlangt, kann an diesen Orgien der Verzweiflung teilnehmen, bis der Morgen graut.

Gratus lässt anspannen und die Gladiatoren in die Wagen pferchen. In den schmalen Gassen geht es nur langsam voran. Als der letzte Wagen auf die Porta Lavernalis einbiegt, bleibt er etwas zurück und wartet gespannt. Wollen doch sehen, wie viele es heute sein werden. Schon bricht der erste Wagen aus.

»Haaalt!«, hört er den Fahrer rufen und lenkt sein Pferd auf die andere Seite denn er genießt diesen Anblick immer wieder aufs Neue. *Was so ein Hals doch aushält.* »Sieh nur«, spricht er an den Fahrer gewandt, »da gibt man ihnen Gelegenheit, wie Männer zu kämpfen und zu sterben, und dann stecken sie feige den Kopf in die Speichen, befördern sich auf jämmerliche Weise selbst ins Jenseits.« Das entsetzte Gesicht des Mannes betrachtend, wartet er, was er unternehmen wird, um sich des entstandenen Ballasts zu entledigen.

»Nein! Nein! Nicht mit dem Schwert!«, herrscht er ihn an. »Du siehst doch?! Der Kopf ist noch immer dran! Also! Den Wagen anheben, das Rad zurückdrehen und diesen Feigling herausziehen.« Dann schaut er der Kolonne hinterher die inzwischen weitergezogen ist. Er sollte ihr folgen, doch verharrt noch an seinem Platz. Mühsam wird der Wagen hochgestemmt und das Rad zurückgedreht. Amüsiert beäugt er das Baumeln des Kopfes. Eigenartig, denkt er, wie so ein Menschenkopf plötzlich am Körper baumelt, nicht anders als eine schwere Kugel an einer etwas zu kurz geratenen Kette. Schließlich wendet er sich ab und treibt sein Pferd der Kolonne hinterher. Die Spitze des Zuges hat das Südende der Arena erreicht. Es wimmelt von Menschen. Umgeben von Flötenspiel und dem Gesang von Lustknaben, laben sich die Menschen in den Wellen der Orgie. Gratus übergibt sein Pferd einem Sklaven und stürzt sich gierig hinein.

Als zu später Stunde seine Leibsklaven versuchen, ihren trunkenen Herrn mit sich zu nehmen, stößt er garstig mit den Füßen nach ihnen. Nur schwer können sie ihm begreiflich machen, dass es sein Wille ist, da alsbald Wachmannschaften ausgesendet und die Menschen auseinandertreiben werden, denn die Gladiatoren sollen ausgeruht sein, sollen kämpfen und kriegen, kämpferisch und kriegerisch sein.

*

peitschen brennen

Senator Tiberius gibt seinen Sänftenträgern einen kurzen Wink, er will die Arena noch während der Pause erreichen. Rigoros bahnen sich die Träger einen Weg durch das Gewimmel. Tiberius verschließt die weißen Vorhänge. *Dieser dreckige Pöbel, ich ertrage diese Gaffer nicht*. Hin und wieder späht er durch einen Schlitz in die Gassen, die übersät sind mit Händlern, deren Waren sich unter den vorspringenden Arkaden der Häuser türmen. Vorbei an Flötenspielern,

Gauklern, Huren, die sich tanzend feilbieten, schiebt sich die Sänfte durch die flirrende Hitze.

Endlich in der Arena angekommen, geht er eilig die Stufen hinab, zu den Rängen der Senatoren. Vor ihm und hinter ihm unaufhörliches Getöse. »Brenne ihn! ... Peitsche ihn!... Warum geht er so furchtsam dem Schwert entgegen? ...Warum stirbt er nicht freudig?«

Wieder zu spät, unangenehm ist es ihm, ja verhasst. Er fühlt Blicke im Nacken, zügellose Wut steigt in ihm auf. Fliehend vor all den zerrenden Empfindungen, stürzt er sich in das Wutgeschrei der anderen, lechzend nach hitzigem Gefecht, nach blutrünstigem Kampf. Den ganzen Nachmittag bleibt er in der Arena, ballt die Fäuste, schreit sich den Hals heiser, labt sich am Gemetzel, das in allen erdenklichen Formen stattfindet.

Gegen Abend verlässt er die Arena. Sichtlich geschwächt von den Anstrengungen, sucht er eine der Thermen auf und lässt sich nach ausgiebigem heißen Dampfbad die Glieder mit warmen Ölen massieren. Schließlich sind auch diese Stunden vorüber. Gehetzt von seinem umtriebigen Gemüt, verlässt er die Thermen, verkriecht sich wieder in seiner Sänfte und heißt die Sklaven in barschem Ton, sich auf den Weg zu machen.

Nach kurzer Zeit wird die Sänfte von Wachmannschaften aufgehalten.

»Ein Feuer ist ausgebrochen«, lässt ihn der Hauptmann wissen, »wir haben strikten Befehl, niemanden passieren zu lassen.«

Tiberius zieht die Vorhänge der Sänfte zur Seite. Dem Hauptmann fährt der Schreck in die Glieder, denn er hat sein

Gegenüber sogleich erkannt. Im Schein von Fackeln wirkt dieses Gesicht noch bedrohlicher. Die übergroßen Augen, der zusammengekniffene Mund, eine schmale, hervorstechende Nase, all dies auf einem nem Kopf, der stets leicht nach hinten geneigt ist und so den furchteinflößenden Eindruck verstärkt. Mit leiser, fast hauchender Stimme antwortet er dem Hauptmann: »Ich bin Senator Tiberius, also los, gebt den Weg frei!«

»Vergebung, Herr«, der Hauptmann schluckt seinen Speichel, doch letztlich erleichtert nicht gestottert, nicht gestammelt, und damit kein zu offensichtliches Zeichen von sich gegeben zu haben, das der Charakter dieser Kreatur leicht als Affront gegen seiner Person deuten würde. »Das Feuer greift sehr schnell um sich. Es gibt nur wenig Wasser in diesem Bezirk. Es sind zumeist die Häuser der Unterschichten. Die Straßen sind sehr schmal, wenn eine Panik ausbricht ...«

»Ich hab nicht vor, dort zu nächtigen, und jetzt gebt den Weg frei«, zischt Tiberius zwischen den Zähnen hindurch. Dann, ohne auf Antwort zu warten, winkt er seinen Trägern weiterzugehen. Schnellen Schrittes treibt er sie die Straße hinunter und lässt sie in eine der schmalen Gassen einbiegen. Junges, tanzendes Fleisch hatte er hier gesehen. Nach all den überdrüssigen Plagen des Tages fühlt er ein unstillbares Verlangen. Doch die Straßen sind wie ausgestorben. Tiberius lässt weiterziehen bis zur nächsten Biegung und plötzlich ist Lärm zu hören, der schnell näher kommt. Die Straße, hier stark abfallend, gibt Sicht auf den unterhalb liegenden Stadtteil. Entsetzt lässt Tiberius halten. Die Stadt, rechts von ihm, eine Feuersbrunst, hoch züngeln die Flammen aus den Häusern. Nervös blickt er um sich. Waren die schmalen

Gassen eben noch menschenleer, so quellen sie nun über von Fliehenden, die panisch nach Angehörigen rufen.

Dann, ein Haus unweit von ihm entfernt, geht in Flammen auf. Dichtes Gedränge jetzt um ihn herum. Er herrscht seine Träger an, sich einen Weg zu bahnen.

Panische Angst ergreift ihn, die sich in kindischem Jähzorn äußert. »Aus dem Weg, ihr erbärmlichen Kreaturen!«, ruft er in die Menge hinein und schlägt zuweilen mit einer Rute nach jenen, die seiner Sänfte zu nahe kommen. Doch können all seine Wut und Zorngebärden die Sänfte nicht davor bewahren, zum Spielball der wogenden Masse zu werden. Für einen Moment denkt er daran, Ruten an seine Träger zu verteilen, doch verwirft die Idee sogleich wieder. Dies erscheint selbst ihm als zu gefährlich.

Plötzlich erkennt er in dem Gedränge seine Leibgarde. Catulus, sein Verwalter, war in Sorge und hatte sie ihm nachgeschickt. Die fünf Reiter umringen die Sänfte. Stockend, aber doch zügiger als bisher, schiebt sich die Kolonne durch die Gassen. Tiberius ist erleichtert. Sich ganz der Garde anvertrauend, verbirgt er sich wieder hinter den Vorhängen. Den Lärm der angstvollen Menschen kann er nicht abstellen.

Dann plötzlich wieder längerer Stillstand. Tiberius lauscht, kann aber nur einige Wortfetzen auffangen:

»Gladiatoren... brauchen eines eurer Pferde... Wagen...

auch... die Straßen hinauf.« Tiberius späht nach draußen und erkennt den Lanista aus Capua. »Nein, nein, weiter, weiter, sag ich!«, brüllt er mit kreischender Stimme.

Batiatus springt zur Seite, um nicht von den Pferden niedergetrampelt zu werden. Resigniert blickt er der Sänfte hinterher. Schließlich arbeitet er sich mit seinen starken

Ellbogen einen Weg zurück zu seinen Leuten und gibt ihnen zu verstehen, dass sie es mit nur einem Pferd versuchen müssen. Da ihm niemand widerspricht, führt er sie eilig die Straße hinauf zu dem letzten seiner bronzenen Gladiatorenwagen.

Als er die dicken Rauchschwaden sieht, die von einer Seitenstraße heraufziehen und den Wagen bereits vollständig umhüllt haben, denkt er für einen Moment daran, umzukehren. Doch schweres Husten ist aus dem Wagen zu hören. Da das Pferd erstaunlich ruhig bleibt, lässt Batiatus weitergehen. *Solang sie noch husten, ist es nicht zu spät*, hofft er.

*

Gewölbe

Batiatus hat achtzig Männer bei den letzten Kämpfen in Rom verloren, davon zehn als Folge der Rauchvergiftungen durch das Feuer. Zehn Gladiatoren, die sich in der Arena bewährt hatten, ein herber Verlust, der sich nur schwer ausgleichen lässt. Doch für die anderen muss Ersatz gefunden werden, da eine Tierhetze bevorsteht. So schickt er Apulejus zu dem Optimaten Cornelius Serbius, einem Zögling aus dem Patriziergeschlecht und berüchtigt für die miserable Behandlung von Sklaven. Außerdem ist er ein Spieler, doch von niederer Intelligenz. Während seine Sklaven bis zu sechzehn Stunden auf den Feldern schuften, immer getrieben von Peitschenhieben der Aufseher, bringt er enorme Summen bei Trinkgelagen durch, begleitet von Würfelspielen. sich beinah ruiniert mit der Zahlung von Schmiergeldern, bei den Wahlen vor einem Jahr.

Im Allgemeinen erledigt Batiatus diese Aufgabe selbst. Wenn es um die Auswahl von brauchbaren Männern geht, traut er niemandem. Doch in diesem speziellen Fall scheint es ihm geboten, Apulejus zu schicken. Mit seiner lethargischen, leicht demütigen Art hat er das passende Auftreten gegenüber einem von Geltungssucht beherrschten Individuum des Adels.

*

»So, du willst mir also einige Sklaven abkaufen.« Cornelius' Stimme klingt wütend, vorwurfsvoll, irre. »An welche Summe denkst du?«

»Dazu müsste ich sie sehen«, antwortet Apulejus mit vorsichtiger, gedämpfter Stimme, darauf bedacht, den Patrizier nicht infrage zu stellen.

»Oh, ihr Zustand ist prächtig«, tönt Cornelius mit seiner schnarrenden Stimme weiter, »du könntest kaum Bessere für deine Schule finden als bei mir. Die harte Feldarbeit stärkt ihre Körper so gut wie eure gymnastischen Übungen.«

Plötzlich spuckt er den Bissen Fleisch auf den Boden, den er sich eben in den Mund gesteckt hat und ruft einem der Sklavenmädchen zu, die regungslos im hinteren Teil des Raumes stehen: »Schaff mir den Koch herbei, auf der Stelle!« Als dieser erscheint, schlägt ihm Cornelius, kaum dass er den Raum betreten hat, mit einer Rute quer übers Gesicht. Der Sklave schreckt zurück, die rechte Wange scheint aufgerissen, er wirft sich um Gnade flehend zu Boden. »Das Fleisch ist schon wieder zäh wie die Riemen meiner Sandalen«, brüllt Cornelius, rot vor Zorn, mit einer hastigen, sich überschlagenden Aussprache. Dann weiter, fast flüsternd: »Aber du lernst es noch, bei den Göttern, du wirst es lernen.« Leicht über ihn gebeugt, starrt er für einen Moment von oben auf ihn herab. »Mach, dass du raus kommst!« und wendet sich wieder Apulejus zu.

»Hast du gesehen?«, mit vor Jähzorn bebender Stimme, »diese jämmerlichen Kreaturen, keinen Funken Ehre im Leib.«

Apulejus schweigt zunächst verlegen. Er weiß nur zu gut um das Misstrauen dieses Mannes, der sich äußerst schnell wegen Allem und Nichts beleidigt fühlt.

»Leider ist es nur ein Koch, sonst würde ich ihn kaufen«, gibt er vorsichtig zur Antwort.

»Sei unbesorgt, ich habe, wonach du suchst«, und lässt die Pferde aufzäumen. Zusammen reiten sie hinaus auf die Ländereien. Peitschenschwingend ruft er den Aufsehern schon von weitem zu, sie mögen die Männer zusammenholen.

Apulejus mustert die Sklaven. Blasse, ausgemergelte Gesichter zeugen von schlechter Ernährung. Gekleidet sind sie in löchrige Tuniken, sogar bei diesem regnerisch stürmischen Wetter. Alles in allem sind sie in einem erbärmlichen Zustand. Er geht die Reihen entlang, letztlich wählt er zwanzig Männer. Ohne die Gewissheit, ob der finanziellen Sorgen des Cornelius, einen besonders günstigen Preis zu bekommen, hätte er auch diese abgelehnt. Wieder zurück in Capua, empfängt ihn Mäcenas am Tor der Schule. »Du hast lang gebraucht. Batiatus war in Sorge, er erwartet dich.«

»Wie viele Männer konntest du von ihm bekommen?«, fragt Batiatus.

»Zwanzig.«

»Nur zwanzig? Das sind zu wenige!«

»Ich weiß, Herr. Doch die Sklaven des Cornelius sind für uns kaum zu gebrauchen. Auch diese zwanzig sind eher zehn zu viel.«

»Wir brauchen für die Spiele in zwei Monaten noch weitere Männer. Sie müssen nicht von besonderem Wuchs sein, es
genügt, wenn sie ein Schwert in der Hand halten können. Habe ich dir das nicht gesagt? Sie werden bei diesen Spielen eh nur gefressen von all diesen Viechern, die der Ädile wieder hat zusammen suchen lassen.«

»Vergebung Herr, ich ...«

»Gut, ist gut!«, unterbricht Batiatus schroff seinen
Entschuldigungsversuch. »Geh jetzt!«

Die Wochen vergehen schneller, als es Batiatus lieb ist. Trotz aller Bemühungen kann er nicht die Anzahl an männlichen Sklaven finden, die er braucht. Er lässt Mäcenas rufen, um sich noch einmal über den aktuellen Bestand zu versichern.

»Wie viele haben wir?«, fragt er ihn.

»Es sind genau einhundertsechzig«, antwortet Mäcenas, »wir werden welche aus dem Hauptbestand hinzunehmen
müssen.«

»Das hatte ich zu vermeiden gehofft. Sieh zu, möglichst nur jene einzubinden, die ich zu Beginn des Jahres bei der Rückkehr von Marcus Glabrus gekauft habe. – Und achte darauf, dass sie nicht wahllos verteilt werden. Vielleicht reichen diesmal hundert und wir brauchen die anderen nicht verfüttern.«

*

Geschützt durch ein massives Gitter, beobachtet Batiatus die Tierhetze. Die Todesschreie der Sklaven gehen unter im Geheul der Massen. Schon sind die ersten dreißig zerrissen, kaum einer fand Mittel, sich der Tiere zu erwehren. Der Boden der Arena bewegt sich und aus der Tiefe werden weitere
zitternde Sklavenmenschen emporgehoben. Von Todesangst getrieben, laufen sie in alle Richtungen auseinander. Doch gibt es kein Entkommen, kein Entfliehen vor den vom Getöse der Massen aufgebrachten Bestien. Batiatus späht nervös durch das Gitter, hoffend, die Biester würden bald müde und satt sein, doch noch hält das Spektakel an. Blutlachen bilden sich, in denen die Tiere den Halt verlieren. Manches ihrer Opfer kann noch einmal entkommen und die kreischende Menge labt sich am Todeskampf der Verzweifelten.

Wieder bewegt sich der Boden und Batiatus' Befürchtungen treten ein. Zwar waren außer ihm noch drei weitere Lanista bestellt worden, die ihrerseits die Arena mit Sklaven versorgen, doch es genügt nicht. Er wird einen Teil seiner bereits gut ausgebildeten Gladiatoren opfern müssen. Fiebernd blickt er in die Arena, endlich scheinen die 'Biester' sich zu beruhigen, nur vereinzelt jagen sie noch ihre Opfer, doch die meisten machen sich an den zerrissenen Körperteilen zu schaffen. Der Lärm auf den Rängen legt sich. Hier und da verlässt das Publikum bereits die Arena, fressende Tiere sind zu belanglos. Batiatus steigt die steinernen Stufen hinab in die unterirdischen Gewölbe. Die düsteren Gänge, von spärlichem Fackelschein beleuchtet, umfangen den Eindringling und verstärken die Bedrohlichkeit des Ortes, durch den Widerhall der Klagelaute. Sklaven schaffen unaufhörlich Verwundete hinaus, kreuzen Wachmannschaften, die andere Sklaven zur Schlachtbank führen. Ein widerlicher Gestank aus versengtem Fleisch, kaltem Blut und Ausscheidungen wälzt sich durch das Labyrinth.

Batiatus hält sich ein Tuch vor das Gesicht und schlängelt sich geschwind durch das Gewimmel. Er folgt den Wachmannschaften, biegt linker Hand in den östlichen Teil des Gewölbes und trifft dort auf einen Centurio. Nachdem dieser ihn kurz über den Zustand seiner Leute unterrichtet hat, fragt er nach den Ärzten. »Ärzte? Nimm mein Schwert, damit bist du besser als jeder Arzt«, antwortet der Centurio mit spöttischem Schatten in seiner Stimme. »Es wurde heute geschärft. Nur ein Hieb. Arm oder Bein, ganz egal, nur ein Hieb.«

Batiatus mustert ihn kurz und wendet sich ab, ohne ihm zu antworten. Es wäre sinnlos mit dieser Kreatur zu streiten. Er taucht wieder in das Gewimmel ein. Mühsam ist der Rückweg. Immer wieder gerät der Menschenstrom ins Stocken, Übelkeit steigt in ihm auf. Endlich auf den letzten Stufen erwartet ihn Apulejus und hilft ihm hinauf. »Wir werden hohe Verluste haben, die Ärzte fehlen«, lässt er ihn wissen.

»Das ist schon das zweite Mal in diesem Jahr, dass sie diesen Teil der Abmachung fallen lassen«, antwortet Apulejus verbissen.

»Es ist dieser Ädil, den sie vor ein paar Monaten eingesetzt haben«, spricht Batiatus halb zu sich selbst.

»Vorläufig können wir nichts unternehmen. Sag unseren Männern, sie mögen sich bis zum Abend hier einfinden, so lang wird es sicher dauern, bis wir die Überlebenden zurückbekommen.«

Als er am nächsten Tag, mit samt Tross, nach Capua

aufbricht, kommt ihm auf der Via Appia eine Abordnung des Ädils entgegen, mit dem Gesuch einen alten Veteranen aus Sullas Heer in seinen Wachdienst aufzunehmen. Batiatus ahnt, dass dies mehr als eine Bitte ist und willigt ein.

*

»Die Männer, die ich von Glabrus kaufte«, Batiatus reibt sich die Stirn, »wie viele haben wir in der Arena verloren?«

»Vierundsechzig«, antwortet Mäcenas. Zu viele, zu viele, denkt Batiatus und spricht weiter in kurzen, knappen Worten: »Verdopple die Wachen für die nächsten Wochen, aber lockere die Strafen bei Ausschreitungen. Das Übliche, du weißt schon. In den nächsten Monaten finden keine Gladiatorenkämpfe statt. Mit der Zeit werden sie die Tierhetze vergessen.«

»Es wird geschehen, wie Ihr es verlangt. Doch lasst mich Euch noch etwas mitteilen«, bittet Mäcenas, begierig, ihm seinen Erfolg zu präsentieren.

»Was gibt es!?«

»Wir haben gestern einen der Männer herausgegriffen, – unter Folter hat er ...«

»Unter Folter!? Was soll das heißen!?«, unterbricht ihn Batiatus gereizt.

»Vergebung Herr, es schien mir angebracht. Am Tag vor den Saturnalien, als Apulejus die Männer zurückbrachte, passierten sie die Kreuzigung der vierhundert Sklaven.«

»Beim Zeus! Waren die Wagen nicht verhüllt!?«

»Nicht sofort, sie haben alles gesehen. Seit die Überlebenden der Tierhetze zurückkehrten, hörten wir manchmal, wie sie davon sprachen.«

»Haltet sie auseinander. Bei allen Göttern, habe ich es nicht oft genug gesagt!?«

»Natürlich, Herr. Aber wenn wir sie zu den Mahlzeiten führen oder sie ihre Übungen verrichten, können wir es nicht verhindern. – Unter der Folter hat er gestanden, dass es eine Verschwörung oder einen geheimen Bund gibt. Mehr konnten wir nicht erfahren. Noch einen von ihnen zu foltern, wäre auffällig. Ich denke, bisher wissen sie nicht, dass wir etwas ahnen.«

»Wenn es stimmt, werden sie es auch wissen!«, faucht Batiatus ihn an. Er wendet sich ab, um seine Gedanken zu ordnen. *Ich hätte nicht bleiben sollen*, denkt er, *Apulejus nicht allein ziehen lassen. Mäcenas – hat wieder gefoltert. Diesmal vielleicht richtig... letztlich zu häufig... nur aus einer Laune heraus*. Für Batiatus, mit dem Stand eines Lanistas, ist die Gladiatorenschule mehr als nur Einnahmequelle, sie ist seine Form sich auszudrücken, letztlich die Einzige. Körperliche Beschaffenheit der Gladiatoren, ihre Kampfmoral und letztlich ihre Kampfkunst sind ultimative Ausweisungen seiner Erfahrung, seiner Menschenkenntnis. Mängel, Unfälle, oder Ausfälle, jedwede Störung des täglichen Ablaufs, sind unbedingt zu vermeiden. Wer Gladiatoren aus seiner Schule kauft, soll nicht gelangweilt werden von Kreaturen, die lethargisch ihre Schwerter aneinander reiben. Mäcenas entwickelt sich allmählich zum Widersacher seines fein ausgeklügelten Systems. *Vielleicht an der Zeit, ihn zu ersetzen*. Damals schien er ihm der Richtige. Er suchte jemanden, dessen Äußeres Abschreckendes mit sich bringt.

Mit einem, »also gut«, wendet er sich ihm wieder zu: »Haltet sie von den scharfen Waffen fern, für die nächsten Wochen.

Trennt sie regelmäßig voneinander und bringt sie alle drei oder vier Tage in anderen Quartieren unter. Und achtet auf die Buchführung. Ich will auch in der nächsten Woche sicher sein, wer seit zwei Monaten und wer seit zwei Jahren bei uns ist.« Er erhebt sich, um sich in seine Gemächer zurückzuziehen. »Was gibt's denn noch!?«, fragt er, als Mäcenas noch einmal zu sprechen beginnt.

»Dieser Veteran, den sie Euch aufgedrängt haben, Nikodemus?«

»Ja?«

»Wie lange wird er bleiben?«

»Mir wäre am liebsten, er wäre gar nicht hier«, antwortet Batiatus ärgerlich und blickt fragend auf Mäcenas. »Wir könnten ihn zur Nacht durch die Gänge spazieren lassen«, sagt dieser, dabei Batiatus anschauend, wartend auf eine Regung in seinem Gesicht die ihn auffordert weiterzusprechen, »alsbald gibt es Nachlässigkeiten, die wir zu beklagen haben.«

»Gut«, antwortet Batiatus mit einer wegwerfenden Handbewegung, »ich überlasse dir diese Angelegenheit.«

*

Langsam geht Nikodemus durch die Gänge, alles ruhig. Seit einem Monat steht er wieder im festen Sold, in der Gladiatorenschule des Lentulus Batiatus in Capua. Vor zehn Jahren gehörte er zu den Veteranen in Sullas Armee. Heute, mit fast sechzig Jahren, reicht es für stupiden Wachdienst. Doch es missfällt ihm nicht. Hier, zwischen den fackelbeleuchteten Gängen, hat er genug Muße, um den Erinnerungen vergangener Tage nachzuhängen. Vorsichtig geht er die

Stufen hinunter, zu einem Trakt, dessen Zellen so niedrig gehalten sind, dass selbst ein kleiner Mensch wie er sich nicht aufrichten könnte. Will man den Körper aufrecht halten – nur im Sitzen, will man ihn strecken – nur im liegen. Langsam geht er an den Zellen vorüber. Entgegen der Vor-schrift blickt er nur flüchtig durch die kleinen Gitter in den Türen. Denn seine lebhafte Fantasie arbeitet und zwingt ihn nachzufühlen, jede mögliche Empfindung dieser Folter. Die Enge, die unerträgliche Enge. Angst vor Feuer oder Wasser. Alles Zeitlos, alles Endlos. Er bleibt stehen, blickt zurück und wieder nach vorn. »Hier ist die Mitte«, spricht er lautlos vor sich hin, »jetzt bin ich schon über die Mitte«. Langsam geht er weiter. Seine Phantasien mischen sich mit Erinnerungen an Kriegsgefangene, die von dieser Folter erzählten, während seiner Zeit in Sullas Heer: ›Wie lange noch? Was wenn sie einen nie mehr da raus lassen. Die Zelle scheint zu schrumpfen. Unmöglich. Und wenn doch, schrumpft sie auch in der Höhe? Schnell aufrichten, nein, sie schrumpft nicht... Ich bin nicht mehr hier... mein Körper löst sich auf ...ich bin nicht mehr hier... kein Gewicht, ich hab kein Gewicht mehr, der Körper löst sich auf. Ist so das Totsein, ist es so wenn man Tot ist... ‹

Nicodemus geht schneller, fast läuft er. Schleppt sich dann die Stufen hinauf, bis der Blick nach unten in den Trakt, durch die Krümmung des Aufgangs, geschlossen ist. Er setzt sich auf die steilen Stufen des Aufgangs, um einen Moment
auszuruhen. Er greift nach der Scheide, will das Schwert herausziehen, um es kühlend auf die Knöchel zu legen, denn sie schmerzen, wie so oft, aber seine Hand greift ins Leere. Er keucht, fühlt das Herz unter der Brust schlagen.

»Oh ihr Götter«, wimmert er leise vor sich hin, »tut mir das nicht an«. Im Halbdunkel tastet er die Stufen hinab. Dicke Schweißperlen laufen ihm von der Stirn. Mit Schmerzen eilt er die Stufen wieder hinauf, angestrengt versucht er sich zu erinnern. Wo hab ich es zuletzt benutzt, wo hab ich es liegen lassen, wo hab ich es vergessen. Immer gepeinigt vom Wissen, dass er eigentlich Alarm schlagen müsste, doch Mäcenas hat ihn bereits gewarnt: ›Bei weiteren Vorkommnissen, gleich welcher Art, bist du entlassen.‹ Und dort warten Krankheit, Armut, Tod. *Nein, Nein*, denkt er, ich muss es finden. Plötzlich fällt es ihm wieder ein. Doch zu spät, die Klinge trifft sein Herz.

Mäcenas hastet durch die Gänge, ordert im Vorbeilaufen einen Trupp Wachmannschaften zur großen Waffenkammer, dann stürzt er durch die Tür, zu den Gemächern seines Herrn, wartet weder auf Erlaubnisgebende Mimik noch Gestik, sondern entlässt die Meldungen wie Hiebe, ein jeder gedacht Pfähle einzuschlagen: »Es gibt Aufruhr unter den Sklaven, mehrere Wachen sind tot! Es gibt Kämpfe, heftige Kämpfe mit unseren Männern!«
Batiatus stellt keine Fragen. Beide laufen den Flur entlang und eilen die Stufen hinauf. Oben angekommen, werden sie beinah von Wachmannschaften überannt. Einer der Männer greift nach Batiatus' Arm, ein zweiter springt, sonst wäre er hinuntergestürzt. Batiatus keucht, winkt den Hauptmann zu
sich. »Wie konnte das geschehen!? Woher haben sie die Waffen!?«

»Ich weiß es nicht. Wir haben Nikodemus gefunden und einige andere Wachen, alle tot. Eine Waffenkammer wurde aufgebrochen.«

»Elendes, von Würfelrunden zermürbtes, versoffenes Pack«, presst Batiatus hervor, »hinaus jetzt, und dass mir nicht die geringsten Anzeichen von Feigheit zu Ohren kommen.« Kurz starrt er den Davoneilenden hinterher, bevor er sich wieder hastig an Mäcenas wendet: »Was ist mit den Wachen auf den Türmen?«, und weiter, ohne eine Antwort abzuwarten, »wie viele konnten ihre Quartiere verlassen?«

»Ich weiß es nicht.«

»Kümmere dich darum! Setz' alle Männer in Alarmbereitschaft! Vor allem Steine auf die Mauern und Türme. Speere nur, wenn es unbedingt nötig ist. Ich hole Verstärkung aus der Stadt.«

Mäcenas alarmiert die Reserven, läuft dann durch den Haupttunnel zurück zum nächstgelegen Turm. An einem Kreuzungspunkt stoppt er kurz, weil er glaubt Lärm zu hören – Getöse von Menschenmengen, das leise durch die Mauern dringt. Am Aufgang des Turms angekommen, hält er noch einmal. Tatsächlich, Kampfgeschrei dringt unverkennbar von oben herunter. Er zieht sein Schwert aus der Scheide und eilt die Stufen hinauf.

Keuchend steht er auf der Mauer und blickt hinunter in den Hof. Eiskalt läuft es ihm über den Rücken. Zu Hunderten scheinen die Gladiatoren bereits ihre Ketten abgestreift zu haben. Mäcenas ruft nach einem der Männer, er brüllt, um gegen den Lärm anzukommen: »Heee! Was ist hier los! Was ist denn hier los?« Er packt und schüttelt ihn heftig.

Eine sinnlose Frage, eine sinnlose Handlung, doch hilft sie ihm, die erste Anspannung zu lösen.

»Wir brauchen Speere!«, antwortet dieser mit aufgerissenen Augen, »wir müssen mit Speeren auf sie los!«

Mäcenas' Blicke fliegen entlang der Corona.

Wurfmaschinen werden unablässig mit Steinen gefüllt, die im hohen Bogen auf die schutzlose Menge herabregnen.

Nur die Ruhe, nur die Ruhe, denkt er. Erhebungen von Gladiatoren hat er auch in anderen Schulen erlebt, doch dies ist Capua, die Größte im Reich.

Der Hof ist angefüllt vom tosenden Lärm der Kämpfenden. Was er sieht, lässt ihn erneut schaudern. In jeder Hand ein Schwert führend, kämpft eine Gruppe von Gladiatoren erbittert gegen die Wachmannschaften, die immer häufiger, schutzsuchend, sich hinter ihren mannshohen Schilden verbergen und zurückweichen.

Mäcenas arbeitet sich durch das Gedränge, Burrus suchend.

»Sie weichen zurück! Was ist da unten los!?«, ruft er Burrus zu, als er ihn endlich in der Nähe weiß.

»Sie kämpfen mit scharfen Waffen«, antwortet Burrus keuchend. Gehetzt, mit gebrochener Stimme, spricht er weiter: »Ich weiß nicht, wie viele es sind, es ist zu dunkel.«

»Speere raus!«, ruft Mäcenas.

»Wenn wir mit Speeren auf sie losgehen, wird nicht viel übrig bleiben und Batiatus sagte …«

»Speere raus, sage ich! Ich habe nicht vor, sie alle aufzuspießen, nur auseinandertreiben will ich sie. Gegen einen Regen von Speeren können sie nichts ausrichten« und bläst selbst in das Horn.

Schnell, oft trainierte Geschwindigkeit, auf den Mauern, in den Gaengen, in Windeseile wird die Waffe in dicken Bündeln auf den Mauern verteilt, schon treffen die ersten Spitzen des drei Fuß langen Geschosses ihre Opfer. Das Klirren von Schwertern bricht abrupt ab. Laute von Schmerz und Verzweiflung durchfluten die Mauern der Schule, schutzsuchend versuchen die Gladiatoren durch die Ausgänge zu entkomenn, doch sind diese von schwer gerüsteten Wachmannschaften versperrt. Erhaben setzt Mäcenas das Horn wieder an und gibt Signal, das Werfen einzustellen. Dann, an Burrus gewandt: »Die Wachen sollen weiter die Ausgänge besetzt halten, noch etwa eine Stunde. Kümmert euch nicht um die verwundeten Gladiatoren, die anderen sollen sie sehen – und hören!«

Burrus zurücklassend geht er, dem Turmeingang entgegen. Mit dem heutigen Tag, so glaubt er, hat er die Unverzichtbarkeit seiner Person mehr als nur bestätigt. »Mäcenas«, hört er plötzlich Burrus' aufgeregte Stimme, und dreht sich um, mehr ein Reflex, denn Sorge, und folgt seinem ausgestreckten Arm.. Aus den vereinzelt hin und her laufenden Gladiatoren hat sich ein Knäuel gebildet. Eine der Statuen wird umgeworfen und sogleich von Dutzenden von Armen emporgehoben, die das Ungetüm langsam in Bewegung setzen. *Um aller Götter willen!* »Speere raus, Speere raus«, ruft Mäcenas seinen Männern zu und die Stimme versagt ihm fast.

»Sie wollen das Ost-Tor aufbrechen! Lasst sie nicht unter den Bogen.«

Die Centurios treiben ihre Soldaten auf die Mauern, die dem Tor am nächsten sind. Fassungslos, mit aufgerissenen Augen starrt Mäcenas in den Hof hinunter, denn die Gladoatoren haben die Speere aufgenommen, drehen sie über ihren Köpfen wie Windmühlen und schützen so sich selbst und jene die den Koloss tragen. Er blickt wieder zum Hauptturm. Endlich, das Zeichen für das Herannahen der Verstärkung! Fünfhundert Legionäre sind im Anmarsch. Plötzlich ist er verwirrt, überhastet, bemerkt die Dunkelheit. Wütend ruft nach den Wachen endlich die Fackeln anzünden. Dann, wild mit den

Armen gestikulierend, gibt er den Turmwachen zu verstehen, die gesamte Kohorte vor das alte Ost-Tor zu beordern. Dann bläst er wieder ins Horn, um das Werfen der Speere zu beenden. Es gibt auch nichts mehr, was getroffen werden müsste. Mit den Übrigen sollte die Kohorte fertig werden. Stille jetzt, gebannt schauen die Römer hinunter auf das Gewölbe des östlichen Tores, doch die Dunkelheit lässt kaum Einzelheiten erkennen. Dann, ein krachendes Geräusch von berstenden Balken und splitterndem Holz, und wieder Stille. Mäcenas ruft Burrus zu sich. Beide eilen die Stufen hinunter, hasten durch den Gang, dem Ausgang zu. Mit zittrigen Händen lösen sie die Verriegelung und gelangen ins Freie. Die Fackeln blenden, aber sie sehen noch, wie zwanzig oder dreißig Gladiatoren durch das zerbrochene Tor hinausgelangen und der Vorhut der Kohorte entgegentreten. Und wieder, in jeder Hand ein Schwert führend, mit einer Geschwindigkeit, als wäre selbst Luft ein Widerstand, der zerschnitten werden muss, bringen sie den ersten Ansturm der Vorhut zum Erliegen, während hinter ihnen weitere Gladiatoren in's Freie gelangen.

Der Kern der Kohorte nähert sich, unüberhörbar das Geräusch des Laufschritts. Die Gladiatoren, noch immer erbittert mit der Vorhut kämpfend, um weiteren der ihren zur

Flucht zu helfen, weichen almählich zurück, beugen sich der Übermacht und fliehen in die Dunkelheit. Die Kohorte formiert sich. Einen Halbkreis bildend, die Schilde voran, umstellen sie das Tor. Schwer atmend, in sicherem Abstand, wartet Mäcenas das weitere Geschehen ab, Burrus an seiner Seite. Wieder ein Moment der Stille – stille Momente, die zu Ewigkeit werden wollen. Plötzlich schießt ein dichter Schwarm Speere in die

Reihen der Legionäre, und reißen einige von ihnen zu Boden oder bohren sich in ihre Schilde. Dann stürmen die Gladiatoren hinaus und rennen gegen das halbmondförmige Bollwerk an. Plötzlich Rufe der Legionäre aus den hinteren Reihen. Die siebzig oder achtzig geflohenen Gladiatoren scheinen zurückzukehren und an verschieden Stellen, immer wieder überraschend aus der Dunkelheit kommend, anzugreifen. Doch der Centurio der Kohorte bewahrt Ruhe. Wissend um die Kampfkraft und Überlegenheit der Waffen, lässt er die Tiefe der Reihen verdoppeln und die Hinteren sich nach außen wenden.

Resigniert beobachtet Mäcenas das Treiben aus sicherem Abstand.

»Vielleicht«, sagt Burrus und seine Stimme verrät, dass er die Antwort bereits kennt, »sollten wir mit den Offizieren sprechen?«

»Wozu? Dafür ist es jetzt zu spät.«

Endlich ist der Kampf vorüber. Noch immer harren die Legionäre vor dem Tor aus, doch es bleibt ruhig. Nachdem die Verwundeten halbwegs versorgt und die Toten gezählt sind, schickt man einen Boten, um Batiatus zu unterrichten, dass der Aufstand niedergeschlagen, der Anführer tot, und etwa achtzig Gladiatoren entkommen konnten.

Unter dem Schutz von zweihundert stark bewaffneten Legionären kehrt Batiatus, am nächsten Tag zurück.

Wieder in der Schule angekommen, lässt er Mäcenas rufen:

»Wie viele haben wir verloren?«

»Es sind an die fünf bis sechshundert, Herr.«

»Was sagt Apulejus, können wir das verkraften?«

»Ich habe ihn noch nicht gesprochen.«

»Gibt es Neuigkeiten von den Flüchtigen?«, fragt er weiter, während er schnellen Schrittes durch den Hofeingang geht.

»Sie haben sich auf den Vesuv zurückgezogen.«

»Zurückgezogen? Man könnte meinen, du sprichst von einer Armee.«

»Vergebung Herr, die Ereignisse der letzten Stunden sind noch zu gegenwärtig.«

Batiatus stopt. Fragendes, Irritiertes, legt sich kurz auf sein Gesicht, ob Macänas' Antwort, dann geht er weiter. »Unter den Männern, die entkommen sind«, wendet er sich ihm wieder zu, »gibt es jemanden, den wir besonders vermissen werden?«

»Wir konnten noch keine Liste aufstellen, aber ein Thraker namens Spartacus ist unter ihnen. Er war einer derjenigen, die im Hause des Flavius gekämpft haben. Hat die Tierhetze im Circus überstanden, war schwer gezeichnet von den Rauchvergiftungen, hat sich aber erstaunlich schnell erholt.«

»Schade um ihn. Nochmal! Wie viele sind entkommen?«

»Etwa Achtzig.«

Batiatus wischt sich mit einem Tuch den Schweiß von der Stirn. »Man wird sicher Truppen aus Rom schicken. Es ist nicht anzunehmen, dass es Überlebende geben wird.«

4. Kapitel
Annaeus

Hortensius greift nach der Wolldecke und schließt sie enger um seine Beine, in den Wäldern ist es immer noch recht kühl. Dennoch ist der Weg zum Landsitz des Annaeus Serenus sehr angenehm. Als schmaler Pfad fließt er durch die Wälder, dann über endlos weite Wiesenflächen, vorbei an üppigen Weinhängen und endet schließlich an einem sanften Hügel, mit dem Landhaus seines Herrn. Gern würde er sich mehr Zeit nehmen, doch er steht erst seit kurzem im Dienst des Annaeus. Seine nüchtern, kühl berechnende Art war ihm aufgefallen. So wies Annaeus seinen Verwalter an, ihn künftig mit den Botengängen nach Rom zu betrauen.

Senator Annaeus Serenus, von Geburt zur Hälfte Samniter, mag für diesen Dienst keine Schmeichler. Samnium wurde vor zehn Jahren durch Sulla endgültig unterworfen. Argwohn, Misstrauen, Geringschätzung hält sich bis heute. Nichts ist ihm lästiger als ein Bote, der schmeichelnd versucht Vertrauen zu gewinnen, als würde es zwischen Römern und Samniten diese Fehde nicht geben. Nachrichten, ob gut oder schlecht, sollen ihm kurz und sachlich vorgetragen werden. Alle Umschweife und vorsichtige Andeutungen sind ihm zuwider. Doch ist er Samniter nur mütterlicherseits, sein Vater entstammt dem Geschlecht der Patrizier. So ist sein Landhaus von verschwenderischer Vielfalt. Ein Hofraum mit mehreren Brunnen, wird von einem Säulengang umschlossen. Dieser ist mit Glasfenstern und schutzgebenden Dächern versehen. Gegenüber ein Speisesaal, der zur Küste vorspringt. Auf allen Seiten

Flügeltüren oder Fenster, die ebenso hoch sind wie die Türen, und, je nach Lage, Sicht freigeben auf Meer, Waldungen und ferne Berge.

*

Annaeus rückt seine Toga zurecht und kratzt sich im Nacken. Dieses Jucken, wird es nie aufhören? Er bittet eine der Sklavinnen, ihm Wasser zu bringen. Die Frau füllt einen Becher und Annaeus betrachtet lüstern ihre Hüften.

Gierig trinkt er und macht sich über die erlesene Mahlzeit her. Sein Blick ruht weiter auf dem Körper der Frau. Ob noch Zeit ist? Nein! Hortensius kann jeden Moment hier sein. Nur wenige Augenblicke später hört er jemanden die Stufen heraufkommen.

»Ich grüße dich!«

»Sei willkommen«, antwortet Annaeus teilnahmslos. Zwischen zwei Bissen Gänseleber spricht er weiter: »Wie ich höre, sind wieder ein paar Sklaven ausgerissen, in Capua, aus der Schule des Lentulus Batiatus.«

»Er ist in Rom«, antwortet Hortensius, »spricht gerade mit ein paar von den Präfekten und Senatoren, will Verstärkung haben für seine Schule.«

»Verstärkung!?«, fragt Annaeus böse und lässt den Arm sinken, mit dem er gerade einen Bissen in den Mund schieben will.

»Er macht sich Sorgen wegen des Haufens, der entkommen konnte.«

Annaeus hat den Blick wieder gesenkt und widmet sich den Speisen, die vor ihm liegen. »Wie viele?«

»Etwa achtzig.«

»Müssen wir uns damit befassen?«, fragt er weiter, ohne aufzusehen.

»Ich denke ja. Wir brauchen den Handel innerhalb des Landes mehr als uns lieb ist. Du weißt, die Kilikier machen uns Schwierigkeiten mit dem Getreide. Viele Händler werden es meiden herzukommen, solange irgendeine Räuberbande sich am Vesuv herumtreibt. Wir sollten das Problem also möglichst bald aus der Welt schaffen.«

»Achtzig – mehr nicht. Hat er nicht einige tausend, dort in seiner Schule?«

»Zwei oder dreitausend.«

»Aber nur achtzig sind entkommen, sagst du?«

»Es gab wohl eine Verschwörung, aber sie wurde verraten.«

»Sieh an!« Annaeus nimmt einen tiefen Schluck aus dem Becher. »Also gut«, spricht er weiter. »Was schlägst du vor?«

»Eine Kohorte von sechshundert Mann. Veteranen, die noch unter Sulla gekämpft haben. Ich denke, es wird nicht schwer sein, sie auszuheben. Viele aus dem Heer sind zu recht bedauernswerten Kreaturen verkommen, es wird sie freuen, wieder Soldat zu sein.«

»Eine ganze Kohorte!? Nicht für diese Bande von Fleischern. Es sind doch nur achtzig, sagtest du. Dafür brauchen wir keine sechshundert Mann!«

»Eine Kohorte kann leichter abkommandiert werden, ein paar hundert Männer …«

»Gut, gut, ich verstehe. Gibt es sonst noch etwas, was ich in dieser Angelegenheit wissen sollte?«

»Nein.«

»Aber?«, fragt Annaeus, als er das Zögern seines Gegenüber bemerkt, während er weiter seine Mahlzeit hinunterschlingt.

»Die Sklaven, die du an deinen Vetter verliehen hast, für den Bau der Wasserleitungen …«

»Ja?«, aufschauend von seinem Teller, mit dem für ihn typisch drohenden Blick, als wolle er die anstehenden schlechten Nachrichten das Fürchten lehren und davonjagen, bevor sie sich ihm aufdrängen. Doch Hortensius ist damit vertraut. Unbeirrt, mit gleichbleibendem Klang in der Stimme, spricht er darum weiter: »Es gab einen Unfall, einige von ihnen wurden zerquetscht.«

Annaeus' Kinnlade sackt nach unten, seine Lider weiten sich. »Beim allerhöchsten Jupiter, das war das letzte Mal«, antwortet er mit zornbebender Stimme und erhebt sich, schneller als man es seiner Korpulenz zutraut.

»Er wird sie dir sicher bezahlen.«

»Womit denn? Sein Schuldenberg ist höher als der Vesuv«, entgegnet Annaeus völlig außer sich, »ein Narr bin ich gewesen, als ich sie ihm auslieh.« Er setzt sich wieder.

Mit einem Seufzer der Erschöpfung streicht er sich über den hervorquellenden Wams. Schweißperlen stehen auf seiner Stirn: »Ich werde alles absagen.«

»Bis zu den Feierlichkeiten sind es noch vier Tage«, versucht Hortensius ihn umzustimmen, mehr aus Pflichtgefühl denn aus Überzeugung, wissend, die Absage wird ein Lippenbekenntnis sein.

»Nein, es hat keinen Sinn. Und nun geh und überbring' meinen Vorschlag eine Kohorte zu schicken!«

Als Hortensius am Abend zurückkehrt, ruft Annaeus ihn sogleich zu sich und erfährt zu seiner Zufriedenheit, dass der Senat eine Kohorte von sechshundert Legionären an den Vesuv entsenden wird. Außerdem wurde entschieden, dass

Lentulus Batiatus die Summe für die Ausrüstung aufzubringen hat. ›Schließlich stammen diese Gladiatoren aus seiner Schule‹, und, so sagten sie weiter, ›durch seine Nachlässigkeit sind sie entkommen.‹

»Was sagt man dazu«, kommentiert Annaeus die Nachricht und entlässt Hortensius für diesen Tag. Dann geht er noch einmal durch die Räume, die für das anstehende Triclinium hergerichtet sind. *Obwohl er keine Nachlässigkeiten finden kann, lässt er die ein oder andere Arbeit nochmals verrichten. Man darf diesen Kreaturen nicht das Gefühl geben, sie würden ihre Arbeit beherrschen.*

*

verfügbar

Die Orgien im Haus des Annaeus sind berüchtigt. Schon in den frühen Abendstunden füllt sich das Triclinium mit zahlreichen Gästen. Ausgestreckt auf mehreren leicht ansteigenden, halbmondförmigen Liegebetten, nehmen sie genüsslich die Speisen ein. Stunde um Stunde werden die ausgefallensten Speisen von schön gewachsenen Sklavinnen aufgetragen: Haselmäuse mit Honig und Mohn gewürzt, Pfaueneier, bestrichen mit gepfeffertem Eidotter, als Kohlen zurechtgemachte Pflaumen, gefüllt mit Granatäpfeln. Ferkel, aus deren Rücken Rotwürste quellen, Tauben aus Speck, Gebärmutter von jungen Säuen, zu Fisch geformt, geschmorte Kälber mit Hammelnieren garniert. Erlesene Weine fließen in Strömen. Unterbrechungen werden nur nötig bei zwanghaften Erleichterungen des Magens, doch muss der Betreffende sich nur in einen Nebenraum begeben.

In einem der Räume, die für diesen Abend als Küche dienen, stellt Silana die Gläser mit parfümiertem Wasser bereit. Sie prüft von jedem Glas den Geruch, legt eine kurze Pause ein und wiederholt die Prozedur von Neuem. Nicht auszudenken ist die Strafe, würde einem der Gäste bei den häufigen Waschungen ein nach Galle riechendes Gebräu über die Hände gegossen werden. Gegenüber, in einem anderen Regal, die Uriniergläser. Denn selbst für die Notdurft muss sich niemand von seinem Lager erheben. Durch ein Fingerschnipsen können Sklavinnen mit einem Urinierglas herbeigerufen werden.

Silana prüft ihre Kleider, bindet den Gürtel neu und zupft die Brustbänder zurecht. Im Alter von zehn Jahren wurde sie in die Sklaverei verkauft. Ihre Weiblichkeit erwachte früh, mit dreizehn war sie voll entwickelt. Kaum dass dies geschehen war, folgte die Unterweisung, wozu Hüftschwung, Kussmund und üppiger Busen gedacht sind. In den Kreisen des Annaeus galt sie als von Isis besonders begünstigtes Geschöpf, ›eine wirklich delikate Zutat seiner Orgien‹.

Vorsichtig geht Silana bis an den Rand des Atriums und lauscht der Szene im Triclinium. Sie nimmt Stimmen und Stimmungen in sich auf. Ließt Verhaltensmuster, erkennt Charaktere, aus gesprochenen Wörtern und deren Satzmelodien. Sobald sie sich in die Orgie hineinbegeben muss, wird sie daraus schöpfen, um sich den Lustbegierden der Gäste so lang wie möglich zu entziehen. Die Stimmen sind
heiter, prahlerisch. Man kennt sich flüchtig, mit wenigen Ausnahmen. Sie loben die Kochkunst und rühmen die Gastfreundschaft des Hausherrn. Bei dem Versuch sich zu erleichtern, an der Schwelle zum Nebenraum stehend,

vorn übergebeugt, verliert einer der Gäste den Halt. Schallendes Gelächter, als die gemästete, dickbäuchige Gestalt auf den Boden plumpst. Sklavinnen eilen hinzu und helfen ihm in eine für die Magenleerung günstigere Position.

»Eilt euch«, ruft jemand durch den Raum. »Hier kommt schon das nächste Opfer.«

»Auch ich bin gleich so weit«, ruft ein weiterer Gast, »beim Zeus, ich werde nicht zusehen, wie dieses Fest des Gaumens an mir vorübergeht.«

»Silana«, hört sie plötzlich Annaeus' tiefe und fordernde Stimme, von der Türschwelle des Nebenraumes. Sie hat zu lang gewartet, es ist nicht gut, wenn er nach ihr rufen muss. Ohne Zögern erhebt sie sich. Mit schnellen aber kurzen Schritten nähert sie sich dem Triclinium, die Stimmen werden lauter, ihre Seele krümmt sich.

»Warst du nicht kürzlich im Haus des Tiberius?«, Silana erkennt die erste Stimme, »erzähl uns, wie ging es dort zu?«

»Er ist ein Musterflegel«, Silana erkennt eine weitere Stimme, »die Gäste sind zahlreich, wie es seinem Stand nach zu erahnen ist. Doch während er selbst köstlichsten Wein aus Setia trinkt, setzt er seinen Gästen ein finsteres Gesöff vor, dessen Geruch schon Übelkeit erzeugt. Es geht so weit, dass er ihnen schwarzkrustiges Brot vorsetzt, dazu verdächtige Pilze, faule Äpfel.«

»Eine unverschämte Dreistigkeit!«

»Doch das Widerlichste an ihm ist der Umgang mit seinen Sklavinnen.«

»Du sagst es, mein Lieber. Er ist selbst von grässlicher Hässlichkeit, wie ihr wisst. Rötliche Furunkeln und Beulen am ganzen Körper, auch im Gesicht. Die Wut über seine

Missgestalt lässt er an den Sklavenmädchen aus, an denen er sich aufs Schändlichste vergeht. Ich habe selbst nicht wenige Sklavinnen und erst kürzlich kaufte ich sehr junge Frauen aus dem Partherreich hinzu. Sie sind von solcher Schönheit, dass ich nicht widerstehen konnte. Natürlich sind sie bei mir, um die süßesten Spiele mit mir zu treiben. Zugegeben, hin und wieder ist etwas Erziehung vonnöten, doch der Umgang des Tiberius ist eines Römers nicht würdig.«

»Wie recht du hast! Gebt mir noch etwas von dem Veliter Wein und lasst uns trinken auf die Schönheit unserer Sklavinnen und dass sie uns noch viele liebliche Stunden bescheren.«

»Ja, lasst uns darauf trinken. Komm her Mädchen!« Gierig streckt er die Arme aus. Silana kann eben noch Halt finden, um nicht gänzlich auf den Boden zu stürzen, als sich eine fettleibige Masse von oben auf sie herabwälzt und unter sich begräbt.

5. Kapitel
Sklaven

Emilius Lepidus gehören einige der größten Ländereien nördlich von Rom. Etwa zweihundert Sklaven der dritten Generation nennt er sein Eigen. Mit Ausnahme der halbjährlichen Getreidelieferungen, werden alle Arbeiten von den Sklaven verrichtet. Von der bloßen Bewirtschaftung der Felder, Düngen, Absuchen von Steinen, Ausweiten der Anbauflächen, Schaffung und Unterhaltung der Bewässe-rungsanlagen, bis zum Knochen zermürbenden Getreide-mahlen. Letzteres gilt unter seinen Sklaven als besonders schwere Strafe, die Lepidus grundlos verhängt.

Auf diese Weise, so sagt er es selbst, hält er die Angst vor Schlimmerem aufrecht.

Nicht selten geraten ganze Familien in die Sklaverei und zuweilen kommt es vor, dass ein Sohn darum bittet, für seinen alten Vater das Mahlen zu übernehmen, so auch heute. Lepidus lässt den Vater herbeiführen, eine gebrechliche Erscheinung mit eisgrauem Bart. »Wenn die Sonne im Zenit steht, wirst du ihn ablösen«, sagt er bestimmend. Dann, mit einer herrischen Geste, heißt er die Sklaven an die Arbeit.

Sein Pferd wird herangeführt. Auf schattigen Wegen reitet er ziellos über die Felder, um präsent zu sein, zu ungewisser Stunde und so Angst aufrecht zu erhalten. Angst vor Entdeckung jedweder Nachlässigkeit. So vergeht der Tag.

Als er mit der Abenddämmerung zu seinem Haus zurückkehrt, wird er bereits erwartet.

»Vergib mein Erscheinen zu so später Stunde, ehrenwerter Emilius«, wird er von Lentulus Batiatus mit gebotener

Förmlichkeit begrüsst. »Umstände haben meinen Aufbruch verzögert.«

Lepidus, ein von Natur aus mürrischer Mensch, antwortet mit verschlossener Miene: »Sei willkommen«, und bittet ihn ins Haus. Die beiden Männer gehen in einen kühlen, nüchtern eingerichteten Raum. Eine Sklavin bringt einen Krug Wasser, dazu die Abendspeise für den Hausherrn. Während sie den Tisch herrichtet, fragt sie Batiatus nach seinem Befinden und ob auch er eine Mahlzeit wünsche, doch dieser lehnt ab.

»Macht dir die Hitze zu schaffen?«, fragt er stattdessen Lepidus, und nimmt einen tiefen Schluck aus seinem Becher, bevor er weiterspricht: »Ich sah einen Toten bei der Getreidemühle.«

»Er war alt, er wäre auf den Feldern binnen einer Woche zugrunde gegangen, so dauerte es einen halben Tag«, antwortet Lepidus.

»Du nimmst keine Maultiere?«

»Maultiere kosten 400 bis 500 Sesterzen«, seine starken Kiefer unterbrechen plötzlich ihr tüchtiges Kauwerk. Den Löffel dicht vor den Mund haltend, schickt er eine zähe Masse hinaus. »Wie geht's mit der Schule?«, fragt er teilnahmslos, den Blick gesenkt, die Kiefer kauen wieder.

»Ich habe viele Männer verloren. Mögen ihre Leiber auf dem Styx zum Tartarus hinabfahren«, antwortet Batiatus ärgerlich und wischt sich den Schweiß von der Stirn. Lepidus wirft ihm einen Blick zu, um wenigstens den Anschein von Anteilnahme auszudrücken, während er ihm den Becher erneut füllt. »Gibt es Neuigkeiten von den Entflohenen am Vesuv?«

»Kaum, – sie werden eine Kohorte schicken.«

»Eine Kohorte? Wenn dem so ist, wird von deinen Sklaven nicht viel übrig bleiben.«

»Damit wirst du wohl recht haben. Dabei ist es ein wirklicher Jammer, gerade unter diesen sind ein paar besondere Stücke. Es gibt da einen Thraker, hochgewachsen, von kriegerischem Aussehen. Beim allerhöchsten Jupiter, noch niemals hatte ich einen Kämpfer, der so gewandt mit dem Schwert umging.«

»So? Ich hörte dich dies schon öfter sagen, in Rom.«

»Vergib mir, mein Bester. Du siehst mich einigermaßen betrübt ob der Ereignisse der letzten Wochen«, und hält inne. Seufzend, kopfschüttelnd spricht er weiter. »Ach, ich wollt', ich hätte die Schule vor einem Jahr verkauft. Welcher Dämon hat mich nur geblendet?«

Lepidus ruft nach der Sklavin und lässt einen Krug Wein bringen. »Du weißt«, sagt er nach einer Weile, »ich sehe dich immer gern bei mir. Du zahlst einen guten Preis, und wenn Sklaven nicht für das Schwert taugen, so bin ich immer der erste, dem du sie anbietest. Doch ich kann dir im diesem Jahr keine meiner Sklaven verkaufen. Eine schwere Dürre liegt über dem Land. Die heißen Tage werden andauern, es bedeutet Verluste in der Ernte und Verluste bei den Sklaven.«

Er wartet, ob Batiatus antworten will, doch der sitzt mit leicht gesenktem Haupt vor seinem Becher. »Ich habe kürzlich ein paar neue Sklavenmädchen gekauft«, spricht Lepidus weiter. »Es ist bereits Nacht. Du kannst bleiben, wenn du willst.« Batiatus fühlt eine heiße Gier aufsteigen.

Schweres Klopfen reisst sie am nächsten Morgen aus dem Schalf. Batiatus erreicht die große, schwere Eingangstür des Hauses als erster, doch wagt er nicht, sie zu öffnen. Lepidus, der herbeieilt, gibt ihm mit einer kurzen Handbewegung zu verstehen, Ruhe zu bewahren. Er winkt einen Sklaven herbei und dieser öffnet die Tür. Vor ihnen steht eine Wachmannschaft, die einen jungen Mann mit sich führt, an Händen und Füßen gefesselt. »Er versuchte zu fliehen und hat dabei eine der Wachen umgebracht. Er ist der Sohn des Alten, der gestern an der Mühle zugrunde ging.«

»Ja, ich erinnere mich.« Lepidus betrachtet die ausgerenkte Schulter und den linken Arm, glaubt zunächst, dieser sei nur gebrochen, doch erkennt dann die widernatürliche Verdrehung. Die gebrochenen Knochen wölben und spannen die Haut, als wollten sie sie augenblicklich durchstoßen.

»War das nötig?«, fragt er sie ärgerlich.

»Er war nicht zu bändigen.«

»Der Arm wird nicht mehr heilen«, sagt Batiatus, als er Lepidus' fragenden Blick bemerkt. »Ich kann ihn nicht gebrauchen.«

»Nehmt ihn mit auf die Felder und rädert ihn, achtet darauf, dass möglichst viele der anderen sehen, was ihr tut. Ich will in den nächsten Tagen keine weiteren Flüchtlingskrüppel vorgeführt bekommen.«

*

Getier

Quintus Valerius rückt seine Toga zurecht. Der Stadthalter von Messina kommt gerade durch das Tor, in Begleitung seiner Tochter.

»Ich grüße dich Arius Victor, mögen die Götter mit dir und deiner Tochter sein. Sie ist eine wahre Schönheit.«

Arius erwidert nichts auf die freundliche Begrüßung. Die Stirn in hochmütige Falten gelegt, blickt er sich noch mal um und wendet sich dann an Quintus. Seine Art zu sprechen wirkt bemüht und aggressiv, besorgt und verärgert gleichermassen. Beherrscht vom Bedürfnis mit der Aussprache eines jeden Wortes, die Unterschied auszudrücken, zwischen dem eigen Stand und dem seines Gegenüber. »Sag mir, gibt es Grund zur Sorge? Ich sah Truppen aus der Stadt marschieren.«

»In Capua sind ein paar Sklaven aus einer Gladiatorenschule geflohen, aber wir werden ihrer bald habhaft sein.«

»Hast du meine Nachricht erhalten?«

»Natürlich, aber komm, ich möchte, dass du selbst urteilst.« Quintus geleitet seine Gäste und deren Gefolgschaft durch den östlichen Teil der Stadt, vorbei an Tempeln, über Marktplätze, bis sie schließlich sein Haus erreichen, wo sie von der Dienerschaft empfangen werden. Er führt sie auf die Terrasse an der Rückseite des Hauses, mit Blick auf einen üppigen Garten. Unter einer schattigen Überdachung bittet er sie Platz zu nehmen. Dann lässt er zwei Sklaven herbeirufen.

»Der Jüngere ist Iberer«, stellt Quintus ihn vor. »Ich habe ihn schon häufig ausgeliehen. Er ist ein wahrer Meister der Architektur. Kürzlich brachte eine Sklavin einen Sohn zur Welt, er ist von ihm. Ich hoffe, dass ich ihn einmal genauso verwenden kann. Der Ältere ist Ägypter, sicher nicht mehr ganz so flink, doch seine Erfahrungen und sein Wissen sind unermesslich. Ich habe ihn vor zehn Jahren in Judäa gekauft, nachdem er einen Prachtbau für den dortigen Stadthalter vollendet hatte.«

Arius mustert die Sklaven, befühlt sie von Kopf bis Fuß. Er greift an ihre Wangen, presst die Lippen auseinander, befühlt die Arme, klopft auf ihre Oberkörper, während er im Kreis um sie herum geht.

»Nicht schlecht, was du mir da anbietest! Ich kaufe den Jüngeren.«

»Gut, der Jüngere wird dir länger erhalten bleiben, deshalb wirst du verstehen, dass sein Preis höher ist. Sein Kind und die Sklavin, die dazugehören, verkaufe ich allerdings nicht.«

»Wird er mir Probleme bereiten, wenn wir ihn von seinem Nachwuchs entfernen?«

»Ich versichere, es wird nicht geschehen. Im Allgemeinen finden sie sich schnell damit ab. Er wird dir nicht mehr Ärger machen als ein Hund oder irgendein anderes Getier.«

»Gut, sagen wir viertausend Sester…« Arius' Gesicht zieht sich zu einer verschreckten Grimasse zusammen, er fühlt Hände, die haltsuchend nach ihm greifen. Noch bevor er die Situation vollends erfassen kann, sieht er den Jüngeren neben sich zu Boden fallen. Noch immer benommen, verpasst er ihm einen Fußtritt: »Bei den Göttern, wie kann er es wagen!«

»Er muss ohnmächtig geworden sein«, versucht Quintus, Haltung bewahrend, die Situation zu retten.

»Wieso hast du ihn nicht festgehalten?«, schreit Arius den Alten hysterisch an. »Er versteht doch was ich sage!?«

»Natürlich. Er versteht jedes Wort«, antwortet Quintus überaus höflich, bemüht, die Eskalation zu mildern. Zornig versucht Arius es wieder:

»Wieso du ihn nicht festgehalten hast, will ich wissen, verfluchte Sklavenbrut!«

»Bitte, Arius, ich bin untröstlich, dass dir so etwas in meinem Hause geschehen konnte. Ich werde ihn dir zum halben Preis verkaufen.« Mit einer leichten Kopfbewegung bedeutet Quintus seiner Dienerschaft, sich des Vorfalls anzunehmen.

»Lasst uns dort hinübergehen«, spricht er dann weiter, »ich habe den Wein extra kühlen lassen.«

Arius hat die Antwort schon auf den Lippen, als die Hände seiner Tochter seinen Arm umfassen. »Lass uns nicht mehr daran denken, Vater, wir hatten doch immer schöne Tage in Rom, wenn wir Quintus besucht haben.«

»Ja«, lenkt er ein, »ja, du hast recht, mein Kind.«

Erleichtert gibt Quintus dem Alten zu verstehen, sich zu entfernen und dabei den Jüngeren, der wieder zu sich zu kommen scheint, mitzunehmen. Dann widmet er sich wieder seinen Gästen, unendlich froh darüber, die Tochter dieser schwierigen, aufbrausenden Natur in der Nähe zu wissen.

Am nächsten Morgen gibt er seiner Dienerschaft die nötigen Anweisungen, um die Abreise seiner Gäste vorzubereiten. Als sie sich am frühen Nachmittag auf den Weg machen und gerade das Stadttor passieren wollen, werden sie bereits von einem Offizier erwartet.

»Ich grüße dich, Quintus Valerius, und auch dich, Arius Victor. Da ich nicht wusste, ob ich euch noch in deinem Anwesen vorfinden würde, habe ich hier auf euch gewartet, um den Stadthalter von Messina zu warnen und zu bitten, vorübergehend in der Stadt zu bleiben. Die Kohorte, die sechshundert Mann, die wir vor zwei Wochen ausgesandt hatten ...«, der Offizier sucht nach weiteren Worten, »fast die Hälfte von ihnen ist tot. – Man sagt außerdem, dass die Zahl der aufsässigen Sklaven beträchtlich zunimmt.«

»Aufsässige Sklaven?«, antwortet Arius halb fragend, halb verwundert. »Ich kann nicht hier bleiben, auf mich warten wichtige Geschäfte auf Sizilien.« Aufgeregt den Kopf hin und her werfend, von einem zum anderen blickend, spricht er weiter: »Sind wir unseres Lebens schon nicht mehr sicher, sobald ein paar dieser Haustiere sich davonmachen?«

»Um Eurer Tochter willen bitt' ich Euch, die Abreise zu verschieben. Ich bin sicher, man wird schon Morgen zwei oder drei Kohorten abkommandieren, um das Problem zu beseitigen.«

Arius will ihm antworten, doch seine Tochter hält ihn zurück:

»Wie gut, dass ich bei dir bin, Vater«, sagt sie bestimmt.

»Ohne mich würdest du dich sicherlich auf den Weg machen.«

»Schon gut, mein Kind, es ist sicher besser, wenn wir hier bleiben.« Dann, zur Dienerschaft gewandt, die ihn begleitet: »Also, ihr habt gehört, was ich sagte! Wir reisen nicht ab!« Er möchte seinen Worten Nachdruck verleihen, doch seine Aufmerksamkeit wird plötzlich abgelenkt, vom Geräusch einer Raeda, die eben durch das Stadtor hereinprescht.

»Wer ist diese Person?«, fragt Arius halb an sich, halb an Quintus gewandt. Und sein Gemüht, eben beruhigt, ist nun wieder vollends in Aufruhr: »Mit der Geschwindigkeit eines Irrsinnigen? Wieso halten die Wachen ihn nicht auf? In was für Zeiten leben wir?«

»Cornelius Serbius, ein Patrizier«, antwortet Quintus und erstarrt im selben Augenblick, hofft inständig Arius möge das letzte Wort überhören, dessen Blick folgt regungslos, dem Cornelius, bis dieser an einer Kreuzung dem Auge entschwindet. Mit einer Kopfbewegung gibt er zu verstehen, dass er nun gewillt ist, zum Haus zurückzukehren.

Cornelius Serbius zieht mit seinem Gefolge weiter zum Forum, um einige ausgeliehene Sklavinnen in ihren rechtmäßigen Besitz zu überführen. Rücksichtslos treibt er die Wagen durch die Straßen, wer nicht überfahren werden will, springt zur Seite. Auf dem Forum angekommen, lässt er halten und steigt geschwind die Stufen hinauf, um die Gerichte aufzusuchen, als er von einem Centurio aufgehalten wird.

»Was gibt es?«, fragt er mit schnarrender Stimme.

»Vergebung, Herr, aber die Gerichte sind geschlossen.«

»Aber doch nicht heute, wieso?«

»Der Senat hat sich versammelt, um sich der Sklaven anzunehmen, die sich am Vesuv verschanzt haben.«

»Noch immer nicht erledigt!?«, schnauzt Cornelius wütend.

»Zwei Wochen! Vor zwei Wochen haben sie die Truppen entsandt!«

»Die Sklaven haben unsere Kohorte zerschlagen. Außerdem gibt es Gerüchte …Sklaven fliehen… vereinzelt …von den Ländereien in der Umgegend des Vesuvs.«

»Ha, beim Zeus, was sagt man dazu. Sie hätten Legionäre schicken sollen und keine gemästeten Freizeitkrieger.«

»Es waren kampferprobte Männer«, antwortet der Centurio kleinlaut.

Cornelius möchte ihm die Zunge rausreißen, wie kann er es wagen. Doch an einem Centurio kann er seine Wut nicht willkürlich auslassen. Mit Mühe beherrscht er sich. »Sie waren wohl noch benommen vom Saufgelage des Vorabends.«

Worauf der Centurio, vorsichtig, mit um Entschuldigung bittenden Gesichtsausdruck, kurz die Schultern hebt und wieder sinken lässt.

»Also gut«, sagt Cornelius dann, »warten wir bis Morgen.« Mit der wilden Geste eines Irrsinnigen lässt er die Kolonne kehrt machen.

*

Comitium

Senator Annaeus schreitet die Stufen zum Comitium hinauf. Der Saal ist bereits gefüllt, doch er hat nicht vor, sich länger als nötig den unnützen Fragen auszusetzen:

Wieso bloß eine Kohorte? Wer hat sie befehligt? Die bloße Vorstellung solcher Art von Diskussionen macht ihn zornig und wütend auf alles. Doch trotz allen Überdrusses scheint es ihm geboten, heute zugegen zu sein. Eine ganze Kohorte wurde niedergemetzelt. Das klang anders als der Bericht von achtzig entlaufenen Gladiatoren, die sich irgendwo zwischen den Abhängen des Vesuvs verstecken, den er vor drei Woche zu Ohren bekam. Dort schien sich etwas zu entwickeln, das schnellstmöglich eingedämmt werden sollte. Auf die Maßnahmen, die man heute im Senat beschließen wird, will er, so gut es geht, Einfluss nehmen.

Im Senat herrscht reges Treiben. Ewige Besserwisser fühlen ihre Stunde gekommen, Schuldzuweisungen nach allen Seiten. Vorschläge werden gemacht, diskutiert und wieder verworfen. Gajus Cossinius wird vorgeschlagen, als Feldherr das Kommando über drei Kohorten zu übernehmen, doch dieser lehnt ab. »Eher lege ich mein Amt nieder, als dass ich meinen Namen mit Schande bedecke, indem ich auf Sklavenjagd gehe!«

Annaeus möchte einschreiten, doch Cossinius spricht weiter:

»Ausserdem, wer sind wir, dass wir drei Kohorten gegen Hirten und Sklaven schicken.«

Er verwirft seine Idee wieder. Gegen Cossinius letztem Einwand glaubt er nicht anzukommen.

Der Prätor Gajus Clodius wird schließlich beauftragt, gegen die Sklaven ins Feld zu ziehen. Auch er sträubt sich anfangs, doch man erinnert ihn an gewisse Begebenheiten, in denen er der Republik sehr geschadet hatte, er aber vom Senat mit Nachsicht behandelt worden war. Heute sei der Tag, an dem man es zurückfordere.

*

Legionäre

»Hortensius!«, ruft Annaeus laut, als er den Torbogen zu seinem Landsitz passiert, und noch einmal: »Hortensius!«

»Ich grüße dich, Herr!«, und hilft ihm vom Pferd. »Ich hoffe, die Strapazen des Weges haben sich für dich gelohnt.«

»Ach sei still! Warum musst du mich immer mit diesem Gewäsch begrüßen?« Mürrisch weist er die helfenden Arme zurück, lässt sich Schwert und Toga abnehmen, als er plötzlich die Sklaven und Pferde am Ende des Säulengangs bemerkt.

»Wem gehören die Sklaven, haben wir Besuch?«

»Zwei der Kaufleute, Adlige, die kürzlich bei deinem Triclinium zu Gast waren, Publius Emelius Brutus und Antonius Dolobella.«

»Was wollen sie!?«

»Sie kommen wegen der Sklaven, die auf dem Vesuv ihr Unwesen treiben.«

»Deswegen!?«, fragt Annaeus scharf.

»So sagten sie es mir, gefragt hab ich sie nicht.«

Annaeus führt beide mit schnellen Schritten, durch den Innenhof, beäugt dabei kurz die Wasserspiele, in denen sich Wandmalereien spiegeln. Sie werden dies sicher nur belächeln, denkt er, und ruft dann nach Helvia: »Bring uns Wein und Oliven, hörst du? Ins Atrium«, und bittet dort seine Gäste es sich auf den Sitzgelegenheiten bequem zu machen.

»Also? Was gibt es?«

»Wie wir erfahren haben«, beginnt Brutus mit der ihm eigenen Förmlichkeit, »will der Senat zweitausend Legionäre gegen die Sklaven aussenden, um ihrer habhaft zu werden.«

»Und?«

»Es war sicher schwierig, jemanden zu finden, der sich dieser Aufgabe annimmt und Gajus Clodius gebührt Dank dafür. Doch ist er im Grunde dafür nicht geeignet, das weißt du so gut wie ich. Deshalb sollten wir ihm dreitausend Männer geben.«

»Unsinn«, antwortet Annaeus aufgebracht. Brutus spricht weiter, doch Annaeus hört ihm kaum zu. Ich hätte Cossinius doch bedrängen sollen, denkt er. Jetzt, hier, gegenüber diesen Possenreißern die Entscheidung des Senats in Frage stellen...

»Habt ihr den Verstand verloren!?«, herrscht er sie an. »Wir werden keine dreitausend Legionäre ausrüsten, nur weil eine Räuberbande am Vesuv haust. Dreitausend Mann, das wäre fast eine Legion! Nein! Auf keinen Fall, – Ausserdem, wer sagt, dass Clodius nicht geeignet sei? Er hat sich im Krieg bewährt und den Segen des Senats! Also!?«

»Wir haben keinen Zweifel, dass auch zweitausend ausreichen würden«, lenkt Dolobella ein. »Wir wollen nur sicher sein, dass dieses Sklavenproblem möglichst schnell beseitigt wird. Wir haben durch Crassus Schwierigkeiten mit unseren Häusern in Rom. Wenn jetzt zu allem Ungemach auch noch eine Bande von entlaufenen Sklaven die Gegend um den Vesuv unsicher macht, – Annaeus, ich bitte dich, tausend Männer mehr, niemand wird daran Anstoß nehmen und in einer Woche ist alles wieder friedlich.«

Annaeus steckt sich eine Olive in den Mund und zerkaut sie langsam. »Crassus ist also das Problem. Ausgebrannte Häuser, die er von seinen Sklaventrupps wieder aufbauen lässt. Also gut. Doch mit leeren Händen werde ich nicht viel erreichen.«

»Wir können dir eine Häuserzeile anbieten, dicht an den Thermen der Helena«, sagt Dolobella zögerlich.

Annaeus geht ein paar Schritte bis zum Ende der Terrasse.

»Ich denke, dreitausend wären sicher möglich und das muss reichen. Beim allerhöchsten Jupiter, dreitausend Legionäre, die können den Vesuv abtragen und wieder aufrichten.«

*

Pöbel

Gajus Clodius ist ein Mann mittleren Alters und Angehöriger einer der bedeutendsten Patrizierfamilien Roms. Vor fünf Monaten wurde ihm das Amt des Prätors übertragen. Der privilegierte Stand seiner Familie tat hier mehr als üblich. Es mangelt ihm nicht nur an der notwendigen Begabung, sondern es fehlt ihm auch die Einsicht, solche Aufgaben

anderen zu überlassen. Die höfliche Distanz, sowie die zum Teil recht offene Ignoranz seiner Amtsbrüder, hinterliessen bei ihm keinerlei Wirkung. Doch betrifft die Ablehnung seiner Person nur ihn als Beamten. Als Befehlshaber, bei kriegerischen Auseinandersetzungen, fand niemand je etwas an ihm auszusetzen. Während des Bundesgenossenkrieges diente er als Offizier im Heer Sullas, galt als umsichtig und verlässlich.

Als ihm die Bitte des Senats angetragen wurde, das Kommando über die Truppen anzunehmen, lehnte er entrüstet ab. ›Eine Schande wäre es‹, tönte es sofort innerhalb seines Anhangs, ›römische Truppen gegen Sklaven zu führen, eine Schande für den ganzen Stand.‹ Erst nach weiteren hofierenden Bittgesuchen gab er nach.

Zwei Tage später begibt er sich am frühen Morgen zum Marsfeld, wo die Truppen sich versammeln werden, begierig, ihnen bei den Vorbereitungen zuzusehen und sich mit den Offizieren vertraut zu machen. Nach einer Stunde ist er mehr als erschüttert. »Bei den Göttern, ist das der Haufen, mit dem wir zum Vesuv ziehen wollen?«

Die Offiziere tauschen ein paar Blicke. Die Frage überrascht sie nicht. Schließlich antwortet ihm einer: »Es mangelt den Männern nicht an Disziplin. Es ist, – wir ziehen gegen Sklaven. Sie sind schlechter bewaffnet und ihre Zahl ist geringer, als die unsere. Die Männer wissen das. Ich denke, wir sollten nicht zu viel erwarten – was die Disziplin angeht.«

»Ich schließe mich den Worten an«, sagt ein weiterer Offizier. »Doch sei unbesorgt, Prätor, die Männer sind vollends gerüstet. Ein jeder wie es sich ziemt, für einen römischen Legionär.«

Clodius wischt kurz mit der Hand über Augen und Stirn, um den Ärger zu verbergen, der sich auf sein Antlitz legen will.

Dann gibt er seinem Pferd einen leichten Stoß und lässt es in ruhigen Schritten langsam durch die Menge traben. Die Offiziere folgen ihm. Mürrisch schaut er dem Treiben weiterhin zu.

Gegen Mittag neigen sich die Vorbereitungen dem Ende, die letzten Schwerter werden eingeölt, Lanzen gebunden.

Schließlich gibt er das Signal zum Aufbruch und die Legionäre ordnen sich zu sechs Kohorten.

Dann marschiert sie, die Macht Roms. Unverkennbar das schleppende Geräusch von Kettenhemden und Brustpanzern. Stolz blickt Clodius von seinem Ross die Reihen entlang und beobachtet das Lichtgewitter der blitzenden Helme. Würde er an diesem Tag gegen einen ›wirklichen‹ Feind zu Feld ziehen, würde er die Stadt unter dem Jubel der Massen durch eines der Haupttore verlassen, stattdessen führt er dreitausend Legionäre durch das südliche Nebentor.

Am fünften Tag nähern sie sich dem Bergmassiv des Vesuvs. Clodius schickt einen Spähtrupp voraus. Nach etwa drei Stunden kehren sie zurück und berichten, dass die Sklaven ihr Lager auf dem hochgelegenen Plateau aufgeschlagen haben: »Jenes, zu dem ein schmaler Pfad den einzigen Zugang bildet«, und ihre Zahl sich etwa auf Tausend beläuft.

Clodius berät sich kurz mit seinen Offizieren. »Die Gelegenheit sollten wir nutzen«, lautet seine knappe Entscheidung. Dann schickt er den Spähtrupp erneut voraus, lässt aber seine Kohorten eine Stunde pausieren und zieht dann mit ihnen weiter. Mit Beginn der Dämmerung erreichen sie die bezeichnete Stelle am Fuß des Vesuvs, wo ein Teil des Spähtrupps ihn bereits erwartet, um zu berichten, dass das ›Pack‹ nach wie vor auf dem Plateau lagere und es zu keinerlei

Begegnungen gekommen sei. Clodius hört aufmerksam zu und tauscht sich nochmals mit seinen Offizieren aus. Dann spricht er zu den Legionären: »Dieser Pfad ist der einzige Zugang zu ihrem Lager. Um sich zu versorgen, müssen sie diesen Weg benutzen. Entweder sie greifen uns an oder sie verhungern. Ich weiß, viele von euch sind gewillt, sofort loszumarschieren und diesen aufsässigen Haufen in Stücke zu hauen. Aber warum sollen wir Römer uns die Mühe machen, ihnen nachzusteigen? Den weiten Weg bis hinauf zu ihrem Lager und uns mit ihrem Blut beschmutzen? Meine Späher berichten, dass dort oben etwa tausend Sklaven lagern. Wir sind der unseren dreitausend. Ihr werdet sehen, sie werden es nicht wagen, uns anzugreifen. In ein paar Tagen werden wir ihre verhungerten Knochen einsammeln.«

Die Legionäre stimmen ein Jubelgeschrei an, wobei sie mit den Schwertern auf ihre Schilde schlagen. Clodius hebt den Arm und erwidert ihren Jubel, als einer der neben ihm stehenden Centurios fragt: »Ihr glaubt wirklich, dass sie uns nicht angreifen werden?«

»Sie werden uns angreifen«, antwortet Clodius, während er weiter den Jubel der Legionäre empfängt, »was bleibt ihnen anderes übrig? Steigen wir aber hinauf, verlieren wir unsere Überlegenheit an Zahl. Ausserdem, vielleicht wartet irgendwo eine Gerölllawine, oder was beim Zeus ihnen sonst noch einfallen mag.« Er denkt kurz nach, beäugt dabei noch einmal Pfad und Landschaft. »Ich möchte, dass bis zu einem Abstand von fünfhundert Metern vor unserem Lager, entlang dieses Weges, Wachen aufgestellt werden, die sich gegenseitig immer wieder überprüfen. Ich will nicht, dass dieser Pöbel uns überrascht, während wir uns gerade die Rüstung abstreifen.«

*

sind Sklaven

Sargon verbrachte die letzten Tage zurückgezogen, wie so häufig, wenn eine Sache mit ungewissem Ausgang ihn sehr beschäftigt. Äußerlich ging er seinen täglichen Aufgaben mit der ihm eigenen Ruhe nach, doch innerlich war er überaus angespannt. Spätestens heute sollte eine erste Clodius Nachricht eintreffen, über die Lage am Vesuv. Entgegen seiner Amtsbrüder hat er Zweifel am positiven Ausgang der Unternehmung. Schon früh am Morgen macht er sich auf den Weg zur Servianischen Mauer, um aus erster Hand vom Erfolg oder Misserfolg des Gajus zu erfahren. Dort angekommen, erwidert er kurz den Gruß der Wachen, fährt durch das Tor und stellt sich etwas abseits.

Es ist sehr ruhig an diesem Morgen, nur ein paar Händler, die an ihm vorüberziehen. Eine Stunde des wartens will er sich erlauben, nicht mehr. Die Nebel verschwinden allmählich, weit reicht der Blick die Via Latina hinunter.

Die Sonne steigt und der Strom der Menschen, die aus den südlichen Ländereien die Straße hinaufkommen, nimmt zu.

Sargon schaut auf die Wasseruhr, – *auch heute wieder umsonst.* Er fasst nach den Zügeln und lässt sein Gefährt wieder das Tor passieren. Im Vorbeifahren bemerkt er flüchtig einen auswärtigen Bettler, der entweder völlig desorientiert oder betrunken an den Wachen vorbeitaumelt, die sich seiner aber sogleich annehmen und ihn in Ketten legen.

Sargon eilt weiter, um die Gerichte aufzusuchen. Titus Aquicius, Sohn des Sertorius, Mitte zwanzig, ihm wohl bekannt, führt die erste Verhandlung. Kein Urteil, das nicht auf irgendeine Weise zum Nachteil der weniger privilegierten

Klasse ausfällt. Mit einer sadistischen Freude verkündet er seine Entscheidungen, labt sich an den Seelenqualen, die sich in den Gesichtern der Betroffen widerspiegeln. Sexuell gestört, unfähig, so die Frauengeschichten über ihn. Als Sargon den Saal betritt, hat die Verhandlung bereits begonnen und einer der Teilnehmer versucht vorsichtig, Aquicius in seinem Urteil umzustimmen.

»Ich bitte Euch zu bedenken, fünf seiner Sklaven haben den Mord an seiner Ehefrau gesehen. Auch fällt dem Beklagten das gesamte Vermögen der Ermordeten zu.«

»Aber es sind Sklaven«, antwortet Aquicius mit Bestimmtheit. »Sie dürfen nicht gegen ihren Herren, nicht einmal gegen ihren früheren Herren aussagen, so will es das Gesetz. Und deshalb«, er rollt die Papyrusrollen überaus sorgfältig zusammen, »sehe ich keine andere Möglichkeit, als den hier anwesenden Septimus Optimus, der ein angesehener Bürger unserer Stadt ist, freizusprechen.«

»Der Dolch, mit dem sie ermordet wurde«, hört Aquicius plötzlich eine ihm bekannte Stimme.

»Senator Sargon – hat etwas einzuwenden?«

»Septimus führt ihn immer bei sich, was jedem ›an-gesehen-en‹ Bürger bekannt ist«, wirft Sargon schnell hinterher. Er glaubt nicht das Urteil sofort umzustürzen, nur stoppen will er es.

»Das wird nicht ausreichen…« Aquicius bricht abrupt ab und blickt zum Ende des Saals, an dessen Ausgang plötzlich Annaeus erscheint.

»Ihr seid gebeten, euch zum Comitium zu begeben«, spricht er zu den Männern, ohne die üblichen Grußformeln zu bemühen. »Die Wachen haben einen Mann aufgegriffen, heute morgen, an der servianischen Mauer, - mit neuen Nachrichten vom Vesuv.«

Mit Ausnahme von Sargon, der seine Überraschung zu verbergen weiß, betrachten ihn alle mit entrüsteten Gesichtern. Aquicius spürt, dass es an ihm ist zu antworten, da er die Verhandlung führt. Sichtlich um autoritäre Sprechweise bemüht, antwortet er: »Dem Prätor Gajus Clodius wurde diese Angelegenheit übertragen« und hält kurz inne, als müsse er die Melodie des eben gesprocheen Satzes prüfen »Warum also sollen wir uns damit befassen?«

»Weil er tot ist«, schleudert Annaeus ihm entgegen. »Gajus Clodius wird sich also nicht damit ›befassen‹.«

Sargon kehrt ohne Umwege zu seinem Haus zurück, wo ihn Cato bereits erwartet. »Sie haben die Kohorten des Gajus Clodius niedergemacht.«

»Ich weiß«, sagt Cato darauf. »Was wirst du jetzt tun?«

»Ich werde meine Gewänder anlegen und mich zum Forum begeben.«

»Ich komme mit dir.«

»Du kannst mich begleiten, aber an der Versammlung kannst du nicht teilnehmen.«

»Ich werde mich ein wenig umsehen.«

»Dann komm. Lass uns gehen, wir sind spät dran.«

*

Nur wenige der dreitausend Legionäre sind entkommen. Sie müssen vor den Senat treten und sich verantworten.

»Wir hatten Wachen aufgestellt, entlang des Weges, die einzige Richtung, aus der die Sklaven kommen konnten. Aber dann... an diesem Morgen waren sie plötzlich da, wie aus dem Nichts.«

Der Senat sendet eine Kohorte, um die Leichen zu bergen, zumindest die der Patrizierfamilien.

Im Halbdunkel erreichen sie das verwaiste römische Lager. Voller Entsetzen verharren sie auf dem Schutzwall, bis sich einige von ihnen lösen, um die Leichname zu bergen.

Eine Abteilung unter Führung des Prätors Lucius Catilina macht sich auf den Weg hinauf zum Plateau. »Jetzt lasst uns da raufgehen und sehen, wie diese Bastarde entkommen konnten.«

Zu Pferd erreichen sie das verlassene Lager, können aber nichts entdecken ausser dem Schutzwall. Sie schreiten das Lager ab, und bleiben schließlich an einer steilen Felswand stehen. Leitern hängen an der Wand, auf den ersten Blick nicht zu erkennen. Leitern aus Weidenruten, kunstvoll miteinander verflochten, fest genug, um das Gewicht von mehreren Menschen zu tragen. Stumm nehmen sie die Antwort, nach der sie suchten, entgegen.

*

das ›Ich‹

»Ihre Zahl wächst«, sagt Sargon trocken, gleichsam als Begrüssung, als Annaeus sich endlich im Seitenflügel des Comitiums einfindet und sich ihm gegenüber setzt. Er tut es Sargon gleich, der seine rechte Seite dem Tisch zukehrt. Trotz Fettleibigkeit liegt Spannung in Annaeus' Haltung, nichts zu sehen von dem Mann, der unflätig seine Mahlzeiten verschlingt.

»Du hast lang gebraucht, hattest du dich verlaufen?«, fährt Sargon fort, ebenso trocken, wie er ihn begrüsste.«

»Hör auf! Soll ich wieder gehen!?«, erwidert Annaeus. »Es ist kaum noch jemand hier, – ich hatte dich draußen erwartet!«

»Ich schicke einen Boten und wir treffen uns hier, – weiß nicht seit wie vielen Jahren.«

»Es ist spät, ich hab wenig Zeit, eine Stunde, nicht mehr«, antwortet Annaeus, mit kurzer, schneller Aussprache, um unmissverständlich deutlich zu machen, dass er nun genug hat.

»Ihre Zahl wächst«, wiederholt Sargon borstig.

»Man muss die Angelegenheit genauer untersuchen. So oder ähnlich werden sie morgen im Plenum reden. Niemand wird der Erste sein wollen, der eine ernste Gefahr heraufziehen sieht.

»Wo ist Sertorius?«, fragt Sargon.

»Auf Capri.«

»Auf Capri? Das heißt, er weiß nichts von den Entwicklungen der Sklavenerhebung?«

»Nein, er weiß es nicht. Aber wir sollten nicht so ketzerisch sein und schon von einer Erhebung sprechen.«

»Wann gedenkst du, es eine Erhebung zu nennen?«, fragt Sargon nach längerer Pause. »Willst du vorher nochmals mit Dolobella und Brutus sprechen?« Er hat nicht vor ihn unnötig zu reizen, doch will er das Treffen der beiden an den Anfang stellen. Von dort kann es weiter gehen, denkt er, viel mehr gibt es nicht.

Annaeus verzieht keine Miene, hühlt sich in Schweigen, als wolle er die Frage ignorieren. »Was ich getan habe, als die beiden zu mir kamen«, sagt er schlliesslich, dabei den seinen Kopf schief legend, als suche er eine Stütze, »ist so üblich wie der Regen, der hin und wieder auf diese Stadt fällt, nicht wahr?! – Aber vor allem – nicht ich war es, der diesen Tropf namens Clodius auserkoren hat!?«

»Als sie bei dir waren, hast du anders von ihm gesprochen.«

Annaeus antwortet mit Schulterzucken und rechtem Mundwinkel, der eigens für solche Antworten geschaffen ist.

»Wenn es stimmt, was die wenigen Überlebenden sagen«, spricht Sargon weiter, »war Clodius besser als je zuvor. Oder hättest du angenommen, dass sie Leitern flechten, aus Weidenruten? Jemals so etwas gehört?«

»Warum kommst du zu mir!?«, fragt Annaeus genervt, »sage was dich bewegt morgen im Plenum, sie werden dir eher zuhören als mir.«

»Ich würde es tun wenn ich deine Jahre hätte, aus dem Lager der Optimaten käme und die Bekanntschaften aus deinen Orgien und Trinkgelagen«, antwortet Sargon und versucht, seinen borstigen Bass etwas zu dimmen, um seinem Widerspruch die Schärfe zu nehmen.

»Was soll ich deiner Meinung nach tun!?«, fragt Annaeus, strafft dabei sein Minenspiel und beugt sich über den Tisch. »Morgen empfehlen, fünftausend Legionäre zu entsenden oder gar zwei Legionen? Und wie würde ich es begründen…?«

»Ebenso wie beim Treffen mit Dolobella und Brutus! Es kam dir doch gelegen, oder nicht? Du hast doch nicht wegen der Thermen nachgegeben, sondern weil du so wenig wie ich den Unsinn glaubst, von Schäfern und Hirten, die ihnen zulaufen.«

»Das kommt drauf an!« erwiedert Annaeus frostig und lehnt sich demonstrativ zurück. »Glaube nicht, dass du mich bewegen wirst der Erste zu sein, der diese ›Erhebung‹, auf irgendeine Weise adeln wird, weder hier, noch im Plenum, noch sonst wo!«

Sargon senkt leicht den Kopf zur Seite, unschlüssig das Gespräch fortzuführen oder zu beenden. »Samniter«, sagt er schließlich.

»Was!?«, erhebt sich Annaeus wütend.

»Seit den letzten Kampfhandlungen auf römischen Boden, die Kriege, wenn du willst, gegen die Samniter und Lukaner, sind nicht einmal zehn Jahre vergangen. Das ist, was ich sehe. Wieviele gerieten damals in die Sklaverei, schuften in den Bergwerken oder auf Landgütern? Von dort kommt der Zulauf.«

Annaeus setzt sich wieder, nicht ohne eine entschuldigende Geste, ob seines aufbrausenden Verhaltens. »Vielleicht«, sagt er dann und sucht nach Worten für seine Antwort, »bin ich dir näher in deinen Betrachtungen als irgendjemand sonst. Aber so schnell ändert sich keine Geisteshaltung, selbst wenn sie Fünftausend niedergehauen hätten. Nachdem die Kohorte nicht zurückkehrte, ging es noch darum, Ordnung zu schaffen.

Ich wollte Cossinius sogar bedrängen. Doch dann sprach er aus, was selbst dich nicht überrascht haben kann. Hier siehst du sie erneut, – unsere ›Geisteshaltung‹. Die Bande am Vesuv ist nicht mehr als Gesindel, irgendein Pack, vielleicht benebelt von einer obskuren Religion, die sie glauben macht, sie könnten es mit Mutter Rom aufnehmen.«

»Deshalb komm ich zu dir. Deshalb spreche ich von Samnitern und Lukanern«, antwortet Sargon ermüdet.

Annaeus gönnt sich und ihm eine Pause, trotzdem er weiß, dass Sargon solch Rücksichtnahme immer ablehnen würde. »Vorläufig«, sagt Annaeus dann, »wird sich niemand finden, der aus seinem Munde Worte entlässt, um diese ›Erhebung‹ zu adeln. Was ich tat, als die beiden zu mir kamen, in mein Haus, lässt sich nicht wiederholen, nicht jetzt. Die Dinge werden ihren Lauf nehmen müssen. Und dann – werden Notwendigkeiten entscheiden, so wie immer. Und ich glaube nicht«, fügt er entschieden hinzu, »dass versklavte Lukaner oder Samniter ihnen zulaufen. Sondern Hirten und Schäfer! – Warum auch nicht. Diese Leute kennen die Gegend. Unter den – Gladiatoren wird kaum einer sein, der je etwas anderes zu Gesicht bekam als die Schule in Capua und die Arena in Rom.«

»Eintausend Hirten? In der Gegend um den Vesuv?«, fragt Sargon. Dabei jedes Wort einzeln, bedächtig formulierend, mit oberflächlichem Anschein, als würde er beim Aussprechen der Worte allmählich anfangen, auch daran zu glauben.

»In der Öffentlichkeit wird das meine Haltung sein«, lenkt Annaeus ein. Doch versucht dann, dem Gespräch eine andere Wendung zu geben. »Ich sprach kürzlich mit deinem Neffen, mit Cato. Er scheint sehr angetan, – von all dem was in Alexandria, – gelehrt wird. ›Das 'Ich' ist nicht absolut‹.

Behauptet von den klügsten Köpfen unserer Zeit. Säßen sie im Senat würden sie vielleicht sagen: ›nehmt euch in acht. Aus diesen Fleischern können vielleicht Krieger werden.‹ Aber sie sind nicht dort. Betrete morgen mit solchen Worten das Plenum und versuch', den Senat zu gewinnen, zur Einsicht zu bringen. Vielleicht gibt es ›nur‹ Gelächter. Und offen gesagt, auch ich halte es, – für nicht mehr als philosophisches Gefasel, das einem zu Kopf steigt, wenn der Tag lang ist. Und was Samniter und Lukaner angeht – ja, noch nicht einmal zehn Jahre her. Doch wir haben gesiegt. Und diese Truppen waren kein Sammelsurium aus Hirten, Schäfern, Sklaven, was immer.«

»Sie haben Dreitausend niedergehauen, beinah eine ganze Legion...«

»Man wird sagen, das kommt vor!«, schneidet Annaeus ihm das Wort ab. »Je länger ich mir selber zuhöre, um so weniger versteh' ich, warum du so besorgt bist. Lass ihre Zahl wachsen, Grösse macht fragil und sei es nur aus Gründen der Versorgung. Lass sie morgen zweitausend sein, und dann? Wo wollen sie hin? Was wollen sie sein?«

Sargon streicht mit der Hand über seine Toga, als gebe es etwas wegzuwischen. Er spürt Annaeus wartenden Blick und Siegerpose in seiner Körperhaltung. »Du erinnerst dich an die Kreuzigung der Vierhundert?«, fragt er ihn, wie beiläufig, »geschehen vielleicht einen Monat vor dem Ausbruch in Capua.«

»Ich kann dir nicht folgen!«, sagt Annaus.

»Wer in die Sklaverei hineingeboren wurde, für den mag gelten, was ein Philosoph einst schrieb, für die Anderen...«

»Wer!? Beim Zeus, wovon sprichst du!?«, fragt Annaeus gereizt.

»Du kennst seinen Namen, aber es spielt keine Rolle! Es ist eingedrungen in unsere ›Geisteshaltung‹, in all unser denken, sehen, fühlen. Das macht uns nicht nur …«

»Blind, sondern unfähig«, unterbricht ihn Annaeus. »Selbst da, wo wir noch sehen können, wolltest du sagen!? Was war mit den Vierhundert?«, fragt er dann, da Sargon nicht antwortet.

»Einer von ihnen, versuchte den Hausherrn zu töten.« Sargon spricht jetzt schneller, er möchte zum Ende kommen, er glaubt nicht mehr, heute etwas zu bewegen und schleudert ihm die Sätze entgegen, ähnlich einer Aufzählung. »Wie es das Gesetz will, wurden alle gekreuzigt, ausserhalb der Stadt, so wie immer, entlang einer Strasse. Zufälligerweise wurden an diesem Tag Gladiatoren zurück nach Capua gebracht. Sie haben alles gesehen. – Wer war dieser eine, aus der Gruppe der Vierhundert, der versuchte, zu töten? War er einfach tollwütig wie ein Hund? Es wird Hass gewesen sein! Oder hast du nie Hass gesehen, in den Augen deiner Sklaven? Und nun blick zum Vesuv und stell dem Hass noch Furcht zur Seite. Furcht vor den Grausamkeiten, die unsere Welt zu bieten hat. – Was ist da, auf dem Vesuv? Ist da einer, der es versteht, dies zu bündeln? Das macht mir Sorge.«

Mit einem hörbaren, verdrießlichen Atemzug, lehnt Annaeus sich wieder zurück. Lässt den Kopf kreisen, als schmerze ihn der Nacken, jedoch ohne seinen Blick von Sargon zu nehmen.

»Und wenn ich dir nun recht gebe, dir zustimme, was dann? Es wird nichts ändern an dem was sich sagte! Die Kräfte, die dem benennen einer Gefahr entgegen stehen, werden nicht verschwinden!«

Mit seinen sichelförmigen Sehschlitzen erkennt Sargon an Mimik und Gestik, dass für Annaeus das Gespräch hier zu Ende ist. Doch wartet er nicht auf ein weiteres Wort von ihm, sondern erhebt sich. Annaeus angespannte Mine, ob dieses Verhaltens, ist ihm heute gleichgültig. Immer häufiger spürt er das Alter, während solcher Unterredungen. Vor zehn Jahren hätte er vielleicht auch nichts erreicht, doch hätte er nicht einen solchen Redefluss über sich ergehen lassen.

Einwände hatte er auch heute genug, doch sah er immer schon das Ende voraus.

»Der Lanista aus Capua, Batiatus, ist hier in Rom«, wendet sich Sargon doch noch einmal an Annaeus.

»So? Warum?«

»Er macht sich Sorgen.«

»Fortuna war ihnen hold, Sargon!«, ergreift Annaeus seinerseits noch einmal das Wort und nutzt die Gelegenheit, sich zu erheben, um Sargon nicht auf diese Weise gehen zu lassen. »Lass uns annehmen, es hätte solch Gewächse dort oben nicht gegeben. Die Leitern aus Weidenruten versperren den Blick. Clodius musste diese Tölper nicht einmal den Berg hinauf jagen, sie brachten sich selbst in diese missliche Lage. Ich will damit sagen, – es gibt nichts Besonderes an ihrem Sieg. Sie hatten Glück.«

»Glaub ich nicht! Sie brachten sich nicht in eine missliche Lage. Sie haben sich vorher dort oben umgesehen. Sie haben erwartet, dass Clodius sie am Fuße des Vesuv belagern wird, darauf hoffend, sie auszuhungern. So wie es wohl jeder andere getan hätte. So konnten die ›Tölpel‹ zuschlagen, in dunkler

Nacht, aus unerwarteter Richtung. – Was bedeutet das für uns? Für die nächsten Wochen, Monate?« Mit diesen Worten wendet er sich ab und eilt durch den Ausgang der Halle.

6. Kapitel

Capua

Der Tag war ungewöhnlich heiß, kein Luftzug rührt sich. Auch jetzt, am frühen Abend, ist es kaum zu ertragen. Batiatus schaut von seiner Terrasse in die Ferne, doch ein Gefühl von Muße will sich nicht einstellen. Zu aufwühlend sind die Geschehnisse der letzten Wochen. Noch vor einem Monat war er stolzer Besitzer der besten Gladiatorenschule im ganzen Reich. Dann der Aufstand. Achthundert wurden getötet, darunter der Anführer. Ein Verlust, der ihn fast in den Ruin trieb. Eine kleine Gruppe von achtzig Gladiatoren setzte sich auf dem Vesuv fest und macht sechshundert Mann nieder, die mit dieser Bande aufräumen sollten. Danach hatten sie großen Zulauf, ihre Zahl ist auf über tausend angewachsen. Der Prätor wurde vor ein paar Tagen am Fuße des Vesuv vollständig vernichtet. *Wie lange wird es dauern, bis die restlichen dreitausend davon erfahren?*, bohrt es weiter in ihm. *Und warum sollten sie dann nicht erneut versuchen, ihren verhassten Käfig zu verlassen? Oder, schlimmer noch, die Aufständischen selbst überfallen die Schule?* All das trug er dem Stadthalter vor, mit der Bitte, man möge ihm etwa tausend Mann zur Bewachung überlassen, auch deshalb, weil sich die Schule in einem abgelegenen Stadtteil befände. Man will dieses ›Pack‹. schließlich nur dann sehen, wenn man sie in einer Arena aufeinander hetzt. Die Stadtväter jedoch teilten seine Auffassung nicht und fanden es unverschämt, sie mit dieser Bitte zu belästigen. Die Zeiten seien schlecht, man könne es sich nicht leisten, tausend Söldner für die Bewachung einer

Gladiatorenschule anzuwerben. »Außerdem können wir hier keinen Mann entbehren. Die Soldaten, die uns zur Verfügung stehen, brauchen wir innerhalb der Stadt. In Rom hat man sich dieser Angelegenheit bereits angenommen, man wird alsbald neue Truppen entsenden.«

Bis dahin solle er Ruhe bewahren. »Wenn du Angst hast, dass der Rest der Herde sich aus dem Staub macht, dann geh und wirb Söldner an. Es ist schließlich deine Schuld, dass sie ausbrechen konnten!«

Letztlich konnte er sie überreden, ihm wenigstens eine Kohorte zu überlassen.

*

dreitausend

Batiatus hat die Wachmannschaften verstärkt, so gut es eben geht. Zu dritt oder viert stehen sie in den Türmen der Mauern und starren in das Dunkel der Nacht. Der Mond ist untergegangen, der Himmel bedeckt, die Luft feucht.

Immer wieder fahren sich die Söldner mit den Händen über die Stirn, als gäbe es Schweiß von dort wischen.

»Augen offen halten!« Die Söldner zucken zusammen, als sie die Stimme hören, die so unerwartet die seit Stunden andauernde Stille zerschneidet. Der Centurio steigt über die letzte Sprosse der Turmleiter und stellt sich zu ihnen. Alle richten den Blick nach vorn in die Ebene, können aber nichts erkennen, außer dem Bergmassiv, das sich vom Horizont abhebt. Plötzlich glauben sie etwas zu sehen. Etwas, kriecht oder schlängelt auf dem Boden, dicht vor ihnen, doch es ist schon wieder vorbei! Alle starren in dieselbe Richtung, keiner sagt etwas. Es liegt beim Centurio, Alarm zu geben, aber er zögert. Der seit Tagen andauernde Wachdienst hat Spuren hinterlassen. Sie suchen mit den Augen immer wieder den schmalen, von Fackeln beleuchteten Grat ab – und da – da ist es wieder, an einer anderen Stelle und dort ist noch so ein…! Für den Bruchteil einer Sekunde sind sie wie gelähmt. Entlang der fackelbeleuchteten Linie, die sie mit den Augen abtasten können, schieben sich menschliche Gestalten über den Boden.

»Bei allen Göttern, das sind sie«, flüstert einer der Söldner, »sie kommen, die Aufständischen.« Der Centurio will eben in den Hof hineinrufen – die Wachen auf dem Nachbarturm kommen ihm zuvor.

Schon stürzen die ersten Legionäre aus ihren Quartieren und formieren sich rings auf den Mauern der Schule. Steine hatte man schon vor Tagen zusammengetragen, ebenso Wurfspeere, sie sind nicht unvorbereitet, doch müssen entsetzt erkennen, wie sich aus der Dunkelheit ein nicht enden wollender Schwarm menschlicher Gestalten, mit großer Geschwindigkeit, ihrem Bollwerk nähert.

Noch hält die Disziplin der römischen Legionäre. Sie werfen ihre Steine und Wurfspeere, stürzen die Leitern um, die, aus der Dunkelheit kommend, immer wieder an die Mauern geworfen werden. Doch die Zahl des Gegners scheint unendlich. Drängt nun auch an der Ostseite entlang, wie ein Strom, der vor einem Hindernis seine Kräfte bündelt, um es schließlich zu zermalmen. In den Reihen der Legionäre bricht Chaos aus.

Alles zur Flucht Nötige hat Batiatus bereits veranlasst, noch bevor die Aufständischen die Mauern erreicht haben. Nicht mehr wartend, wie es ausgehen wird, verlässt er, von panischer Angst getrieben, mit seinen Vertrauten die Schule, um sich hinter die sicheren Mauern von Capua zu begeben.

Von allen Seiten stürmen die Aufständischen in das verhasste Bollwerk. Verzweifelt versuchen die Centurios ihre Truppen neu zu formieren und sie dem Feind entgegen-zustellen, heiser heulen ihre Rufe durch das Schild und Schwertgewitter. Noch einmal, für einen kurzen Moment, scheint römischer Drill über Furcht zu siegen, und sie treten den Gladiatoren entgegen. Doch ist der entfesselte Dämon aus Hass und Zorn nicht aufzuhalten.

Schon wenden sich die ersten Söldner zur Flucht und reißen weitere mit sich. Doch viele von ihnen, mit der Schule, ihren Baracken, Mauern und Häusern nicht vertraut, verirren sich, wodurch sich ihre Todesangst verstärkt.

Verzweifelt und erschöpft, tief die stickige Luft einsaugend, hetzen sie um Hilfe rufend durch das Labyrinth der Treppen und Gänge. Dicht gefolgt vom Tod, der ihnen mit kräftigen, geschulten Armen nachsetzt und keinen verschont.

*

Aufstand

Rücksichtslos bahnt sich Senator Sertorius seinen Weg durch das Getümmel auf dem Marsfeld. Hochgewachsen überblickt er die Massen. Erbarmungslos seine Ellbogen, sobald er zu sehen glaubt in welche Richtung er gehen müsse. Endlich, unter einem Torbogen, am Ende des Marsfeldes, erkennt er den massigen Leib des Sargon und schiebt sich durch das Menschengewimmel.

»Ich grüße dich, Erlauchter, ich suche schon den ganzen Morgen nach dir!«

»So, warum? Gibt es besondere Neuigkeiten?«, fragt Sargon spitz.

»Aaah, dein Neffe Cato, ich grüße dich!«

»Sertorius«, erwidert Cato den Gruss.

»Es gibt Gerüchte«, spricht Sertorius nervös weiter, »sie wollen beide, Cossinius und Furius ins Feld schicken, gegen das Sklavenpack. Dem können wir nicht zustimmen.«

»Nein? Sondern? Was sollten wir tun, sprich.«

»Was wir sonst tun sollten!?«, antwortet Sertorius mit gequetschter Stimme, »mein Bester, stehst du schon lang hier in der Sonne? Sieh dir diesen Pöbel an. Sie hungern seit Monaten. Womöglich stürmen sie die Getreidelager oder was um aller Götter Willen ihnen sonst noch einfallen mag. Wollen wir ihnen sagen, dass da draußen eine Gefahr lauert, gegen die wir zwei Armeen schicken?«

»Sag's ihm.«

Cato streift ihn kurz mit Blicken, mustert Setorius' Mienenspiel. »Die Sklaven haben in der letzten Nacht die Gladiatorenschule in Capua überfallen«, und hält kurz inne,

»zwei, möglicherweise dreitausend gut ausgebildete Gladiatoren.«

»Bei den Göttern«, nervös, schwer atmend, fasst Sertorius sich an die Stirn. »Was geht hier vor? Wir hatten doch fast eine Legion ausgesandt. Dreitausend Mann?«, faucht er mit Jähzorn pulsierenden Schläfen.

»Das war vor zwei Wochen«, antwortet Cato.

Sertorius blickt fragend, mit halb offenem Mund in das Gesicht des jungen Mannes, als würde dieser ihm absonderliche Geschichten aus der Totenwelt erzählen.

»Und weiter? Wo sind sie jetzt, diese Sklaven, die unsere Legionäre niederhauen? Haben wir überhaupt noch Legionäre oder sind es nur noch kastrierte Lustknaben?«

»Sie sind in östlicher Richtung weitergezogen«, antwortet Cato. »Sie sind dabei, den Apennin zu überschreiten. Es wurden Spähtrupps ausgesandt, die uns regelmäßig unterrichten. Die Torwachen wurden angewiesen, alle Händler und Reisende bis zur Tagesmitte abzuweisen, sie könnten bereits davon gehört haben. Danach, wenn es wieder Einlass gibt, wird sich die Nachricht wohl auch innerhalb der Stadt ausbreiten.«

»Weitergezogen? Apennin überschritten? Spähtrupps?«, fragt Sertorius schwer atmend. »Du sprichst, als hätten wir einen – Aufstand.«

7. Kapitel
Legionen

Schon ein Jahr behaupten sich die Aufständischen im Zentrum der Weltmacht. Angst hat sich im Land ausgebreitet und durchdringt allmählich die mächtigen Mauern Roms. Getreidelieferungen werden immer häufiger von kilikischen Piraten gekapert, Tumulte auf dem Marsfeld, wenn der Senat zum Volk spricht, und im Landesinnern steht ein Heer, dem römische Legionen bisher nicht gewachsen sind, furchterregender und bedrohlicher denn je.

*

Varinius

Sargon steigt umständlich vom Wagen herunter und lässt Jabulus wissen, dass er nicht zu warten braucht. Mit schnellen Schritten eilt er zum Forum Romanum. Nichts drängt ihn, doch will er Eile vortäuschen, um Gesprächsdrängler loszuwerden. Schnell weiter, die letzten Meter entlang der Basilica Fulvia, dann links in die schmale Gasse zwischen der Basilica und dem Commitium, hier wartet er , lauscht kurz dem Summen das vom Platz des Forums durch die Gasse drängt.

»Melancholie«, brummelt er vor sich hin. »Ach was willst du, dich brauch ich jetzt nicht«. Er geht weiter, dann die Stufen hinauf zur Rednerbühne, das Summen wird lauter, wie aus einem Bienenstock.

Oben angekommen, empfängt ihn Annaeus, der ihn kommen sah. beide gehen nach rechts, dann ein Stück weit nach vorn, um die Massen unten zu überblicken. Links von ihnen Sertorius, der von der Mitte der Redernerbühne hinunterspricht, laut, melodisch, dabei jedes Wort über deutlich formulierend: »Bisher haben wird den Aufstand auf die leichte Schulter genommen, doch diesmals tritt ihnen die geballte Kraft unserer Militärmaschinierie entgegen. Ihr werdet sehen, noch ein paar Wochen, vielleicht den nächsten Monat, dann werden wir ihrer habhaft sein«. Er hebt die Hand zum Gruss, dankend für den Beifall, der jedoch mässig bleibt, so wendet er sich ab, doch galant, und winkt dem Herold, damit dieser nun seinen Platz einnehme, um sich all der ›lästigen‹ Fragen, all dem Gezeter dieses ›Pöbels‹ anzunehmen. Dann erblickt er Sargon zusammen mit Annaeus, die ihm leicht zugrüssen. Triumphgebärdend geht er auf sie zu, im Nacken quälend die Beratung der letzen Nacht, seine Worte, seine Gedanken, seine Überlegungen, *die sein Hirn unablässig, sogenvoll wiederholt, kaum gebändigt, ihn mit anderem bohrend marternt: Ob sie davon wissen? Es musste sein. Nein, nein…wir hätten… Scham oh Scham. Doch es musste sein…das Gesindel wegfegen…doch Scham oh Scham… So bin ich es doch, ich, der erste, der im Sklavenpack eine Gefahr sah.*

Mit eckigen steifen Bewegungen bleibt er schliesslich vor ihnen stehen, möchte sie grüssen, doch Sargon kommt ihm zuvor. »Sei gegrüsst Sertorius. Eine gelungene Ankündigung« und spricht dabei so nüchtern und wohlwollend, dass selbst ein ewig verdachtsuchender Sertorius nichts zu beanstanden hat.

»Fünfzehn Kohorten, drei Legionen also«, lässt er sie wissen,

»Beschluss der Aerarii Militaris.«

»Drei Legionen«, wiederholt Sargon zufrieden, zustimmend. Doch mehr will er zunächst nicht sagen, denn Sertorius Aussprache, sein Tonafall lethargisch, zweifelnd, beschäftigen ihn.

»Wie von dir gewünscht«, sagt Ananeus an Sargon gewandt.

»Wer führt Sie an?«, fragt Sargon.

»Publius Varinius«, antwortet Sertorius.

»Ein Zauderer«, sagt Annaeus zustimmend.

»So nennen wir bis heute Quintus Fabius«, sagt Sertorius mit Nachdruck, »der uns von Hannibal befreite.«

»Einstimmiger Beschluss?«, fragt Sargon.

»Falls nicht, dann!?« antwortet Sertorius bissig.

»Mir scheint«, spricht Sargon unverwandt weiter: »ihr seid einsichtig geworden.«

»Inwiefern!?«, setzt Sertorius sofort nach.

»Nach den dreitausend, die wir zum Vesuv schickten, oder die beiden Armeen, unter Cossinius und …«

»Willst du sie anführen!?«, stößt Sertorius zornig hervor.

Sargon antwortet nicht, Sertorius Gereiztheit genügt ihm für heute.

»Inwiefern!?«, wiederholt dieser scharf.

»Du weißt es.«

»Nein, Sargon, aber du sagst es!«

»Sind es Werkzeuge, Sertorius? Halbe Menschen, keines klaren Gedankens fähig?«

»Für mich ist es Pack! Niedere Wesen, und unsere Legionen werden sie lehren, was es heißt, sich gegen uns zu erheben.«

»Das will ich hoffen. Denn wenn nicht, werden uns auch noch so edle Betrachtungen der römischen Ordnung nichts nützen.«

*

Varinius führt seine Legionen in nördlicher Richtung aus Rom, in das Land der Sabiner, überquert den Apennin und dringt weiter nach Umbrien vor, wo sich das Sklavenheer seit Beginn des Frühjahrs aufhält. Dorthin sind sie gezogen, zwei römische Armeen konnten den Vormarsch nicht aufhalten.

Zwei Tage bevor Varinius mit seinen Legionen die Gegend erreicht, lässt er Drusus, einen seiner Offiziere, zu sich rufen. Seit ihrem Aufbruch hat er viele Gespräche mit ihm geführt und glaubt, einen verlässlichen Offizier gefunden zu haben, wenn er auch manchmal etwas ungestüm erscheint.

»Wähl dir ein paar Männer und reite zu ihrem Lager. Doch ich ersuche dich ausdrücklich, jedes Risiko einer Entdeckung zu vermeiden. Schick mir zweimal täglich Nachricht, ob sie dort bleiben oder das Lager abbrechen.«

Drusus wählt zehn Männer und macht sich auf den Weg. Nach fünf Stunden haben sie die Gegend, in der sie den Feind vermuten, erreicht und bewegen sich nur noch im Trab, vermeiden jede Überquerung von baumlosen Ebenen.

Auf einem abgelegenen Landgut hoffen sie, Auskünfte über die Aufständischen zu bekommen. Ihre Erwartungen werden erfüllt. Man sagt ihnen, sie sollen den Wald in westlicher Richtung durchqueren, nach einer Stunde würden sie das Lager sehen können. Wegen der Pferde, auch um ihrer selbst willen, entscheiden sie sich für eine kurze Rast, brechen dann erneut auf und folgen dem Hinweis.

Mit Erreichen der Waldgrenze stülpen sie den Pferden Polster über die Hufen und führen sie am Zügel, auch wenn sie dadurch langsamer vorankommen, doch mit dem Feind in unmittelbarer Nähe, ist äußerste Vorsicht geboten.

Endlich lichtet sich der Wald und tatsächlich erkennen sie in der Ferne das Lager, weit genug entfernt, um ihre Entdeckung zu vermeiden, aber doch dicht genug, um zu sehen, was sie sehen müssen. Wachposten, deutlich zu erkennen auf den Erdwällen, die das Lager umgeben. Vor den Erdwällen, tiefe Gräben, an einem dieser, so scheint es, wird noch gearbeitet. Nach einer Weile können sie sogar Posaunen hören, sichere Verkünder von Geschäftigkeit innerhalb eines Lagers.

Drusus schickt zwei seiner Legionäre auf den Rückweg, um Varinius zu unterrichten. Mit dem Rest seiner Männer durchquert er den Wald, bis zur östlichen, dem Feind abgewandten Seite, um dort zu nächtigen. Auch wenn sie dafür bis tief in die Nacht reiten müssen, doch sollten die Pferde unruhig werden, soll dies kein Anlass zur Entdeckung zu sein.

Gegen Mittag des nächsten Tages kehren die beiden Boten zurück. Sie teilen ihm mit, dass Varinius im Anmarsch sei und sie den Wald wieder verlassen können, um sich anzuschließen. Drusus stellt keine weiteren Fragen, sondern gibt Befehl zum Aufbruch.

Als sie ihre Legionen erreichen, sind diese nah genug, um das Lager der Aufständischen in der Ferne zu erkennen. Drusus reiht sich mit seinen Männern ein, in der Nähe des Prätors.

Die Legionen rücken weiter vor, nähern sich dem feindlichen Lager, bis die Wachen auf den feindlichen Gräben ihre silhouettenähnliche Gestalt verlieren.

Varinius ruft Drusus zu sich. »Warum rührt sich dort nichts?«, fragt er ihn, den Blick streng geradeaus. »Möglich, dass sie die Schlacht nicht sofort annehmen, aber auf den Erdwällen war während unseres Heranrückens niemand zu sehen, außer den Wachen.«

Drusus streift ihn kurz, blickt dann wieder nach vorn, seine Gedanken überfliegen das Kundschaften, doch finden keinen Hinweis auf Nachlässigkeiten oder möglichen, falschen Eindrücken. »Es ist, wie du sagst Prätor. Ich bin ebenso verwundert.«

Die Augen zu schmalen Schlitzen zusammengekniffen, blickt Varinius weiter in Richtung des feindlichen Lagers. Beleckt die Lippen mit der Zunge, und mit angestrengt nachdenklicher Miene wendet er sich wieder an Drusus: »Nimm ein paar Männer und sieh nach, was dort vor sich geht.«

»Prätor?«, schaut er ihn fragend an, ob der Gefährlichkeit des Vorhabens, hoffend ihn umzustimmen.

»Ich sagte, nimm ein paar Männer und reite näher an das feindliche Lager heran!«, wiederholt Varinius entschieden.

Mit wütendem Blick wendet sich Drusus ab, greift in die Zügel seines Pferdes und macht sich ohne Antwort auf den Weg, drei weitere Männer folgen ihm. Im leichten Trab reiten sie auf das Lager zu. Plötzlich zieht er sein Pferd am Zügel zurück und zwingt es zum Stehen.

Er fühlt Hitze, sein Herz geht schneller, kalter Schauer im Nacken, als er erkennen muss, in welcher Gefahr sie sich befinden. Im gestreckten Galopp reiten sie zurück, Drusus hält dicht neben dem Prätor.

»Und?«, fragt dieser, »rede doch endlich!«

»Es ist niemand dort, die Wachen sind Tote, die sie an Pfähle gebunden haben.«

»Aber du hast mir doch ausrichten lassen, dass du Posaunen hörtest, dass große Abteilungen zu Pferd das Lager verließen und auch zurückkamen!«

»Es hat sich genau so zugetragen, wie ich es dir ausrichten ließ«, erwiedert Drusus und erkennt das Entsetzen im Gesicht des Prätors. Um aller Götter Willen, er soll endlich den Befehl geben. Doch Varinius blickt um sich, schaut über seine Legionen, das plötzliche Raunen – nicht zu überhören, die Bewegungen innerhalb der Kohorten – nicht zu übersehen. »Prätor! Die Truppen müssen sich formieren!« Varinius spürt Drusus' Griff an seinem Arm. Er schaut zum Lager, dann zum westlichen Horizont, dann wieder in Drusus' Gesicht, der in diesem Augenblick den Feind in ihrem Rücken erblickt. Nicht mehr darauf wartend, dass der Prätor seine Stimme erhebt, ruft er in die Reihen der Legionäre: »Feind im Rücken!«, wobei er gleichzeitig mit den Armen die Legaten befehligt.

Das Umkehren der Truppen ist schnell ausgeführt, doch die Anordnung der Legionen zwangsläufig zum Nachteil. Schon stürmt der Feind heran und fällt über die fünf Kohorten her, die als Reserve zurückstanden und sich jetzt als erste dem Gegner stellen müssen.

Drusus reitet die Schlachtlinie entlang und peitscht die Legionäre nach vorn, wieder wendet er das Pferd, reitet in die entgegengesetzte Richtung, als ihm plötzlich erneut der Schreck durch die Glieder fährt, - die Hauptmacht des Gegners erscheint soeben aus nordwestlicher Richtung, nur wenige Meilen entfernt, und er muss erkennen, dass sie verloren sind. Er ruft nach den Legaten, herrscht sie an zwei Drittel der

Kohorten vom östlichem Flügel und vom Kern abzuziehen und in neuer Schlachtordnung aufzustellen. *Feiner Staub, vom Boden aufgewirbelt, mischt sich unter die Kämpfenden. Verzweifelt erkennt Drusus diesen weiteren Nachteil, sie werden von außen sehen, wie wir stehen, während wir uns kaum noch erkennen können. Die nordwestliche Hauptmacht kommt näher, schnell, ohne Lärm, ohne Geschrei, nichts ist zu hören, außer das Klirren von Rüstungen, vermischt mit dem dumpfen Geräusch Tausender von Menschen, die über den Boden laufen. Warum brüllen sie nicht?, denkt Drusus. Warum rufen sie nicht, – irgendetwas?*

Die Legionäre stimmen ihr ›Bara‹ an und schlagen sich Mut machend auf ihre Schilde. Dann prallen die ersten Kohorten auf die Truppen der Aufständischen. Staub hüllt auch hier die Kampflinie ein. Doch Lärm, Stimmen, und Geräusche, die hindurchdringen, nehmen Drusus die letzte Hoffnung. Er gibt seinem Pferd erneut die Sporen. Wo ist der Prätor? Es ist jetzt seine Aufgabe, ihn zu schützen. In einer Mulde, wimmernd, halb eingegraben, findet er ihn. Das Gesicht von Staub bedeckt, ist er kaum noch zu erkennen. Drusus und seine Getreuen stellen keine Fragen, sie greifen den Prätor, setzen ihn auf ein Pferd und reiten mit ihm weiter. sich dabei immer wieder umschauend, fiebernd eine Orientierung suchend, doch es gibt nur Staubschleier, die vorüberziehen, tosend das Kampfgeschehen aus allen Richtungen.

Mit größter Anstrengung, immer wieder von feindlicher Reiterei verfolgt, gelingt ihnen die Flucht. *Welch Schande*, drängt es sich in Drusus Hirn, *wann haben je römische Legionäre vor Sklaven fliehen müssen.*

8. Kapitel
Kilikier

Der Mann geht ein paar Schritte, bis zum Bug und stellt sich an die Reling. Er wirft einen Blick in den Nachthimmel, wie so oft um diese Stunde. Die Luft geht ruhig, glatt die endlose See, zerschnittenm vom Kiel des Schiffes. Am Horizont ist dunkel die Küste zu erkennen. Dort, irgendwo hinter der Finsternis, warten die Aufständischen auf sie, die Kilikier.

»Sie sagen, das Heer der Aufständischen habe sich getrennt, beim Vormarsch nach Norden.«

Der Mann an der Reling dreht sich um, etwas erschrocken über die plötzliche Stimme, denn niemand außer ihm war an Deck. Er wartet, bis der Mann aus dem Schatten der Segel heraustritt, und richtet den Blick wieder auf die See. Der andere stellt sich neben ihm.

»Wieso?«, fragt der Mann, der an der Reling stand, nach einer Weile. Der andere antwortet nicht sofort, vielleicht aus Befangenheit vor den Ereignissen, vielleicht aus Ehrfurcht vor Dunkelheit und Stille.

»Versorgung, Geschwindigkeit«, antwortet er halblaut.»Sie wollen über die Alpen, heißt es, vor Einbruch des Winters. Einer der Konsuln...«

»Einer der?«

»Rom schickte beide, Gellius und Lentulus mit Namen, – nachdem Prätor Varinius geschlagen war. Sie trafen auf den Teil, der weiter westlich marschierte. Alle tot, heißt es. Es waren vor allem Germanen und Gallier, auch der Anführer, Crixus, ein Freund des Thrakers, sei gefallen.«

Beide halten den Blick geradeaus auf die See, hin und wieder in den Nachthimmel blickend, als gäbe es dort Neues zu sehen.

»Bist du in Sorge, dass sie vielleicht nicht kommen werden?«

»Sie werden kommen.«

»Wieviele Treffen gab es – mit ihnen? «

»Drei, heute das vierte. – Nach dem ersten glaubte niemand an ein zweites.«

Der Mann, der an der Reling stand, greift nach einer Schnitzerei der letzten Nacht, die unfertig zwischen den Tauen zurückgelassen wurde. »Was haben wir auf der Liste?«, fragt er den anderen, während er den Dolch zieht und ein paar Schnitte versucht.

Dieser streift kurz Schnitzerei und nervöse Finger, die versuchen, das Werk zu vollenden. »Dreihundert Talente werden verlangt. Dafür bekommen sie Helme, Schutzpanzer, Lanzen, auch Erze und Werkzeuge, – alles Nötige für die Herstellung von Waffen.«

Der Schnitzende legt das Holz zurück zwischen das Tauwerk, da es ihm doch nicht gelingen will. »Womöglich das letzte Mal, dass wir ihnen Kriegsgerät liefern?«

»Möglich. Sie kämpfen noch mit den beiden Konsuln.«

»Kämpfen noch?«

»Gallier und Germanen, die weiter westlich marschierten, waren nicht der größte Teil, vielleicht zwanzigtausend, heißt es. Dann, nach der ersten Schlacht gegen den Thraker, flüchteten sich die Konsuln fast bis nach Rom zurück. Er setzte ihnen nach, schwenkte dann nach Osten, zur Adriaküste, und von dort wieder nach Norden. Die Konsuln errieten wohl, was er vorhat, nahmen gute Pässe über den

Apennin, schnitten ihm den Weg ab, – der Rest ist noch zu ungenau. Es gab mehrere Schlachten. Manche sagen, er folgte den Römern zu weit, hat sich leiten lassen von Trauer, Schmerz, Rachsucht, wegen des gefallen Galliers, dem Crixus. Und hat damit die Chance verloren, die Alpen frühzeitig zu erreichen.«

»Gut für uns. Schlagen sie die Konsuln und kommen nicht über die Alpen, werden sie wieder umkehren. Und wer außer wir, könnte sie versorgen.« Er wirft erneut einen Blick in den Nachthimmel und sieht, worauf er seit Stunden gewartet hat. »Heute muss es schnell gehen. Sie haben den Feind in unmittelbarer Nähe, – zumindest wahrscheinlich. Wir werden kein Nachtlager aufschlagen, sondern – zurück auf die See, sobald wie möglich.« Mit diesen Worten wendet er sich ab, denn sie nähern sich der Küste.

Gleichmäßig schlagen die Ruder ins Wasser, deutlich zeichnet sich das Ufer ab. Die Kilikier haben den Mond vor sich, sie müssen für die Aufständischen bereits gut zu erkennen sein, während sie nur Schatten sehen, die sich langsam am Ufer entlang bewegen, um zur Bucht zu gelangen, wo die Boote halten werden. Die Piraten schätzen ihre Zahl auf fünf bis sechshundert, plus weitere zweihundert zu Pferd. Einige schliessen Wetten ab, ob der Thraker dabei sein wird, welcher von ihnen es sein wird. Doch letztlich glaubt niemand, ihn zu Gesicht zu bekommen. Warum auch sollte er sich bei solchen Treffen zu erkennen geben.

Die Boote halten in einer langen Linie längs der Uferböschung. Der Kapitän verständigt sich kurz mit einem der Männer am Ufer, alles Weitere ist Routine. Zügig werden die

Boote entladen. Es wird kaum gesprochen. Die Luft atmet Misstrauen, auf beiden Seiten.

Nach zwei Stunden sind die Boote entladen und die Aufständischen wieder auf dem Rückweg, ebenso die Piraten.

*

seine Frau

»Wir müssen den Garnisonen im Norden Verstärkung schicken«, kommt energisch die Forderung aus den Reihen des Adels.

»Werdet ihr morgen vor das Volk treten und sprechen!?«, erwiedert einer der Senatoren scharf. Doch der Adel bekommt Zuspruch von einem seiner Amtsbrüder. »Sechs Legionen hatten wir den beiden Konsuln unterstellt. Zwei sind zurückgekehrt ...«

»Gut jetzt! Wir haben es gehört!«, fällt Sertorius beiden ins Wort und erhebt sich wütend. »Und ihr«, herrscht er den Adel an, »untersteht euch, eure Habe von den nördlichen Gütern abzuziehen. Wir tun unser Möglichstes, um den Pöbel im Zaum zu halten, da erscheint ihr plötzlich auf den nördlichen Straßen, Furcht und Feigheit unter das Volk säend. Schande über euch.«

»Dann tut etwas, um den Aufstand einzudämmen. Fünfzigtausend Krieger sind mit dem Thraker und keiner weiß, ob es morgen nicht schon sechzigtausend sein werden, oder ob er sein Heer kehrtmachen lässt und wieder nach Süden zieht.«

»Oder!? Was noch!?«, unterbricht ihn Sertorius wutentbrannt, »ihr solltet euch reden hören, Krieger, Thraker, Heer!«

»Es ist vielleicht an der Zeit, diese Bedrohung mit einem angemessenerem Klang zu adressieren«, bemerkt Dolobella mit vorsichtigem Tonfall.

»Nein, das denke ich nicht!«, wütet Sertorius weiter, »es gibt kein Heer und es gibt keine Krieger, nur Sklaven. Hütet euch davor, aufwertende Bezeichnungen zu verwenden. Fangt Ihr damit erst einmal an, werden sie auch in euren Reden zum Volk hervortreten.«

»Beim Zeus, dann hören sie es eben«, fällt Annaeus ihm ins Wort, »der Thraker ist dabei, die gesamte Po-Ebene aufzureiben, er versucht mit allen Mitteln durchzubrechen. Wen interessiert das Reden auf dem Marsfeld!«

»Wie kannst du es wagen, elender Samniter ...«

»Schluss mit dem Unsinn!«, werden sie von Sargons grolendem Bass unterbrochen. »Jetzt ist nicht die Zeit uralte Fehden aufzunehmen.«

»Ganz bestimmt nicht«, erwidert Sertorius fordernd und wendet sich ihm zu. »Ich habe deine Einwände schon vermisst, Erhabener. Hast du gar nichts dazu zu sagen?«, fragt er mit überschäumendem Sarkasmus.

Sargon wartet mit seiner Antwort, bis alle Blicke sich auf ihn gerichtet haben, um auf diese Weise Sertorius' Sarkasmus zur Nichtigkeit zu erklären.

»Cassius steht bereit. Er kann schon morgen vier Legionen aus der Stadt führen und die Garnisonen im Norden verstärken.

»Cassius steht bereit?«, fragt Sertorius überrascht. »Ohne uns zu konsultieren?«

»Es gibt bereits Übergriffe auf die Bevölkerung, es schien mir angebracht ...«

»Übergriffe? Welcher Art?«

»Nuuun, – auch dort gibt es Sklaven, - in den Städten, den Ländereien. Sklaven, die im Heer des Thrakers gegen uns kämpfen, suchen dort nach Angehörigen.«

Sertorius verschränkt die Arme. Verlegenheit verbergend, streift er die Runde aus den Augenwinkeln. Ein zutiefst menschliches Verhalten aufseiten der Sklaven, welches man aus taktischen Gründen zur Kenntnis nehmen muss. »Hört mich an!«, sagt er nach einer Weile, die von allen schweigend verbracht wurde, dabei zurückfindend zu der ihm eigenen, autoritären Sprechweise: »Wir sollten Folgendes versuchen. Dieser Spartacus wurde doch während des Feldzugs in Thrakien gefangen genommen. In seiner Heimat. Was geschah mit den Familien, den Frauen und Kindern? Hatte er eine Frau? Wenn wir sie finden, kommen wir auch an ihn heran.«

»Es sind an die fünfzigtausend Sklaven, die sich der Erhebung angeschlossen haben. Ausgeschlossen, dass er sie allein befehligt«, gibt einer der Senatoren zu bedenken.

»Gerüchte sprechen von einem Gallier namens Crixus«, wirft ein Adliger vorsichtig ein, »dieser, sei Befehlshaber, neben dem Thraker.«

»Bist du noch unter uns!?«, giftet Sertorius ihn an. »Tot, vermodert bereits. Zusammen mit den zwanzigtausend, die ihm folgten. Nur war das leider schon das Ende vom Erfolg. Und selbst dieser, kein Triumph von Kampfkraft unserer Truppen oder Kriegskunst unserer beiden, beiden Konsuln!« Mit einer wegwerfenden Hanbewegung fährt er fort.

»Konzentrieren wir uns auf Tatsachen. Unter all diesen Sklaven, die ihm zulaufen, sind auch viele, die in die Sklaverei hineingeboren wurden. Sklaven, die bisher nichts anderes kannten, als ihrem Herrn zu folgen. Die es als ihr Schicksal betrachteten, Sklave zu sein. Plötzlich haben sie ein Schwert in der Hand und glauben, sie könnten uns alle umbringen, um dann in Freiheit zu leben? Oh Nein! Sie glauben es, weil es ihnen jemand sagt. Sie glauben es, weil dieser Thraker, auf welche Weise auch immer, sie glauben macht, Menschen zu sein, die das Recht haben, frei zu sein. Wenn es je eine Situation gab, dem feindlichen Heer den Kopf abzuschneiden, um sich seiner zu entledigen, dann hier.« Erfreut über die geglückte Rede, hebt Sertorius das Haupt, doch sein Mienenspiel bleibt ernst. Mit keiner Geste, keiner Gefühlsregung lässt er die Erleichterung nach außen dringen. Sein wichtigstes Ziel für diesen Tag scheint erreicht. Ruhe bewahren! Stärke zeigen! Niemand soll ihm den Rang ablaufen. Erst recht nicht in einer von rebellierenden Sklaven aufgewühlten Zeit.

»Überaus tiefsinnige Gedanken, die wir einem Wilden, einem Barbaren zusprechen«, wirft Sargon zynisch ein.

Sertorius streicht bedächtig über seine Toga und antwortet in langsamen, gedehnten Worten: »Mein Lieber, meine Überlegungen sind einzig und allein auf die Sicherheit Roms gerichtet. Und wenn ich dabei vorübergehend glauben muss, dass ein ehemaliger Gladiator, ein Sklave, dank einer mystischen Kraft ganze Heerscharen von Sklaven verhexen kann, soll es mir recht sein. Aber sei ohne Sorge, sobald diese Erhebung in sich zusammenfällt, wird mein Weltbild sich wieder in den alten, gewohnten Bahnen bewegen. Wie steht's mit dem deinen, Erlauchter?«

»Es wird sich ebenso in den alten, gewohnten Bahnen bewegen.«

»Nun, damit scheint mir der Friede doch schon halb zurückgekehrt.«

Ein Diener Sertorius' betritt den Saal, den er sofort zu sich winkt: »Der Kaufmann aus Athen wartet seit einigen Tagen auf eine Audienz«, lässt der Diener ihn wissen.

Sertorius Mine verfinstert sich. Ungewollt entfliehen böse Blicke seinem Antlitz, die den Saal durchstreifen als suche er nach Verdächtigem. »Sag ihm, er möge sich noch ein oder zwei Tage gedulden«, gibt Sertorius zur Antwort und ordnet dabei sein Antlitz.

»Vergebung Herr, aber er schien mir bereits sehr gereizt ob der vergangenen Tage.«

Sertorius erhebt sich. Umständlich zupft er an der vermeintlich schlecht sitzenden Toga. Diese Kaufleute. Möge Zeus sie mit seinen Blitzen von der Erde tilgen. Dann spricht er nocheinmal zu seinem Diener: »Bitte ihn trotzdem, fleh ihn an, wenn es sein muss. Das Letzte, was wir brauchen, ist der Spott der Athener.«

Der Diener verneigt sich und verlässt den Raum.

»Noch weitere Fragen, Gedanken zu dieser Angelegenheit?«, fragt Sertorius, während seine Leibsklaven ihm das Gewand anlegen.

»Da wären noch die Kilikier«, wagt der Adel doch noch einen Einwand: »Es ist nur ein Gerücht, aber... die Sklaven hätten ihnen vierhundert Talente gezahlt, heißt es, vierhundert. Und sie wollen noch einmal so viel zahlen, sobald ihnen die Schiffe übergeben werden. Falls die Flucht über die Alpen misslingt.«

»Glaubt mir, das ist völlig belanglos«, antwortet Sertorius, gibt seinen Sklaven einen Wink worauf sie ihm in seine Sänfte helfen.

»Sei so gut und lass uns teilhaben an den Ursachen der Belanglosigkeit.«

»Aber natürlich – ihr armen Narren. Wohin sollten die Kilikier sie denn bringen? Etwa nach Delos, wo sie selbst Hunderte und Tausende von Sklaven verkaufen? Oh nein! Waffen und Erze werden sie ihnen weiterhin liefern, aber sie werden kein Sklavenheer außer Landes schaffen, gegen das sie dann selber kämpfen müssten. Sie werden mit dafür sorgen, sie hier zu behalten.«

Am Ausgang der Halle, wartend auf die sich öffnenden Flügel, spricht er noch einmal aus der Sänfte blickend zu ihnen: »Und ich glaube sogar, das Sklavenpack selbst weiß dies auch. Doch sie werden sich an diesen Strohhalm klammern, das könnte auf die eine oder andere Weise noch von Nutzen sein.«

Sargon verlässt das Commitium, nur wenig später nach Sertorius. Die Dämmerung bricht bereits herein, aber der volle Mond scheint hell und klar wie nur selten um diese Jahreszeit. Eilig steigt er die Stufen hinab.

»Sei gegrüßt, Erhabener«, hört er eine unbekannte Stimme.

Sich ihr zukehrend, erkennt er zwischen den Arkaden drei Männer zu Pferd.

»Bitte verzeiht, wenn wir so plötzlich in eurem Rücken erscheinen. Wir haben hier an diesem vom Mond hell erleuchteten Platz auf euch gewartet, damit ihr uns sogleich erblicken möget. Da ihr uns nicht gesehen habt, musste ich nach euch rufen.«

Sargon mustert den Fremden. Tiefschwarzes Haar, darunter ein längliches Gesicht mit spitz zulaufendem Kinn. Seine

Begleiter tragen Helme, deren Schutz Nasen und Wangen bedecken.

»Ich bin Thrajan von Aquin«, spricht der Fremde weiter, mit höflicher Distanz, die Achtung abverlangt, wie es jene häufig tun, deren Tonfall, ungewollt, gereizt und abweisend klingt. »Einer der Adligen aus den nördlichen Provinzen, die nach Rom entsandt wurden, um zu hören, was ihr unternehmen werdet.«

»Ich erinnere mich, Ihr wart in der Verhandlung.«

»So ist es«, bestätigt Thrajan ihm.

»Gibt es einen besonderen Grund, - für Eure Aufwartung?«

»Es scheint mir angebracht, meine Gedanken zur Eindämmung des Aufstandes einem einzigen Senator vorzutragen, damit sie nicht in den Wogen der Versammlung untergehen mögen.«

Sargon möchte fragen, warum sie gerade ihn mit ihrem Anliegen aufsuchen, doch schiebt er die Frage als zu müßig beiseite, sie mochten ihre Gründe haben. »Gut, ich verstehe. Lasst hören, was bewegt Euch.«

»Jemand sprach von einer Frau, seiner Frau, und dass man sie finden müsse.«

»Und?«

»Ich denke, er selbst sucht bereits nach ihr, dies wird der Grund sein.«

»Wofür?«

»Die Wucht der Angriffe«, antwortet Thrajan kurz.

»So schlimm?«

»Ja! Ausserdem – er versucht durchbrechen, mit allen Mitteln. Denn er wird nicht im Schnee versuchen die Alpen zu überqueren, sie sind dann unpassierbar. Und dies weiß er selbst auch. Er würde wieder nach Süden ziehen müssen, schon um seine Truppen zu versorgen, was schwieriger sein wird als bei seinem Vormarsch.«

Sargon bewegt leicht den Kopf als verständnisvolle Geste. Er spürt, dass Thrajan bisher nur versucht, ihn einzuschätzen. »Es sind nicht mehr nur Gladiatoren und Bergwerkssklaven, die er befreit oder die ihm selbst zulaufen«, spricht Thrajan weiter. »Es sind Baumeister, Gelehrte, die gestern noch unsere Kinder unterrichtet haben. Ihr versteht? Der Thraker darf unter keinen Umständen die Po-Ebene überschreiten. Falls ihm das gelingt, nimmt der Aufstand eine Dimension an, die nicht auszudenken ist. Und damit meine ich keineswegs nur die Sorge was ein Heer von Aufstandischen jenseits der Alpen entfesseln könnte. Was ist mit den latinischen Volkstämmen? Den Umberern, Sabinern, Senonen, Etruskern, werden sie nicht erneut versuchen sich von römischer Unterwerfung zu befreien? Wir brauchen die Verstärkung, mehr als nur ein paar Legionen. Selbst wenn wir ihn nicht niederwerfen, wäre es dennoch ein Vorteil.

Wie ich bereits sagte, er wird wieder nach Süden ziehen müssen.«

»Ich habe verstanden«, sagt Sargon, als er merkt, dass Thrajan auf eine Antwort wartet. »Doch sehe ich keinen Grund, weshalb Ihr dies nicht während der Verhandlung habt vortragen wollen.«

»Bei allem Respekt, Senator! Kaum ein Wort zur Ursache des Sieges über den gallisch-germanischen Haufen. Als Sertorius den Triumpf schmälerte, waren Wut und Zorn seine Begleiter, sonst wären ihm diese Worte nicht über die Lippen gekommen. Andere Redner schienen mehr um Reputation bemüht, als um die eigentliche Situation. Zum Volk sprechen, das Marsfeld, die eigenen Güter. Auf dem Weg hierher, ist uns das ›Volk‹ nicht begegnet. Die Straßen waren leer, die Städte düster. Furcht hat sich über das Land gelegt, doch es sind ganz gewiss nicht unsere Eskorten, die hin und wieder unsere Habe in sichere Gefilde geleiten. Sie fürchten sich vor dem Sklavenheer, angeführt von einem Thraker namens Spartacus, der sie gegen unsere Legionen führt, als hätten die Götter selbst ihm das Kriegshandwerk gelehrt. Und das Kriegshandwerk, wie Ihr sicher wißt, bedeutet mehr, als Männer in die Schlacht zu führen. Sie müssen glauben, versorgt werden. Und in seinem Fall bedeutet es ausserdem, - all das im unbekannten Land, gegen einen Feind dem es wohl vertraut ist.«

»Es erstaunt mich, jemanden aus dem Adel solche Worte sagen zu hören, - über den Aufstand«, antwortet Sargon mit leicht zweifelndem Klang.

»Es ist nicht mehr als eine nüchterne Betrachtung. Sicher werdet Ihr jetzt verstehen, weshalb ich es für besser hielt, nicht im Senat selbst zu sprechen. Ich danke für die Audienz. Dies war unser einziges Anliegen. Wir werden uns jetzt auf den Rückweg begeben. Die Götter mögen mit Euch sein.«

»Mögen die Dioskuren Euch auf eurem Weg begleiten.« Sargon schaut den Davonreitenden hinterher, als er plötzlich Catos Stimme hinter sich vernimmt.

»Ich wollte dich nicht erschrecken oder euch belauschen. Ich kam zur vereinbarten Stunde, um dich abzuholen. Ich konnte euch hören, noch bevor ich euch sah. Ich dachte, ihr habt Streit und wollte zu Hilfe kommen. Aber es war nicht so, also blieb ich zurück.«

»Ach, lass gut sein. Es macht nichts, egal was du gehört hast. Lass uns gehen.«

Zusammen gehen sie über den mondbeschienenen Platz und halten auf die Stufen zu, die hinunter zur Curia führen, ihre langen Schatten eilen voraus: »War unser Gespräch so langweilig?«, fragt Sargon, als sie die Stufen erreichen.

»Nein, – aber es hat Zeit bis morgen, du brauchst Ruhe.«

»Unsinn!«, sagt Sargon mit gutmütiger Reibeisenstimme, »was beschäftigt dich? Ich werde besser schlafen und du auch.«

»Hast du Thrajan jemals vorher gesehen, oder von ihm gehört?«

»Nein. Du warst überrascht, – nicht wahr? – Ebenso wie ich, ihn so sprechen zu hören?«

»Ja, – war ich«, gibt Cato zu, ahnend, dass Sargon mehr dazu hören will, doch seine Gedanken kreisen um etwas anderes: »Thrajan sprach von Sertorius und dass er zu wenig sagte, zur Ursache für den Sieg über die Gallier.«

»Du glaubst wir haben nicht gesiegt? Nicht wirklich?«

»Ich habe Thrajan noch im Ohr, wie er davon sprach, es klang nicht wie...«

»Mein Lieber, man könnte glauben, du hoffst und wünschst, sie mögen es schaffen, über die Alpen.«

»Du nicht?«, fragt Cato geradeheraus. Sargon dreht sich um, da Cato etwas zurückblieb. Beide sehen einander an. Und so wie Cato weiß, dass er solch Denken nur ihm öffnen kann, weiß Sargon, dass es nur die Jahre sind, die ihn anders denken lassen. »Ich hoffe, dass es einmal eine Welt ohne Sklaven gibt.

Doch ich will nicht, dass unsere Welt, unsere Kultur und Wissenschaften, in einem Feuersturm hinweggefegt werden. Eben das befürchte ich.«

»Es war also kein Sieg – unserer Konsuln – über die Gallier?«
Sargon greift nach seinem Arm, »hilf mir«,
bittet er ihn. Cato hilft ihm auf die Raeda und behält dabei die Pferde im Auge. Dann sieht er die Erschöpfung in Sargons Antlitz und bereut augenblicklich, ihn nicht energischer bedrängt zu haben, bis morgen zu warten.

»Wir haben Karten«, spricht Sargon unverhofft weiter, »auch solche, die es nur für uns gibt. Die Aufständischen – wohl kaum. So wussten unsere Konsuln, dass sie sie einholen können und taten es, forcierten es, als sie von der Trennung erfuhren. – Ein Tal, in der Form eines Trichters wurde den Galliern zum Verhängnis. – Sich zu trennen, um die Alpen schneller zu erreichen, – im Grunde das Richtige, schon wegen der Länge der Marschsäule. Dennoch, mit Karten, nur annähernd gute wie wir sie haben, hätten sie es nicht getan, nicht dort.«

*

Im seichten Wasser seiner Therme genießt Sertorius die Zuwendungen seiner Sklavinnen, als Lucanus zum zweiten Mal erscheint. Niedergeschlagen, gleichsam von Melancholie erfüllt, steigt er aus dem Bassin und lässt sich von seinen Sklavinnen trocken reiben.

»Was gibt es?«, fragt er lethargisch als einer seiner Haussklaven ihn erneut an die Verpflichtungen des heutigen Abends erinnert.

»Gajus Pulcher bittet um eine Audienz, er wartet seit einer Stunde auf Euch.«

»Er muss sich noch etwas gedulden. Hinaus!« Sertorius legt die Tunica an und streicht über den Purpurstreifen, immer wieder den golden Ring an seiner Hand betrachtend, den schon sein Vater trug. Der Ring und der Purpurstreifen, die beiden Symbole, die den Senatorenstand ausweisen. Dass er selbst einmal Senator sein würde, war für ihn so sicher wie der Goldgehalt des Ringes. Es gibt Götter, es gibt Rom und seine Senatoren und es gibt Sklaven, eine Ordnung, die in der Welt sein will, an die er glaubt. Kein Zufall, gewiss kein Zufall, dass wir dazu bestimmt sind, über andere zu herrschen. All seine Zweifel scheinen vergangen, endgültig, als hätte es sie nie gegeben. Sie sind zum Dienen geboren, dafür taugen sie, dort ist ihr Platz. Unsere Künste, unsere Schriften, unsere Wissenschaften bringen Licht in die Welt. Von all dem versteht dieses Gesindel nichts. Dankbar sollten sie sein, daran teilhaben zu dürfen. Erfüllt von diesen Gedanken, wirft er sich die Toga über und verlässt die Therme, um sich Pulcher zu widmen. Ohne Gruß geht er auf ihn zu. »Lass hören, was gibt es, was ist so dringlich, dass du mich bei meinem Bade stören musst?«

»Wir brauchen Legionäre zu unserem Schutz, mindestens eine Kohorte.«

»Völlig unmöglich.«

»Mit dem Erstarken des Aufstandes schließen sich auch immer mehr Diebesgesindel und Räuberbanden zu großen Trupps zusammen, die unsere Ländereien bedrohen.«

»Warum kommst du damit zu mir!?«

»Du bist der Praefectus Aerarii Militaris. Zu wem sollte ich sonst gehen!«, entgegnet Pulcher aufgebracht. »Wir brauchen mehr Schutz, wenn …«

»Ich kann keine Truppen zu deinem Schutz abstellen, sie ziehen nach Norden!«, herrscht Sertorius ihn an. »Wo bleibt dein Patriotismus? Nimm ein Schwert in die Hand und kämpfe selbst gegen das Pack, – oder fehlt dir der Mut? Falls dem so ist, mein Lieber, so such die Habseligkeiten auf deinen Gütern zusammen und bring sie hinter die Mauern von Rom. Das ist, was ich dir anbieten kann. Das ist die Situation, in der wir uns befinden.« Er blickt in die entsetzten Augen seines Gegenübers. »Aber falls du eine Idee hast, wie wir dem Pack beikommen können, so sprich!«

»Du vergisst, mit wem …«

»Nein! Du hast vergessen mit wem du redest, und jetzt hinaus!«

Mit einer vulgären Geste wirft Pulcher seine Toga zurück und verlässt den Raum ohne Gruß.

Sertorius bleibt allein. Diebesgesindel, Räuberbanden, natürlich kommen auch diese jetzt. Schon scheint das eben zurückgekehrte, erhabene Lebensgefühl sich wieder aufzulösen. Oh, ihr Götter, lasst es doch bald wieder vorbei sein, fleht er in Gedanken. Ich möchte wieder in meinen Gärten spazieren, dem Flötenspiel lauschen, zu eurem Wohlgefallen Opfer darbringen. Er ergibt sich völlig der Schwermut und dem Selbstmitleid. Sargon wird mit dem Legionär sprechen. Ich werde ihn höflich bitten, dann wird er es tun. Ich kann es nicht, bei den Göttern, ich kann es nicht. Dann plötzlich, von Angst erfüllt, man könnte ihn so sehen, schilt er sich einen Narren und führt allerlei Selbstgespräche.

Bis ihm die Anhörung in der Curia wieder einfällt und er nach Lucanus ruft: »Lass den Wagen bereit machen, ich muss zur Curia, es kann spät werden.«

»Ja, Herr.«

Sertorius betritt die Curia als letzter, grüsst Annaeus und Sargon, drei weitere Amtsbrüder nur flüchtig, die auch ihrerseits sich bedenkt halten. Trotzdem die Anhörung öffentlich ist, haben sich nur zwei Vertreter des Adels eingefunden, Cornelius Serbius und Antonius Dolobella. Doch keiner der Senatoren möchte fragen was sie bewogen hat ihr beizuwohnen. Der Anlass lastet, angespannt warten sie auf den Curio, dass er den Mann ankündigt, derentwegen sie sich versammelt haben.

Schließlich betritt er den Raum und verkündet, dass ein Legionär draußen vor der Tür wartet und darauf besteht, hineingelassen zu werden.

Alle Augen richten sich auf die Tür. Ein junger Mann, nicht älter als fünfundzwanzig, betritt den Saal, blickt fragend um sich. Niemand hatte ihm gesagt, weshalb man ihn um diese Stunde hier haben wolle. Langsam, aber ohne zögern geht er auf die Gruppe der Senatoren zu.

»Was sind das für Manieren?«, brüllt Cornelius dem Legionär mit seiner stechenden Stimme ins Gesicht. Der junge Mann zuckt kurz zusammen, um dann in militärischer Haltung zu erstarren.

»Halt den Mund«, knurrt Sargon mit seinem durchdringenden Bass. »Wir sind nicht hier, um unsere Zeit mit nebensächlichen Versäumnissen militärischer Disziplin zu verschwenden.«

»Er ist einer unserer Legionäre und er schuldet uns Respekt«, schnauzt Cornelius weiter.

»Dein Adelstitel ist hier nicht von Bedeutung. Ich rate dir dich zu fügen! Oder bei den Göttern, ich lasse dich hinauswerfen!« Sargon blickt ihm mit seinen schmalen Schlitzen fest in die Augen und vergewissert sich, dass der Schreihals endlich Ruhe geben wird.

»Komm näher, mein Sohn, und sei ohne Furcht«, wendet er sich beruhigend an den Legionär. »Wir haben dich rufen lassen, weil wir erfahren haben, dass du möglicherweise bei der Gefangennahme des Spartacus dabei warst, etwa vor zwei Jahren, unter Marcus Glabrus.«

»Ja, ich war dabei.«

»Was kannst du uns darüber berichten?«, fragt Sargon.

»Wir stellten ihn im feindlichen Lager, vor einem der Zelte.«

»Ihr habt ihn im feindlichen Lager gestellt? Heißt das, er ist geflohen und ließ seine Leute im Stich?«, fragt Sargon weiter.

»Nein, er floh erst, nachdem auch alle anderen davonliefen, nachdem der letzte Widerstand zusammengebrochen war. Wir verfolgten ihn.«

»In voller Rüstung?«

»Ja. Wir waren sicher, dass er zu erschöpft war, um uns zu entkommen.«

»Warum habt ihr ihn nicht getötet?«.

»Das hätten wir getan, schon weil er selbst den Kampf suchte. Doch auf Befehl der Centurios ließen wir ihn am Leben.« Sargon atmet tief ein und tauscht einen Blick mit Sertorius.

»Woher wusstet ihr, dass er es war, der Thraker, Spartacus, dem ihr gefolgt seid?«

»Wir wussten es nicht. Spät in der Nacht erreichten wir unser Lager, mit ihm als Gefangenen und brachten ihn zu den anderen. Dabei hörten wir mehrmals seinen Namen. Es waren keine freudigen Ausrufe, keine Jubelschreie. Sie sprachen alle sehr leise, nur flüsternd, aber ich habe keine Zweifel, Spartacus ist der Name des Mannes, den wir in dieser Nacht als Gefangenen in unser Lager brachten.«

Sargon lehnt sich zurück. »Mehrere tausend gerieten in Gefangenschaft, doch wenn man dir zuhört, möchte man meinen, ihr habt nur diesen einen gefasst. Gab es irgend etwas – Besonderes, - an ihm?«

»Ich gehörte zu den Kohorten die als Reserve auf den Hügeln lagen. Die Schlacht war gewonnen und wir bereiteten uns darauf vor den Feind zu verfolgen, als unten im Tal, nicht weit von uns entfernt, eine unserer Kohorten noch einmal in Bedrängnis geriet. Die feindlichen Truppen kämpften, in jeder Hand ein Schwert führend, unter ihnen war dieser Spartacus.«

Sargon streift die Runde mit seinen schmalen Sehschlitzen, verlegenes Schweigen breitet sich aus. »Der Grund, weshalb wir dich hergebeten haben«, spricht er weiter, »und weshalb es so wichtig ist zu wissen, ob du ihm wirklich so nah gekommen bist, – vielleicht hatte er eine Frau? Möglicherweise geriet auch sie auch in Gefangenschaft?«

»Er hatte eine Frau. Doch sie ist tot. Er selbst hat sie getötet.«

»Dieser Barbar«, wirft Cornelius ein, in der Absicht, sich wieder mit den Senatoren zu verbünden. »Er tötete seine eigene Frau. Wieso nur hat er das getan?« und blickt dabei fragend, und kopfschüttelnd auf den Boden.

»Damit unsere Legionäre sich nicht über sie hermachen, Dummkopf«, lautet Sargons ärgerliche Antwort. »Unsere Unterredung ist damit beendet.«

»Nicht so schnell!«, hält Sertorius ihn und die anderen zurück.

»Wo ist Marcus Glabrus? Vielleicht sollten wir ihm Truppen unterstellen? Er hat diese Kreatur hergeschafft. War erfolgreich mit seinem Feldzug in Thrakien! Hab ich richtig zugehört? Unterbrecht mich, falls nicht! Die nächsten Legionen, die wir ausrüsten, sollten wir ihm unterstellen.«

»Das dürfte schwierig werden«, erwiedert Sargon, »wir haben ihn vor aller Augen bloßgestellt, wegen Nichtigkeiten. Du erinnerst dich?«

»Nein, keineswegs. Sollte ich?«, fragt Sertorius. »Ich denke, du wärst genau der Richtige, um sich seiner anzunehmen.«

»Glabrus ist des Kriegführens überdrüssig«, antwortet Sargon, »außerdem war er entschieden gegen die Einführung eines Söldnerheeres durch Marius.«

»Er wird ganz gewiss jemandem wie dir zuhören. Einem Mann, der für unser schlechtes Gewissen steht. Ein Mann, bekannt für tiefgründige philosophische Betrachtungen, vor allem, wenn es dabei um Menschen geht, um alle Menschen! Muss ich deutlicher werden?« Er wartet kurz, doch nur um das Ausbleiben einer Antwort hervorzuheben. »In ihm ist auch solch eine Ader«, fährt er fort: »Nach dem siegreichen Feldzug gegen die Thraker gab es schwere Übergriffe und Misshandlungen an den Gefangenen, was er energisch verhinderte.«

»Warum beim Zeus, willst du dann ihm das Kommando über die Truppen geben?«, fragt Sargon.

»Weil wir einen Mann mit Erfahrung brauchen, dem aber die Erfüllung dieser Aufgabe nicht zu Kopf steigt. Jemanden, der sich ohne viel Aufsehens wieder in sein zivieles Leben zurückzieht.«

»Wenn das so ist«, antwortet Sargon, »habe ich für heute alles gehört.« Er erhebt sich, gibt Sertorius durch einen kurzen Blick zu verstehen, dass er diesmal nicht zu halten ist, und verlässt die Curia ohne Gruss.

Am Ausgang der Curia verharrt er einen Moment, unschlüssig blickt er über den steinfliesenen Platz, *was wird das nur?*

»Sei gegrüßt, Sargon«, hört er plötzlich eine Stimme aus dem Dunkel und erinnert sich augenblicklich an seine Begegnung mit Thrajan von Aqiun, doch die Stimme ist ihm allzu vertraut. Er hält den Blick geradeaus, um diesem Tölpel nicht die Genugtuung geben, die er sich durch sein plötzliches Erscheinen aus der Dunkelheit erhofft. Aus der Peripherie seines Blickwinkels erkennt er Antonius Dolobella, gewichtig auf ihn zuschreiten.

»Verzeih mein plötzliches Erscheinen. Ich habe nicht vor, dir ein langes Gespräch aufzudrängen, – doch...«

»Ja«, antwortet Sargon kurz, bevor Dolobella ins Stammeln gerät und hält ihn so im Glauben einer bedeutungsschweren Begegnung. Mit einer kurzen Geste bedeutet er ihm, ihn zu begleiten, auch um das Gespräch schnell hinter sich bringen.

»Sertorius Idee, die Frau des Thrakers zu finden und so eine Wende einzuleiten, ist gescheitert. Was können wir noch tun?«

»Ich weiß es nicht«, antwortet Sargon. »Aber ich glaube nicht, dass der Thraker mit uns über irgendetwas verhandeln würde. Er hasst uns sicher mehr, als wir ihn jemals hassen werden.«

»Manche glauben, er sei ein Abkömmling thrakischer Fürstenhäuser.«

»Natürlich glauben das manche, es wird ja auch mit großem Eifer verbreitet. Es gefällt den reichen Patrizierfamilien nicht, es gefällt den meisten Römern nicht, dass unsere Legionäre, in aller Welt siegreich, von einem hergelaufenen Sklaven niedergemacht werden.«

»Eben deswegen glaube ich nicht, dass es nur ein Gerücht sein soll.«

»So?«, fragt Sargon mit vermeintlich interessiertem Tonfall, »du hast du etwas gehört, von einem Lösegeld, angeboten aus Thrakien?« Sargon fühlt Dolobellas verzweifelte Suche nach einer Antwort, wissend, sie wird nicht kommen, plump wird er ausweichen, ohne Scham. Plötzlich erinnert er sich an die Unterredung mit Annaeus, als es noch darum ging den Aufstand am Vesuv einzudämmen. Fluch über die Geisteshaltung, denkt er. Der Thraker adelig oder nicht, darum sorgen sie sich. Sie werden uns alle in den Abgrund reissen, verdient hätten wir es.

»Glaubst du wirklich, dass er nur ein Sklave ist, ein Gladiator?«, fragt Dolobella mit aufgesetztem, argwöhnischem Unterton.

»Ich glaube nichts, ich sage nur was ich weiß!«, antwortet Sargon, unbeeindruckt vom Argwohn mit dem Dolobella sich zu befreien hoffte. »Wir haben beide Konsuln gegen ihn geschickt und sie haben schändlich versagt. Also fangen wir an, ihn zu adeln. Und jetzt entschuldige mich.«

»Sargon«, und noch einmal fast rufend: »Sargon, warte!«, packt Dolobella ihn beim Arm: »Zwei Jahre braucht es, um einen Legionär auszubilden, doppelt so viele brauchen wir für unsere Offiziere. Und nun sage mir noch einmal, dass ein Sklave, ein Werkzeug, eine Armee aufstellt, mit der er unsere Legionen niedermacht!«

»Lass mich los oder willst du mir den Arm brechen!?« Sargon blickt Dolobella in seine weit aufgerissenen Augen. Mit gedämpfter Stimme, aber langsam, als hätte jedes Wort seine eigene Bedeutung, gibt er ihm Antwort: »Wir drillen sie zwei Jahre, damit sie auch im Gefecht eher einem Befehl folgen, als zu versuchen, ihrem verwundeten Kameraden das Leben zu retten. Du Schwachkopf, was hast du gedacht wie es in einer Schlacht zugeht?«

9. Kapitel

Dives

Er soll mir Luft zufächern«, sagt Dezimus empört: »Es ist heiß hier drin, und er soll aufhören zu weinen, ich kann das nicht sehen.«

Abner bewegt kurz den Arm. Der Knabe zuckt zusammen, dann hebt und senkt er wieder monoton den Fächer.

»Ich glaube, sein Arm schmerzt«, sagt Abner.

»Wie kannst du es wagen, mir zu widersprechen!«

»Dezimus, hör auf deinen Lehrer!«

Überrascht wendet dieser den Kopf und erkennt seinen Vater am Eingang der Halle.

Der Vater geht langsam durch die Halle, bleibt neben dem Knaben stehen und mustert ihn kurz. »Wie lang bist du schon hier?«

»Seit zwei Stunden, Herr.«

»Du kannst jetzt gehen. – Bringt einen anderen Knaben«, ruft er der Dienerschaft zu, »einen, der weniger schmächtig ist.« Dann wirft er einen Blick auf die Papyrusrollen und Zeichnungen an der Tafel. »Mach jetzt weiter mit ihm, Abner. Ich will sehen, wie es mit ihm geht.«

Abner wartet, bis der Vater etwas abseits Platz genommen hat und fährt dann fort. »Sieh her, die waagerechten Linien markieren die Positionen deiner Legionen. Sie durchschreiten ein Tal. Plötzlich, auf dem Kamm eines Hügels, erscheint der Feind, was tust du?«

»Ich sende meine Späher aus und gebe den vorderen Legionen den Befehl zum Rückzug, die beiden äußeren lasse ich nach vorn marschieren, bis sie mit den anderen aufschließen, um die Schlachtlinie zu verlängern. Die hinteren Legionen nehme ich ganz zurück, ich werde sie erst einsetzen, wenn die Späher zurück sind. Die beiden Übrigen lasse ich jeweils zur Außenseite marschieren, um einen möglichen Angriff von der Seite abzufangen.«

»Gut. Deine Späher kehren zurück, sie sagen dir, dass die Hauptkräfte des Feindes je zur Linken und Rechten von dir stehen und in Eilmärschen heranrücken.«

»Wenn sie plötzlich zur Linken und Rechten erscheinen, hätten meine Späher es doch bemerkt!«

»Vielleicht bist du in eine Falle geraten, in einen Hinterhalt«, erwidert Abner, doch ohne Hohn mit derselben monotonen Aussprache seiner vorherigen Sätze. Auch deshalb hatte Glabrus ihn gebeten seinen Sohn zu unterrichten.

»Fünf meiner Legionen stehen ganz vorn«, spricht Dezimus weiter.

»Ich lasse die hinteren Reihen in einer pendelartigen Bewegung zurückfallen, um meine Seiten zu verstärken.«

»Der Feind, der auf einem Hügel über dir steht, würde das zweifellos sehen. Ermutigt durch die Erkenntnis, wie schwach deine Flanken stehen, wird er voll Ingrimm über sie herfallen, um hindurchzubrechen, denn dann kann er deine Legionen auch im Rücken angreifen.«

»Aber ich habe noch drei Legionen, die ich zu Beginn ganz zurückgezogen habe.«

»Eben deswegen werden sie auch zu spät kommen. Vergiss niemals, dass die Fläche, auf der diese Bewegungen ablaufen, mehrere Meilen lang und breit sein kann. Denk immer an die Zeit, die vergeht, bis die Legaten deine Befehle übermittelt haben. – Nimm also die vorderen Legionen ganz zurück, wenn der Feind so plötzlich erscheint. Die vorderen ziehen sich zurück und die hinteren bewegen sich nach außen. Auf diese Weise steht dein Heer in der Form eines Halbmondes. Dies ist der sicherste Schutz, selbst wenn der Feind dich umgangen hat.«

Dezimus betrachtet die Tafel, suchend nach Hinweisen, um seine Vorgehensweise erneut zu rechtfertigen.

»Ich denke, es reicht für heute«, sagt Abner schlisslich, sich dem Vater zuwendent. Auch Dezimus wendet sich ihm zu, blickt fragend in dessen Augen.

»Es war gut, mein Sohn. Doch ziehe, was Abner dich lehrt, nicht immer in Zweifel. Er war auf allen Feldzügen mein Begleiter, vergiss das nicht.«

»Ja Vater.«

»Gut, du kannst jetzt gehen. Nikias wartet draußen mit den Pferden.« Glabrus wartet, bis sein Sohn die Halle verlassen hat, um mit Abner allein zu reden. »Sein Umgang mit den Sklaven gefällt mir nicht. Seine Gleichgültigkeit gegen Schmerz und Leid – als wäre er nie in unserem Haus gewesen.«

»In seinem Alter«, sagt Abner »neigen die meisten Knaben dazu, diese Kälte vor sich her zu tragen.«

»Mag sein. Doch bei ihm ist es anders.«

Ihre kurze Unterredung wird unterbrochen, als ein Diener des Hauses mit einer Papyrusrolle erscheint. »Ich grüße dich Herr. Ich überbringe eine Einladung. Gerichtet an euch, Marcus Glabrus. Ausgestellt mit Siegel von Marcus Licinius Crassus.« Glabrus' Augenwinkel ziehen sich zusammen. »Von Crassus?«, fragt er.

»Ja, Herr.«

»Er ist hier?«

»Nein, eine Gesandtschaft seines Hauses überbrachte die Einladung.«

»Ist gut, lass uns allein.«

Glabrus öffnet das Siegel, überfliegt die wenigen Zeilen und tauscht einen Blick mit Abner. »Gibt es Unannehmlichkeiten?«, fragt dieser.

»Eine Einladung, mehr nicht. In zwei Tagen. Was denkst du?«

»Ich denke er weiß, dass sie dich wollen. Für die neuen Truppen, die sie gegen den Thraker schicken, oder glaubt es zumindest.«

»Ich wollte ich könnte dich schicken«, sagt Glabrus ärgerlich, »eine Geste hier, ein Getuschel da«, und reicht Abner die Einladung, »zwischen solch politischem Treiben bin ich verloren.«

Abner überfliegt nochmals die wenigen Zeilen. »Er schreibt nur von einem Treffen zwischen dir und ihm?«

»Es ändert nichts. Crassus versteht sich auf solch Gezerre. Er hat gute Verbindungen, er weiß zu bestechen, er wird über vieles Bescheid wissen. Eine Andeutung hier, eine flüchtige Bemerkung dort...«

»War mein Reden dir so wenig von nutzen, in all den Jahren?«, fragt Abner etwas vorwurfsvoll.

»Nein. Verzeih, ich vergaß zu wem ich spreche«, entschuldigt er sich, rollt die Einladung wieder zusammen und legt sie auf den Tisch. »Gibt es Neuigkeiten irgendwelcher Art, aus dem Senat?«

»Nur sehr wenig. Es gibt noch zu viele, die nicht sehen wollen, oder können. Deshalb – wie sie denken, reden – wer ihnen zuhört, könnte meinen, es ginge noch immer um eine Räuberbande, die plündernd umherzieht.«

»Hundert Männer«, sagt Glabrus, halb zu sich selbst »vielleicht sogar tausend, lassen sich mit der Aussicht auf Plünderungen zusammenhalten. Für zehntausende, die folgen, kämpfen, ein Jahr, zwei Jahre, braucht es mehr als die Aussicht auf Plündereien.«

»Sargon, vielleicht auch Annaeus, sind, – wohl die einzigen, die, die Situation nicht verkennen. Bei vielen Senatoren gibt es bereits großen Verlust an Ländereien und Vermögen. Mit den Verlusten wächst ihre Angst vor – Machtverschiebungen, die aus dieser oder jener Entscheidung folgt, den Aufstand betreffend. Doch lass mich dir etwas erzählen, was ich Gestern hörte von den Frauen unserer Dienerschaft, geschehen im Hause des Tiberius. Kürzlich wollte Annaeus einige Sklavinnen aus seinem Besitz dem Tiberius verkaufen. Als sie bei ihm eintrafen, waren sie tot. Tiberius war außer sich …«

»Tiberius? Du meinst Annaeus?«

»Nein, ich meine Tiberius. Er schrie und brüllte, lief hysterisch durch seinen Palast. Die Sklavinnen haben sich seinem Gehorsam entzogen, etwas getan, was nicht sein darf. Und schlimmer noch, so sehr es auch Sklaven sind, sie drücken etwas aus mit ihrem Freitod. Sie drücken Widerwillen aus gegen Tiberius, gegen ihn als Mensch und als Mann. Etwa so, wie eine Beleidigung sich durch zynische Höflichkeit ausdrücken lässt.«

»Ich weiß nicht, ob ich dir folgen kann, Abner. Dass Tiberius schreiend durch den Palast läuft, habe ich schon oft gehört, und immer waren es Gründe, die selbst von jenen, die davon sprachen, nicht verstanden wurden.«

»Mag sein. Doch – lass mich ganz offen reden. Ich glaube nicht, dass sie blind für die Gefahr sind, im Gegenteil. Der Thraker, seine Siege, sind – unwirklich, sind, – das Unbekannte. Und deshalb fürchten sie ihn, mehr noch als sie Hannibal fürchteten. Denn anders als dieser war der Thraker ein Sklave, ein Gladiator und doch führt er seine Truppen von Sieg zu Sieg, gegen unsere Legionen. Und neben der blossen Angst vor ihm, fürchtet eine jeder sie einzugestehen, öffentlich oder in den geschlossen Sitzungen des Senats. Denn es käme einer Abkehr gleich. Einer Abkehr von all dem woran wir glauben. Im hysterischen Gebahren eines Tiberius ist es am deutlichsten zu sehen.«

Glabrus ist die Redeweise seines Freundes gewohnt. Trotzdem fällt es auch ihm nicht immer leicht, seinen Worten zu folgen. Doch hat er solch komplizierten Denkern zu häufig sein Ohr geliehen, um ihre Worte in den Wind zu schlagen. »Dass Rom seinen Machteinfluss auf die Latiner ausgedehnt hat, war gut«, sagt er nach einer Weile, um überhaupt etwas zu sagen und Abner nicht zu kränken. »Weiter hätten wir nie gehen dürfen.«

»Ja«, sagt Abner darauf. Ein ›Ja‹ das Glabrus daran erinnert wie sehr Abner in jener Zeite dagegen anredete.

»Gehen wir auf die Veranda?«, fragt Glabrus bittend. Abner stimmt zu, durch Mimik die ausser Glabrus niemand als Zustimmung bemerken würde.

»Ich kann dir nichts in Aussicht stellen, nicht einmal ein paar Datteln«, sagt Glabrus als sie auf der Veranda stehen.

»Ich werde es überleben«, sagt Abner.

Schweigend nebeneinander stehend, verharren die beiden Männer, als müssten sie mit einer fremden Umgebung vertraut werden.

»Ich mochte diesen Ort, immer schon«, sagt Glabrus in die Stille hinein, »vor allem jetzt im Zwielicht. Ich könnte nicht einmal sagen warum.«

»Es ist der Blick auf diese unendliche Weite«, sagt Abner. »Alles in Melancholie getaucht, die sich anschleicht und lockt und uns um jeden Preis gefangen nehmen will.«

Glabrus antwort mit einer zustimmenden Geste und lässt ihn durch eine kurze Handbewegung wissen, dass er es selbst nie so hätte beschreiben können. Schweigend verharren sie wieder, den Blick in die Ferne.

»Wann immer du mich auf diese Veranda gebeten hast«, bricht Abner ihr Schweigen, »gab es, - Besonderes, was dich beschäftigte.« Geduldig wartet er, doch da Glabrus nicht antwortet, versucht er erneut ihn sacht zu drängen. »Du hegst Sympathie für den Thraker, ist doch so?«

»Vielleicht«, antwortet Glabrus, öffnet dabei die verschränkten Arme und stützt sich auf das Gemäuer vor ihm.

»Sie haben einen Legionär befragt, der damals bei der Gefangennahme des Spartakus dabei war. Sargon erzählte mir davon. Es gab da einen Moment, ein Ereignis, – die Schlacht war schon gewonnen, aber unsere Truppen gerieten noch einmal in Bedrängnis, sodass die Reserven eingreifen mussten. Sie verfolgten dann die Flüchtigen, obwohl es keinen Befehl dazu gab. Sie fanden den Thraker im feindlichem Lager, vor seinem Zelt. Seine Frau Tot, angeblich hat er sie getötet, um sie vor Schändung zu bewahren. Den Rest der Geschichte kennst du. Ich erinnere mich an Männer, gute Männer, die an seiner statt, ihrem Leben ein Ende gesetzt hätten. Spätestens wenn sie sich in einer Gladiatorenschule wiederfänden, die letztlich nur den Tot in Aussicht stellt. Doch dieser entfesselt einen nie dagewesenen Aufstand. In einem für ihn unbekanntem Land. Wärst du also sehr überrrascht wenn ich deine Frage mit einem ›Ja‹ beantworten würde?«

»Nein.«

»Er wollte mit seinen Leuten über die Alpen. Was kann er noch wollen, jetzt, nach dem es misslungen ist? Was steht uns bevor? Denn um das Land zu verlassen, so er es denn will, bleiben nur die Kilikier.«

»Du glaubst nicht, dass sie es tun? Ihn mit ihren Schiffen außer Landes schaffen?«

»Nein, – und wenn er versuchen sollte eine Stadt zu belagern, um sich Schiffe zu verschaffen – unsere Legionen würden ihn immer wieder abdrängen. Aber selbst wenn ihm das gelingt – die Adria wird von den Kilikiern beherrscht, sie würden ihn nicht durchlassen. Geht er aber zur Westküste fehlt ihm die Versorgung durch die Kilikier.« Glabrus richtet sich wieder auf und legt seine Hände in die seitlichen Auslagen der Toga. »Manche fürchten«, sagt er dann, »wenn der Thraker weiterhin siegreich bleibt, könnte der Aufstand auf die Latiner übergreifen, auf die Samniter, Lukaner, Etrusker.«

»Möglich«, gibt Abner zur Antwort und verfällt in kurzes Nachdenken. »Hannibal«, sagt er dann, »kam als autorisierter Feldherr einer Staatsmacht, so auch seine Truppen. Trotzdem fand er kaum Stämme die Willens waren sich ihm anzuschließen. Der Thraker ist ein Feldherr von Sklaven.«

»Der Kern seiner Truppen besteht aus Gladiatoren, aus Ravenna, Capua, Pompeji?«

»Es spielt keine Rolle«, antwortet Abner, mit seiner gewohnt kühl, berechnenden Art, die immer auch etwas abgehacktes in seine Aussprache bringt. »Unter den Sklaven die ihm zulaufen, werden gewiss Latiner sein, aber eben doch Sklaven. In der Wahrnehmung eines freien Latiners stehen sie unter ihm. Deshalb, dass die alten Stämme aufstehen und sich einem Sklavenheer anschließen – nein.« Glabrus starrt auf das Blätterwerk der Bäume, das seine wahre Struktur andeutet, wann immer es wogend aus dem Halbdunkel hervortritt. »Er steht also allein da«, nimmt er das Gespräch wieder auf. »Erst recht wenn man den gefallenen Gallier Crixus, als eine Art – Verbündeten ansieht. Du siehst keinen Ausweg für ihn?«

»Wünschst du ich hätte einen?«, sagt Abner darauf, doch eher als Andeutung denn als Frage und spricht sogleich weiter: »Würdest du die Frage nicht mir stellen, sondern im Senat, sie würden dich vor Gericht ziehen.«

»Wohl wahr. Eben deshalb frage ich dich.«

»Der Gallier war womöglich mehr als nur ein Verbündeter. Im Gewinn eines Freundes findet sich Trost, für schmerzlichen Verlust. Wird auch dieser plötzlich entrissen, kann Besonnenheit endgültig der Rachsucht erliegen.« Abner hält inne, ob seiner Gedanken zu den Befindlichkeiten einer Freundschaft. Hier, auf dieser Veranda, wie eine Gleichsetzung zur Freundschaft zwischen ihm und Glabrus. Verlegen sucht er Distanz zu seinen Worten, verscheucht eines der käfrigen Insekten, die neben ihm an der steinernen Säule empor laufen, mit ungelenken Bewegungen eines Kopfmenschen.

»Irgend ein Ausweg?«, wiederholt Glabrus. Weniger um der Frage willen als Abner aus seiner Verlegenheit zu entlassen.

»Nein, ich sehe keinen Ausweg«, und verfällt wieder in kurzes Nachdenken. »Aber es macht den Aufstand nicht weniger gefährlich. Wer nur um seine Freiheit kämpft, so entschieden ›Nein‹ sagt zum Sklaven und Gladiatorendasein, hat wenig zu verlieren und wird umso erbitterter zum Schwert greifen.« Abner hält wieder inne, da er sich erneut mit Befindlichkeiten ertappt. »Ist es möglich, dass er gegen Rom selbst marschiert?« »Abner, das scheint mir noch aussichtsloser, als anzunehmen die alten latinischen Stämme könnten sich ihm anschließen.«

» – Haben wir nicht Grund anzunehmen, dass der Thraker, sich über all die Ausweglosigkeit ebenso im klaren ist? – Dass auch Rom an der Westküste liegt, würde sich ausgleichen, da unsere Truppen dann gebunden wären. Die Stadt wäre schutzlos, wenn sie versuchen würden ihn zu umgehen, um zwischen ihm und die Kilikier zu gelangen. Doch selbst wenn, – selbst wenn ich mich irre, es also völlig jenseits des Möglichen ist – ein Dämon in der Ausweglosigkeit fragt nicht mehr nach Sinn und Nutzen. Er sucht wo er kann alles mit sich zu reißen, in den Tod. – Was würdest du tun?«

Glabrus fährt sich mit der Hand über die Stirn, bemerkt augeblicklich wie diese Geste nun seine Verlegenheit verrät und richtet den Blick wieder in die Ferne. »Ich würde Rom belagern, mit Katapulten und Mauerbrechern. – Nein, die hat er nicht. Ich würde versuchen mit den Kilikiern überein zu kommen. Nein, - keine Möglichkeit sie zu gewinnen, nicht für ihn, nicht auf unserem Boden. Ich würde, – mein Freund«, und richtet seinen Blick auf Abner, »ich weiß es nicht.« Wenn auch das Gespräch nicht hitzig war, so will er Abner doch wissen lassen, wie sehr ihm darum ist, ihn an seiner Seite zu wissen.

Unverhofft ruft dies Abners Einlassungen einer andern Freundschaft zurück. Die beiden Männer schauen sich an, für einen kurzen Moment und fühlen plötzlich wieder die Bedrohlichkeit dieses Aufstandes, die während ihres Gesprächs verborgen blieb. Doch beide vermeiden den Versuch sie in Worte zu fassen.

Glabrus wirft einen Blick auf die Wasseruhr. »Es ist spät. Du musst aufbrechen?«

»Ja das muss ich, mein Freund«, antwortet Abner.

»Ich komme mit dir. Die Pferde sind heute auf der anderen Seite.« Abner hält ihn zurück. »Du hast mich nicht gefragt ob ich dir raten würde gegen diesen Gegner ins Feld zu ziehen, wie du es sonst tust?«

Glabrus bleibt stehen. »Nein, hab ich nicht.« Abner zögert, bereut plötzlich ihn an diese Frage erinnert zu haben. »Nein«, sagt er dann.

»Vielleicht hast du recht«, sagt Glabrus und schaut dabei zu Boden als suche er nach flüchtigen Gedanken, die sich noch anfügen liessen, doch sagt schließlich nur: »Lass uns gehen.«

Abner setzt sich auf seinem Pferd zurecht, als Glabrus ihn noch einaml auf Tiberius anspricht: »Die Sklavinnen, die an Tiberius verkauft wurden, – wie haben sie sich umgebracht?«

»Als sie erfahren haben, dass sie an Tiberius verkauft werden, haben sie sich auf dem Weg dorthin mit ihren Brustbändern erhängt.«

*
Ruhm

»Es überrascht mich, dass du mich sprechen willst«, sagt Glabrus, gleichsam als Begrüssung, absichtlich Formalitäten ignorierend. dabei Crassus musternd, während eine Sklavin ihm Wein einschenkt. Er scheint ihm korpulenter geworden, sein kurzer Hals, der Stiernacken, doch wirkt er keineswegs rundlich oder fettleibig. Seine Augenpartie, angespannt wie eh, verleiht ihm etwas Abweisendes, was im Widerspruch steht, zu seiner allseits bekannten Gastfreundschaft.

»Setz dich, nimm Platz«, bittet Crassus ihn trotzdem mit üblicher Höflichkeit, ohne jedwede Art von Zynismuss in seinen Aussprache zu legen. »Sargon und und einige seiner weißhaarigen Gefolgsleute werden morgen zu dir kommen, um dir das Kommando über neue Truppen zu übertragen.

Ich möchte, dass du ihr Angebot ablehnst.«

»Ich habe schon einmal ›Nein‹ gesagt. Wenn sie diesmal zu mir kommen, kann ich sie nicht wieder wegschicken.«

»Oh doch, das kannst du! Und das wirst du auch!«

»Das klingt, als wolltest du mir drohen«, antwortet Glabrus nüchtern.

»Alles was ich will, ist, dass du weiterhin ablehnst. Deine Familie wird es sicher begrüßen.«

»Sargon ist ein Freund unserer Familie, wenn er also morgen in mein Haus kommt …«

»Wirst du ablehnen«, fällt Crassus ihm ins Wort, während er nach seinem Becher greift. »Es gibt nicht wenige, denen dein Verhalten und dein Gerede ein Stein im Schuh ist. Dein Gerede zum Umgang mit Sklaven, ihre Haltung, Versorgung und dergleichen«, fügt Crassus noch hinzu, als er Glabrus' provozierenden, fragenden Blick bemerkt. »Natürlich sind sie alle viel zu beschäftigt, um sich dieser Sache anzunehmen. Doch manchmal genügt ein einziges Wort.«

»Das würdest du tun? Wofür? Um auch einmal einem Pompeius gleich unter Posaunen mit einem siegreichen Heer in die Stadt einzuziehen?«

»Beim Zeus, so ist es!«, faucht Crassus wutentbrannt. »Als Sulla gegen Marius kämpfte, wäre er beinah unterlegen. Den Sieg verdankt er dem rechten Flügel, den ich anführte. Doch von dem Ruhm blieb mir nichts. Heute fürchten sich alle vor diesem Spartacus. Habt ihr gehört, der Thraker besiegt zwei Konsuln auf einmal, er ist der Sohn eines thrakischen Fürsten, er hätte es verdient, als Römer geboren zu sein!« Dann presst er zwischen den Lippen hervor: »Und ich werde es sein, der sein Heer vernichtet. Ich werde die römische Waffenehre wiederherstellen.«

Glabrus, vertraut mit diesen Ausbrüchen, bleibt ungerührt vor ihm stehen. »Was soll ich ihnen als Begründung deiner Meinung nach sagen?«, fragt er trocken. »Dass ich zu alt bin? Dass es mir ungelegen kommt?«

»Sag ihnen einfach die Wahrheit, die jeder kennt: Dass dir die Beschlüsse des Marius, ein stehendes Heer zu bilden, missfallen haben.«

»Das werden sie auf keinen Fall hinnehmen.«

»Dann füge familiäre Angelegenheiten hinzu. Wurde dir nicht kürzlich eine Tochter geboren? Lehne ihre Bitten ab, wiederhole deine Gründe und nach einer Weile werden sie gehen. Sicherlich verärgert, doch es wird dein Schaden nicht sein.«

Glabrus gibt keine weitere Antwort. Schweigend, ohne einander anzusehen, stehen sich beide Männer gegenüber. Mit kalten Augen rückt Glabrus seine Toga zurecht und erklärt damit das Gespräch für beendet. Er macht einen Schritt zur Seite, um an Crassus vorbeizugehen, als dieser noch einmal das Wort ergreift. »Wenn sie morgen zu dir kommen, dann tue, worum ich dich heute gebeten habe. Du hast nichts zu befürchten. Selbst wenn jemand gegen dich vorgehen sollte, – ich habe das Nötige veranlasst. Man würde einen Antrag zur Untersuchung deines Falles wegen anderer Dringlichkeiten verweigern.«

»Natürlich, – auch das ist käuflich.«

*

Aristoteles

Nur ungern nimmt Sargon die strapaziöse Seereise auf sich, doch nachdem Glabrus nicht zu gewinnen war, sehr zum Missfallen von Sertorius, hat er Crassus selbst vorgeschlagen. Und sagte auch, dass man ihn aufsuchen müsse, um zumindest anzudeuten, dass man gewillt sei, ihm das Kommando über die Truppen zu geben, zu hören, wie er darauf reagieren wird. Vor allem aber, doch behielt er dies für sich, wollte er nicht warten bis Crassus selbst in Rom erscheinen würde, nachdem er von Glabrus hörte wie sehr es ihn danach verlangt, Truppen gegen den Thraker zu führen. Denn er würde fordern, würde Bedingungen stellen. Noch ist Zeit, denkt er. *Ein Monat, vielleicht zwei, dann wird Crassus selbst kommen. Die Angst vor dem Thraker und seinen ›Horden‹, wird Adel und Senat in seine Arme treiben, umso mehr, da sie unausgesprochen ist. Umso mehr, da der Thraker wohl siegreich bleiben wird. Kaum anzunehmen, dass sich daran etwas ändert.*

Endlich in Sizilien angekommen, wartet eine Sänfte, um ihn zur Villa des reichsten Bürgers von Rom zu bringen, Marcus Licinius Crassus, den man deshalb auch ›Dives‹ nennt.

Sargon wirft einen Blick auf die Sänfte und das Umland. Niemand zu sehen ausser den Trägern. Der ›Dives‹ vermeidet offensichtlich ihn persönlich zu empfangen, um die Aufwartung so tief wie möglich stellen und damit jedes Gerücht, jede Deutung, jede Annahme, die auf seine Hoffnungen zeigen könnte, zu zerstreuen. Ähnliches hat Sargon zwar erwartet, doch nicht so deutlich. Er ringt mit sich, denkt daran, wieder umzukehren, das ganze Vorhaben abzubrechen. Wem helf ich hier? Zurück? Nein! Crassus würde selbst kommen, sich anbieten, sich anbiedern, beim Adel, beim Senat. *Nein, es muss heute sein. Würde er den Oberbefehl annehmen? Ja, natürlich! Was würde er verlangen?* Wie sieht er diesen Auftand? Es muss heute sein. Ihn locken, ihn glauben machen in ein paar Monaten sei es zu spät für ihn. Die Befragung des Legionärs in der Curia fällt ihm wieder ein, um die Frau des Thrakers zu finden.

Getötet hat er sie. Krieg und Verderben bringen wir über die Welt, der Thraker bringt es nun zurück. Wem helf ich hier? Vielleicht solltest du ihm helfen? Cato hofft den Thraker über die Alpen, *vielleicht hat er doch recht? Vielleicht gelingt es ihm, das Land zu verlassen. Gerecht wäre es, wäre gegen die aristotelische Denkschule.* Crassus ist der Philosophie nicht abgeneigt, nein ist er nicht, ihr sogar zugetan. *Vielleicht ergibt sich Gelegenheit zu helfen das Land zu verlassen. Mehr kannst du nicht tun und mehr ist auch nicht möglich, für niemanden.*

Er spürt plötzlich die wartenden, fragenden Blicke der Träger. Auch wenn diese nie wagen würden ihn zu befragen, so will er doch Distanz schaffen, zwischen ihnen und seinem Moment des Nachdenkens. Umständlich bückt er seine korpulente Gestallt und greift nach einer Muschel, als habe er die ganze Zeit danach gesucht. *Kann ruhig ulkig aussehen*, denkt er dabei, *um so besser. Mögen sie es durchschauen, es macht nichts, es hat seine Wirkung.* Dann geht er die paar Schritte vom Ufer bis zur Sänfte und lässt sich hineinhelfen. *Pferde hätte er mir schicken sollen. So wird es noch eine Stunde dauern, bis wir am Ziel sind.* Doch lässt er dem Ärger keinen Raum, *alles nur das nicht.*

Als er nur noch wenige Schritte vom Eingangstor entfernt ist, bemerkt er Crassus auf einer seiner Terrassen, von wo aus er den Weg zu seinem Anwesen gut überblicken kann. Erhaben blickt der ›Dives‹ von oben auf ihn hinunter, die Rechte Hand zum Gruß erhoben, den Sargon halbherzig erwidert. Die Träger halten, ein Sklave hilft ihm beim Ausstieg aus der Sänfte und führt ihn die Stufen hinauf. Endlich erscheint Crassus, um seinen Gast persönlich zu empfangen.
»Sei willkommen in meinem Haus, Sargon. Verzeih, dass ich dich nicht schon im Hafen in Empfang nahm. In diesen schwierigen Tagen müssen manche Dinge unverrichtet bleiben.«
Sargon erwidert den Gruß, doch verliert kein Wort über das unwürdige Auftreten. Soll er glauben seine Stunde sei gekommen. Beide gehen stumm nebeneinander her, Sklaven öffnen eine zweiteilige Tür und sie betreten einen großen, lichten Raum. In der Mitte steht eine Tafel, von hölzernen, reich verzierten Stühlen umgeben. Dahinter, etwas abgetrennt, weitere Bequemlichkeiten, zu denen Crassus seinen Gast einlädt sich zu setzen, mit galanter Aussprache, die für solche Momente reserviert ist. Ein Sklave füllt zwei goldene Becher mit Wein und entfernt sich.
Sargon betrachtet die Kaskaden, die von den prunkvollen Gewölben hinabsteigen und ein Bassin füllen, von dem ein künstlicher Bach nach draußen führt. Der ›Dives‹ hat es an nichts fehlen lassen: Hügel hat er abtragen und an anderer Stelle wieder aufschütten lassen, um eine Landschaft zu schaffen, ganz nach seinen Vorstellungen.
»Wie war die Reise?«, fragt Crassus.
»Mühsam und viel zu lang.«

»Ich verstehe«, antwortet Crassus mit einem Lächeln, »welches Anliegen hat dich bewogen?« fügt er dann hinzu.

»Das weißt du doch längst«, antwortet Sargon absichtlich gereizt, um jeden Verdacht um sein Wissen, ob der wahren Gründe von Glabrus' Ablehnung, zu zerstreuen und spricht mit zynischem Unterton weiter: »Die Bedrohung, die von dem Sklavenheer ausgeht, macht es erforderlich, dass alle, welche Rom lieben und es groß sehen wollen, ihre Kräfte mobilisieren, damit wir uns alsbald aus dieser für uns schändlichen Lage befreien können.«

»Was du nicht sagst. Wer hätte gedacht, dass ich jemals solche Worte von dir hören würde.«

»Wahrscheinlich niemand, deswegen bin ich es, der heute hier zu dir spricht, damit es dir besonders gefällt.«

Crassus, wieder mit dünnem Lächeln im Gesicht, schaut ihn an. »Also«, sagt er dann und wiederholt, leicht abgewandelt, seine Frage: Was ist der Grund, dass du mich beehrst?«

»Dich beehren? Sei nicht albern.«

»Ganz und gar nicht! Warum bist du es!? Ich glaubte, Annaeus würde kommen. Doch nun bist du es, an seiner statt?«

»Das braucht dich nicht zu kümmern! Ich habe meine Gründe, wir können jetzt nicht darüber reden, - du weißt wo es endet.«

»Du glaubst... «

»Sagen wir, - ich bin hier, um dich zu unterrichten«, fällt Sargon ihm ins Wort. »Ein Lagebericht aus erster Hand, für den reichsten Bürger von Rom.«

»Sprich!«, antwortet Crassus bissig, bereut aber sofort sich ihm wund zu zeigen. Nicht jetzt, nicht hier, soll es erneut

Beweise geben für all das Gerede, das sich um seinen Reichtum rankt: Crassus, ein Mann mit unermesslichen Reichtümern, doch weiß er sie nicht zu nutzen. Halb an Crassus vorbeischauend, lehnt Sargon sich zurück, langsam, um den Moment zu dehnen und sein Weitersprechen zu seiner Entscheidung zu machen: »Vor zwei Wochen haben wir Cassius weitere sechs Legionen unterstellt. Es steht nicht zu erwarten, dass er den Thraker bezwingen wird. Das ganze Land schwebt in einer Lethargie, die – alles schlimmer macht, schwieriger, gefährlicher. Die Aufständischen unterhalten gute Verbindungen zu den kilikischen Piraten. Sie versorgen sie mit Erz, Waffen, allem möglichen Kriegsgerät. Und unsere Legionen«, spricht Sargon zögerlich weiter, »die wir bisher ausgesandt haben, wurden aufgerieben.«

»Also wollt ihr mich bitten, gegen diesen Pöbel Krieg zu führen. Deswegen bist du doch hier, oder?«

Sargon zögert, da Crassus von Pöbel spricht, und sonst nichts verlauten lässt, von Wünschen nach Ruhm eines Pompejus. »Wir werden neue Legionen ausheben. Nicht drei oder vier, sondern ein Heer. Diesem werden wir einen Feldherrn zur Seite stellen. Einen, der es versteht eine solch gewaltige Streitmacht zu führen.«

Crassus hat sich erhoben und betrachtet ihn kurz aus den Augenwinkeln. Sargons Hände über den Wams gefaltet, die Augen zwei Sicheln, seine Worte so selbstverständlich, kein Wink, kein Fingerzeig auf weitere mögliche Kandidaten neben ihm. So deutlich hat er es nicht erwartet. Er wendet dem Senator den Rücken zu, lässt die rechte Hand langsam über die Marmorsäule gleiten und hebt sie bis in Schulterhöhe, als müsse er über etwas Wichtiges nachdenken. »Dieser Anführer, wie ist sein Name?«, fragt er mit langsamen Worten, sich vortastend, wie in dunkler Nacht, auf unbekanntem Terrain.

»Spartacus«, antwortet Sargon.

»Spartacus«, wiederholt Crassus. »Als er zu Beginn des Aufstandes den Süden überfiel und die Sklaven ihm zuliefen, ließ er einen Schreiber kommen und hieß ihn genau aufzuschreiben, welche Arbeiten all die, – bisher verrichtet haben. Dann schickte er einen Großteil von ihnen zurück, heißt es, vor allem in die Waffenschmieden. Weil es ihm an Erz fehlte, ließ er die Eisentore der Sklavenquartiere einschmelzen.«

»Was wundert dich daran?«

»Dich wundert es nicht!?«, antwortet Crassus aufgebracht.

»Nein. Warum auch? Er ist doch der Sohn eines thrakischen Fürsten« und lässt keinen Zweifel am Sarkasmus seiner Antwort.

»Du scheinst dies zu bezweifeln?«, fragt Crassus mit forderndem Ton.

»Ist das von Interesse?«, entgegnet Sargon ebenso fordernd, wissend, dass er einen empfindlichen Punkt getroffen hat. »Was ich davon halte, wird dir bekannt sein«, spricht er dann weiter, um die Situation zu entspannen, »aber ich kam nicht her, um tiefe philosophische Fragen zu klären, über das ›Wieso‹ und ›Warum‹ ein Mensch Sklave oder Herr ist.«

Crassus presst die Lippen aufeinander, öffnet sie wieder mit einem hörbaren Atemzug, wie man es häufig bei ihm sieht, kurz vor einem Wutausbruch, doch hat er sich diesmal unter Kontrolle. »Du versteckst dich, wie so oft, hinter der Arroganz des klugen Geistes«, wartet ob Sargon etwas erwidern will, »sei unbesorgt, du brauchst keine tiefen philosophischen

Fragen zu klären, denn ich habe hier die Antwort.« Er greift in den Papyrushalter und zieht eine der Rollen heraus. »Lies! Es ist ein Auszug aus einem Brief von Aristoteles, ein kluger Geist, den sogar du schätzt, wie ich weiß«, und reicht ihm die Papyrusrolle, doch zieht sie wieder zurück. »Es wird besser sein ich lese es dir vor!«, rollt das Papyrus aus und liesst ihm vor:

» ›Die soweit voneinander abstehen,
wie die Seele vom Leibe und der
Mensch vom Tiere, sind Sklaven
von Natur aus, und es ist ihnen
besser, sich in dieser Art von
Dienstbarkeit zu befinden.‹

Also jene, deren Aufgabe im Gebrauch ihrer Leibeskräfte besteht und bei denen dies die höchste Leistung ist!«, fasst er das Gelesene zusammen und richtet seinen Blick auf den sitzenden Sargon, den dieser jedoch nicht erwiedert.

»Ich kenne diese Texte«, sagt Sargon, als müsse er gegen plötzliche Schwermut ankämpfen, »ich brauche keinen Unterricht.«

»Ich bitte um etwas Geduld!«, übergeht Crassus den Einwand.

» ›Denn der ist von Natur aus ein Sklave, der
eines anderen sein kann – weshalb er auch eines
anderen ist – und der an der Vernunft nur

insoweit teilhat, als dass er sie in anderen
vernimmt, ohne sie selbst zu besitzen.
Der Sklave ist von den Haustieren nur wenig
verschieden, beide vernehmen nicht die
Stimme der Vernunft, sondern lassen sich
ausschließlich durch Gefühlseindrücke
und sinnliche Empfindungen
regieren und leiten. ‹ «

»Und? Was schreibt er über Haustiere?«, fragt Sargon und begräbt alle Hoffungen in Crassus, wenigstens in diesen Fragen, einen Verbündeten zu finden.

»Was!?«, fragt Crassus, absichtlich verwirrt, als habe er nicht richtig gehört.

»Wenn der Sklave das ist, was er nach Aristoteles ist, dann braucht es diese feinen, schlüssigen Überlegungen nicht. Er hielt es aber für nötig. Also wird er auch über die Haustiere geschrieben haben, in welchem Maße sie sich von uns unterscheiden, – nehme ich an.«

»Das tut er! In eben diesen Zeilen, die ich dir gerade vorlass! Beide sind wenig voneinander verschieden, schreibt er! Nicht Vernunft leitet sie, sondern Gefühlseindrücke!«

»Also sind es Tiere, sogar Haustiere, ohne jeden Zweifel! Wozu dann solch ein Gedankengebäude?«

Crassus antwortet nicht, er schaut ihn nur an und rollt dabei den Papyrus demonstrativ wieder zusammen.

»Warum hat er das je geschrieben?«, fragt Sargon weiter

»Warum nahm er sich Zeit darüber nachzudenken, es aufzuschreiben? – Hat er sein Gewissen beruhigen wollen, weil er nicht daran vorbeikam, dass diese Haustiere letztlich zwei Beine haben, zwei Augen, einen Mund zum Sprechen, sich also äußerlich nicht von uns unterschieden? War der Zeitgeist, seiner Zeit, aufgeladen mit Zweifeln, von denen man sich wieder befreit fühlen wollte? Und er gab dem Zeitgeist, wonach er verlangte? Warum? Um unser aller Gewissen zu beruhigen? Hast du jemals darüber nachgedacht?«

»Nein, nie! Denn ich zweifle nicht!«

Mit einer ärgerlichen, wegwerfenden Handbewegung kehrt Sargon zum eigentlichen Thema zurück. »Wie kommt es, dass du dich so eingehend mit diesen Schriften beschäftigst?«

»Die Lage ist ernst, wie du selbst gesagt hast. Die Menschen verlieren den Glauben an Rom. In solchen Zeiten ist es wichtig, das Volk an glorreiche Tage zu erinnern und an Menschen, mit deren Namen sie die Größe, aber auch das Gute an Rom, verbinden.«

»Was willst du tun? Diesen Brief unter das Volk verteilen?«

»Eine gute Idee, doch ich fürchte, die meisten Römer, vor allem aus der Volksgruppe, die dich besonders schätzt, würden ihn nicht lesen können. Du kamst doch zu mir, um mir das Kommando über die Truppen anzubieten!? Auch wenn du es bisher nicht wirklich ausgesprochen hast, wir wissen beide, dass es so ist! Ich werde es aber nicht annehmen, solange es nicht mehr ist als Sklavenjagd!«

»Soll Rom, der Senat selbst, sie in den Ritterstand erheben?«

»Verschone mich mit deinem Sarkasmus«, antwortet Crassus scharf.

»Es sind Sklaven«, erwiedert Sargon entschieden, »wir

können sie künftig Gladiatoren nennen, wenn du willst. Was nützt es?«

»Nichts. Aber die Situation, in der Rom sich befindet, heißt Krieg. Sprecht es aus, nennt die Gefahr beim Namen. Letztlich geht es nicht nur darum, diesen elenden Feind zu besiegen. Es geht darum, wer wir sind, was wir sind. Wir sind die Zivilisation! Wir sind Menschen von Bildung, haben einen Sinn für Kultur, Künste. Einen Sinn für das Gute und Schöne in der Welt. Du verstehs!? All dies sind WIR und nicht die Sklaven!«

»Man wird sehr überrascht sein, im Senat, sehr verwundert, wenn ich ihnen sage, dass du es bist, der nun einfordert diesen Aufstand, - Krieg zu nennen.«

Ungerührt lässt Crassus diese Bemerkung an sich abtropfen. Betont langsam stellt er den Weinbecher auf den Tisch zurück.

Sargon erhebt sich. »Der Senat wird darüber nachdenken.«

»Gut«, sagt Crassus darauf und wartet, bis der Alte sich dem Ausgang des Hauses nährt. »Sargon«, ruft er ihm dann nach, so wie man einen halbwüchsigem hinterherruft, um ihm noch gute Ratschläge mit auf den Weg zu geben. »Er tötete seine Frau. Was für eine barbarische, hölzerne Natur, findest du nicht?«

»Nein«, lautet Sargons sofortige Antwort, »ein Akt der Liebe. Hingebungsvolle, innige Liebe. – Sie lebten irgendwo in den thrakischen Hügeln, brachten morgens ihre Ziegen auf die Weiden, pflückten Beeren und gingen abends zusammen zu Bett.«

»Ziegen und Beeren«, wiederholt Crassus feststellend.

»Ja Crassus, Ziegen und Beeren. Plötzlich nähert sich ein feindliches Heer, das alles niederwalzt. Vielleicht hat sie ihn sogar darum gebeten. Hat darum gebettelt, ihr aus dem Leben zu helfen. Ist das möglich Crassus, was meinst du?« Aus den Augenwinkeln erkennt Sargon, wie sein Gegenüber den Kopf schief legt, mit verdutztem, fragende Gesichtsausdruck. Für einen Moment liegen ihm Worte auf der Zunge, die verlangen, ausgesprochen zu werden, doch mit einer ruckartigen Bewegung wendet er sich ab. *Diese armen Geister.* Sich nur flüchtig verabschiedend, mit einem Handgruß, verlässt er das Haus.

10. Kapitel
Kriegs - Maschinerie

Die Sonne steht tief, als der Senat sich versammelt. Drusus, der junge Offizier, dem der Prätor Varinius sein Überleben verdankt, ist am späten Nachmittag in Rom einge-troffen. Zwei Monate zuvor schickte ihn der Senat nach Norden, in die Gegend um Placentia, um dort die Gescheh-nisse im Auge behalten und, falls nötig, sich unverzüglich nach Rom bege-ben, man will verlässliche Quellen. Drusus' Bericht über die Kämpfe im Norden lief mit einer Geschwindigkeit durch die Stadt, die nur wirklich bedrohliche Nachrichten erreichen. Hektisch wird die Versammlung einberufen und binnen kurzer Zeit ist der Tempel der Concordia gefüllt mit Präfekten Senatoren und Adligen.

Angespannt lauschen sie Drusus' Worten: »Er hat seine Truppen bereits kehrt machen lassen, in den nächsten Tagen werden sie Ravenna erreichen. Wahrscheinlich erwarten sie dort die Kilikier.« Drusus steht in der Mitte des Saals, blickt in die Gesichter und ihm stockt der Atem ob der völligen Stille, die sich ausgebreitet hat.

»Hast du es selbst gesehen oder hat man es dir nur er-zählt?«

»Ich sah es selbst. Es gab Gerüchte, dass der Thraker im Sterben liege und sie deshalb so lang nicht weiterzogen. Wir konnten aber nichts Genaues darüber in Erfahrung bringen.« Drusus' Anspannung legt sich. Gemurmel und Getuschel jetzt. Köpfe, die sich zur Seite neigen. Lutatius erhebt sich, ein Senator mittleren Alters, der heute den Vorsitz führt. »Es ist eine Schande, Rom in so großer Bedrohung zu sehen. Bedroht von einem Sklavenheer, angeführt von einem Sklaven, der einem Barbarenvolk entstammt.«

»Wir wissen, dass es eine Schande ist«, erhebt sich ein Greiser. »Aber was wollen wir unternehmen?« Er spricht weiter, mit vor Wut zitternder Stimme: »Tausende junger Männer, Römer, liegen auf dem Schlachtfeld, auch mein Sohn. Weil ihr nicht sehen wollt...«, er schnappt nach Luft, da die Wut ihm den Atem nimmt »...die Gefahr nicht sehen wollt...« Seine Fäuste ballen sich, sein Arme zucken, wirbeln durch die Luft, als wollten sie dort die Worte fangen die er braucht. »Ihr schimpft den Thraker einen Barbaren, noch immer...«, halt-suchend greift er nach seinem Nebenman. Er will weiter-sprechen doch wird er von der aufbrausenden Stimmung im Saal erstickt.

»Cassius wurde gegen seinen Willen das Kommando über-tragen«, hallt es durch den Saal, »wir sind ihm zu Dank verpflichtet.«

Der Saal bebt, doch anders als sonst. Nicht wie bei poli-tischen Auseinandersetzungen, aufgepeitscht von Hysterie sind ihre Geister. Drusus fühlt, wie sich ein Zittern in ihm aus-breitet, jenes Zittern, das ihn in aufgeregten Situationen überfällt, und gegen das er machtlos ist.

»Wofür sollen wir ihm oder den anderen danken? Für ihr stümperhaftes Vorgehen, mit dem sie zwei Armeen in den Tod schickten?«, tönt es von der gegenüberliegenden Seite. Der Tumult verschärft sich. Wüste Beschimpfungen von allen Seiten, sodass es für den einzelnen kaum möglich ist, sich verständlich zu machen.

Sargon erhebt sich. Da er nicht erwartet, dass irgendjemand davon Notiz nehmen wird, geht er langsam die Stufen zum

Altar hinab und stellt sich neben Drusus. Dann beginnt er zu sprechen: »Ist Spartacus«, mit diesem Namen und seinem dröhnendem Bass, holt er die Menge zurück. »Ist Spartacus mittlerweile so stark? Haben wir bereits so viel Angst vor ihm, dass der Senat, die Machtzentrale des römischen Staates, auseinanderbricht? Männer, die ein Vorbild an Tugend sein sollen, führen sich auf wie Marktweiber!«

»Sargon, ich führe heute die Versammlung«, unterbricht ihn Lutatius.

»Wir haben außergewöhnliche Umstände, die außergewöhnliches Vorgehen erfordern«, entgegnet ihm Sargon, ohne ihn anzusehen.

»Verschone uns mit deinen Ermahnungen«, tönt Cornelius durch den Saal, mit vorgestrecktem Hals und seiner wie immer kreischenden Stimme. »Was wirst du uns vorschlagen? Willst du selbst unsere Legionen anführen?« Künstliches Gelächter von seinen Gönnern. Künstlich war es immer, doch heute klingt es gequälter denn je und versickert kränklich.

Drusus blickt leicht zur Seite, wartend, ob Sargon dem Corneluis Antwort geben wird. Doch dieser lässt mit einer Körperdrehung, betonter Mimik und Gestick, erkennen, dass er dem Schreihals keinerlei Aufmerksamkeit zuteil lassen wird. Er wartet, bis der Saal sich wieder beruhigt hat und spricht dann weiter, mit deutlich, bestimmender Aussprache: »Remus«, Sargon streift den Alten mit einem kurzen Blick, »ein Vater hat seinen Sohn verloren. So wie viele andere auch. Möchte irgend jemand wiegen, welcher verlorene Sohn mehr wert war!?« Er lässt seinen Blick durch den schweigenden Saal wandern »Hm!? Wieviele Söhne werden wir diesmal schicken, in den Tod? Fünf Legionen? Zehn? Cassius wurde gegen seinen Willen entsandt, haben wir eben gehört. Gegen seinen Willen, denn der Thraker ist 'nur' ein Babar, Anführer einer Sklavenhorde. Clodius glaubte den Barbaren in der Falle, damals am Vesuv. Vor zwei Jahren! Danach schickten wir Varinius, der ohne Hilfe seines Offizier, den ihr hier vor euch seht, nicht mal selbst überlebt hätte. Danach Cossinius und Furius, mit je zwei Armeen. Danach Gellius und Lentulus, unsere beiden Konsuln – doch auch sie haben nichts erreicht. Von ihren Legionen blieb nur der Name.«

Lutatius, der eigentlich die Verhandlung führen sollte, fällt ihm ins Wort: »Ich ahne worauf du hinaus willst!«, und erhebt sich, langsam. »Unmöglich!«

Wieder Unruhe im Saal, Wieder Unruhe im Saal, und das Unausgesprochene, die Ungewissheit, die in Lutatius' Worten liegt, bringt den Saal erneut in Wallung. Die wenigen die verstanden haben, schwenken ruhebittend die Arme. »Wir können nicht«, will Sargon weitersprechen, doch wartet bis auch die letzten Ruhe geben. »Wir können den Aufstand nicht adeln, können den Thraker nicht erheben, oder seine Sklavenhorde. Nicht einmal Gladiatorearmee können wir sie nennen. Selbst das würde uns als einsinken ausgelegt. Doch wir können einen, EINEN Konsul ausrufen, mit allen Vollmachten und ihm mindestens zehn Legionen geben.«

Wieder erhebt sich Getöse: »Das wären fünfzigtausend Mann...mit allen Vollmachten... willst du die Diktatur ausrufen?«

Sargon hebt um Ruhe bittend den Arm: »Das sind schwerwiegende Fragen, doch bevor der Senat seiner Pflicht nachkommt sie zu klären, will ich unseren jungen Offizier bitten, die Versammlung einstweilen zu verlassen. Drusus, wir danken dir. Es war sehr umsichtig uns zu unterrichten. Geh jetzt bitte, die Götter mögen mit dir sein.«

*

Marcus Licinius Crassus ist weder Senator noch Präfekt. Trotzdem hätte ihm heute sicher niemand den Zutritt zum Comitium verwehrt. Doch wäre es seinem Vorhaben abträglich, denn nicht er selbst, will dem Senat vorschlagen, ihn zum Konsul auszurufen. Nein, sie sollen zu ihm kommen, ihn bitten. Die Bedrohung durch das Sklavenheer ist ungleich größer. Trotzdem glaubt er die Zeit noch nicht gekommen, sich als Retter Roms anzubieten. Der Thraker, Abkömmling fürstlicher Häuser, ein Gerücht das Crassus geschührt hatte, dies wäre eine Brücke gewesen, um selbst, öffentlich, nach dem Oberbefehl zu verlangen, doch es war verflogen. Wen gibt es noch ausser mir? Was wenn Glabrus seine Ablehnung widerruft? Über Stunden hinweg martern ihn die selben Fragen.
    Wem kann man ein Heer anvertrauen, wen gibt es noch, der sich im Feld behauptet hat? Sie werden zu mir kommen. *Ich brauche jemanden, der einen Fingerzeig gibt, jemanden, der sie daran erinnert, wer den rechten Flügel unter Sulla anführte.*
    Die Nachricht über den Vormarsch des Sklavenheeres hat auch ihn erreicht. Doch will er sich nicht allein auf Sargon verlassen. So befiehlt er seiner Dienerschaft, in der Nähe des Comitiums zu warten, um Annaeus zu sich zu bitten.

*

»Ich soll sie also daran erinnern, dass es noch einen Marcus Crassus gibt?«, fragt Annaeus und setzt sich, ohne dass Crassus ihm einen Platz angeboten hat, um ihn im glauben zu halten, dass er seiner Bitte zu dieser Unteredung zwar nachgekommen ist, doch sein Anliegen nur belächelt.

»Was missfällt dir daran?«

»Wen interessiert ob es mir missfällt?«, entgegnet Annaeus, »wenn ich morgen deinen Namen nenne, warum glaubst du, sollten sie darauf eingehen?«

»Du sollst nicht nur meinen Namen nennen, du sollst sie daran erinnern, WER damals den rechten Flügel unter Sulla führte. Ich war es!«

»Es gibt andere außer dir mit Kriegserfahrung.«

»So, an wen denkst du? An Glabrus?« Crassus fühlt, dass er den alten Fuchs in der Zange hat, da hilft ihm keine Redekunst, kein noch so diplomatisches Geschick, und spricht weiter: »Er war siegreich in Thrakien, das war er. Mit einer dreifachen Übermacht. Ich erspare mir, dir etwas vorzurechnen. Und, – ihr habt ihn damals zutiefst gedemütigt, ihr würdet euch vor aller Augen lächerlich machen, wenn ihr ihn nun aber zum Konsul ausruft.«

»Muss ich dich daran erinnern, wie du zu deinem Reichtum gekommen bist? Es gibt sogar Gerüchte, du selbst habest Häuser in Brand setzen lassen.« Crassus will ihm ins Wort fallen, doch Annaeus spricht so unverwandt weiter, als habe er einen Schüler vor sich, wissend, dass es eben diese Herabsetzung ist, die den ›Dives‹ am meisten trifft. *Soll er nur beleidigt sein*, denkt Annaeus und beobachtet sein auf und ab durch den Raum. *Der Senat ist keine Institution, der man Befehle erteilt, auch nicht mit über siebentausend Talenten.* »Der reichste Bürger von Rom und jetzt stellen wir ihm ein Heer zur Seite?«

Crassus beißt sich auf die Lippen, beinah wäre er dem Alten erlegen und hätte in aufbrausendem Zorn Dinge gesagt, die nicht nur diese Gespräch, sondern alle bisherigen Bemühungen zunichte machen würden. »Ich bin wahrscheinlich nicht nur der reichste Bürger von Rom«, antwortet er, Gelassenheit vorgebend, »was kann dem Senat daran missfallen? Es dürfte ein weiterer Grund sein, ihn zu beflügeln mir das Kommando über die Truppen zu geben.«

Er hält inne, doch da Annaeus nicht antwortet, spricht er weiter, mit forderndem Blick: »Führe ihnen vor Augen, in welcher Gefahr sich Rom befindet. Ein Heer von Sklaven, sechzigtausend, sie werden Rom in Schutt und Asche legen. Sie werden plündern, unsere Ländereien niederbrennen und es gibt keinen anderen Weg, als einen Konsul auszurufen, der sich im Feld bewährt hat.« Energisch, mit aufblitzendem Jähzorn, spricht er weiter: »Annaeus, ich beschwöre dich, wenn ihr mich ernennt, werden sich viele Veteranen, die in Sullas Heer mit mir gekämpft haben, anschließen. Mit diesen Legionen werden wir den Thraker niederwerfen, noch in diesem Frühjahr.«

»Was macht dich glauben, dass er gegen Rom marschieren wird?«

»Was bleibt ihm übrig? Die Flucht über die Alpen ist misslungen. Er zieht nach Süden, um sich zu versorgen. Und dann? Nach Sizilien übersetzen? Dort wäre er noch Gefangner als hier. Wieder nach Norden? Nein! Das Land verlassen, mit Schiffen? Doch die Kilikier beherrschen die Adria. Sie werden ihm weder helfen noch werden sie ihn durchlassen, falls er sich selbst Schiffe verschafft. Soll ich weiter reden?«

»Nein«, antwortet Annaeus, zeigt sich aber unbeeindruckt. Teilnahmslos wendet er seinen Blick von ihm ab, bevor er weiter spricht. »Ich sehe, dass du gewillt bist«, sagt er schließlich. »Was siehst du, wenn du auf diesen Aufstand blickst? Sklaven? Einfach nur Sklaven?«

»Wüsste ich nicht, dass du es bist, würde ich annehmen, Sargon...«

»Was, wenn er recht hat!?« schneidet Annaeus ihm Wort ab, doch gekonnt, platziert, nicht ermahnend. »Ich teile seine Haltung ebenso wenig wie du. Doch eben darum geht es nicht, sondern diesen schmachvollen Krieg zu beenden, diesen elenden Feind zu besiegen. Waren dies nicht deine Worte, als Sargon bei dir war? Deshalb Frage ich dich, was siehst du!?«

»Als er bei mir war, machte ich ihm deutlich, dass ich das Kommando immer ablehnen werde, solang ihr von Sklavenjagd sprecht, statt von einem Krieg!«

»Es reicht uns nicht, diese ›Sklavenjagd‹ für dich zu adeln. Was ist mit dir selbst? Welche Gefahr siehst du?«

»Ich sehe – wilde Barbaren!«

»Das ist es!? Deswegen begehrst du gegen ihn in die Schlacht zu ziehen? Hoffst auf Ruhm, gleich einem Pompejus!?«

»Öffentlich werden dies immer meine Worte sein. Sind wir hier, im Zwiegespräch, so lass mich dir folgendes Sagen. Sargon stellte Fragen, simple Fragen, zu den Schriften des Aristoteles. Es gibt nicht wenige kluge Geister einer anderen Denkschule, die ohne zögern behaupten würden, Aristoteles sei eine der Säulen, auf der die Sklavenhaltung ruht. Sklaven zu besitzen, sie arbeiten zu lassen, zu foltern, in's Bett zu nehmen, alles Selbstverstädlich. Denn anderen zu dienen sei für sie am besten, zu mehr taugen sie nicht. So oder ähnlich schrieb er es nieder.«

»Ich weiss sehr gut, dass du dich ebenso für das Philosophieren begeistern kannst wie Sargon. Ich tue es nicht. Deshalb, ein simpler Einwand. Lass mich morgen durch die Strassen gehen und fragen nach einer Säule auf der die Sklavenhaltung ruht, glaubst du ich würde jemanden finden der sagt, er habe Aristoteles' Erlaubnis, oder ähnlichen Unsinn?«

»Nein! Doch geh morgen durch die Strassen und frage warum sie diesem oder jenem Omen folgen? Frage nach obskuren Religionen, denen sie hörig sind, Opfer die sie darbringen. Du wirst ebenso niemanden finden der dies beantworten könnte. Dass es Sklaven in dieser Welt gibt, ist ein gewachsener Glaube. Ebenso wie der Glaube an all den Irrsin den Religionen verbreiten. Mit jeder Niederlage unsere Truppen wird der Glaube, die Säule, was immer, schwächer, instabiler. Deshalb – der Thraker da drausen, ist nicht irgendein Aufstand.« Crassus geht langsam bis an das andere Ende des Tisches und wendet sich dann wieder Annaeus zu, um mit etwas Abstand in seinem Antlitz zu lesen, denn er hatte nicht vor ihn mit der Philosophie zu gewinnen und sieht sich nun seinerseits in Bedrängnis. Auch weil ihm plötzlich scheint, dass Annaeus ihn dort hin lockte. Doch ausser einem fragenden Blick ist seinen Zügen nichts zu entnehmen.

»Klingt als hätte selbst der Dives Zweifel, - an unserer Sklavenwelt?«

»Nein, ich zweifle nicht! Weder daran, dass es Sklaven gibt, wie in den Schriften beschrieben, noch daran, dass es jene gibt, sie zu beherrschen. Kannst du von Glabrus dasselbe sagen!?

»Sklaven gibt es nicht erst seit der Zeit des Aristoteles.«

»Gut, ich seh wohl, dass es dich ermüdet. Legen wir die Philosophie beiseite und blicken ohne sie auf diesen Aufstand. Sagen wir also, es sind tapfere Krieger, wie sie auch Hannibal mit sich führte. Doch wie du weißt, haben wir gesiegt. Und – was deinen Einwand zu Pompejus angeht – gegen wen kämpft er? Etwa keine Barbaren? Frage unsere Adligen, unsere Senatoren! Barbaren werden sie sagen, nichts anderes.«

Annaeus fühlt sich erinnert an das Gespräch mit Sargon, vor beinah zwei Jahren, als es um ähnliche Betrachtungen ging.

»Was wissen wir über den Thraker?«, fragt Crassus, da Annaeus schweigend verharrt.

»Nichts, ausser...«

»Dass er seine Frau tötete!?«, ergänzt Crassus fordernd.

»Um Ballast loszuwerden!?«, hält Annaeus ihm ebenso fordernd entgegen, doch bereut diese impulsive Antwort sofort, da er Crassus' Zügen ansieht, eben dies bezweckt zu haben. »Vielleicht wissen wir noch etwas mehr«, spricht er darum weiter, doch sehr langsam, beinah bedächtig, um sich zu sammeln. Denn er erinnert sich, wie auch Sargon davon sprach, als sie sich zuletzt berieten. Und er sich eingestand, was er nie für möglich hielt, doch er will verhindern, dass dies jetzt zum Thema wird. Crassus soll diesen Krieg gewinnen, es spielt keine Rolle, wie er dies Ereignis begreift. »Vielleicht noch etwas mehr«, knüpft er nochmal an, »und eben das spricht für Glabrus. Er sagte, ›hundert Männer lassen sich mit

Plünderungen zusammenhalten‹, zehntausende jedoch? Klingt nach einem Mann, der die Gefahr deutlicher sieht.«

»Zehntausende Plündern weniger?«

»Nein! – Doch du übersiehst, – Germanen und Gallier unter Hannibal, waren Söldner, kämpften um Ruhm und Ehre, hofften auf Kriegsbeute. Die Männer, die dem Thraker folgen, kämpfen, weil ihnen etwas genommen wurde, weil sie uns hassen aus tiefster Seele. Sie werden nicht gegen Rom marschieren. Sie werden kämpfen, um aus diesem verdammten Land heraus zu kommen, weil sie hier eh nur der Tod finden, den sie deswegen auch nicht mehr fürchten«, kaum ist das letzte Wort aus seinem Mund, lässt Crassus seinem Jähzorn freien Lauf. »Schon wieder würde ich annehmen, dass Sargon zu mir spricht und kein Senator, bekannt für Orgien und Trinkgelagen, auf denen jeder Gast reichlich mit schönen jungfräulichen Sklavinnen versorgt wird!«

»Dann nimm einen Satz von Sertorius: ›Meine Gedanken sind einzig auf die Niederschlagung des Aufstandes gerichtet.‹ So oder ähnlich sprach er im Comitium, als es noch darum ging die Frau des Thrakers zu finden. ›Sobald diese Erhebung in sich zusammenfällt, werden sich meine Gedanken wieder in den alten, gewohnten Bahnen bewegen.‹ «

»Gut! Nun lass mich dich unterrichten. Ich weiß vom Sieg über den gallisch germanischen Haufen, der keiner war. Verschone mich mit Einwänden, ich weiß, dass es dir ebenso bekannt ist wie mir. Und mehr noch. Sie hätten Gellius beinah überrannt, weil dieser nicht warten wollte, weil er den Sieg für sich allein wollte. Übliche Konkurrenz zwischen zwei Konsuln. Lentulus kam jedoch zu Hilfe, den Göttern sei gedankt.«

»Du glaubst an sie!?«, Annaeus Kopf fliegt nach vorn.

»Du nicht!?«

Annaeus antwortet mit einem dünnen Lächeln, wie es häufig in Crassus Gesicht zu sehen ist, ohne zu versuchen, die Nachahmung zu verbergen.

»Es geht nicht allein darum«, Crassus wird bissig, »diesen elenden Feind zu besiegen!«, und blickt ihm dabei fest in die Augen, deutlich machend, dass seine kurze theatralische Nachahmung ihn nicht beeindruckt. »Nach allem was ich höre, auch von dir, scheint es ausgesprochen wichtig, dies zu wiederholen, wann immer es nötig ist. Nehmt Glabrus, wenn ihr glaubt, dass ein Sklavenfreund, ein Mann, der des Kriegführens müde ist, diesen Aufstand niederwerfen wird. – Wie könntet ihr ihn erwählen? Als Konsul? Ohne einen Zweiten neben ihm?«

»Wir können auch dich nicht ernennen, ohne einen zweiten! Es sei denn, du hast was anzubieten!«

*

Marcus Licinius Crassus wird am folgenden Tag unter anhaltendem Beifall zum Konsul ausgerufen. Eingehüllt in schneeweißer Toga erscheint er zwischen den Säulen der Rednerbühne, um sich am unerwarteten Jubel der Massen zu laben. *Dies ist meine Stunde, dies ist wahrhaftig ein Schicksalstag.* Erhaben hebt er seinen Arm und begeistert ruft die Menge seinen Namen.

Auf den Stufen der Basilica Julia stehend, blickt Sargon hinunter auf das Gewimmel, Cato neben ihm. »Nun also Crassus«, wendet sich Cato an seinen Oheim, mit farbloser Stimme.

»Du fragts dich warum ich ihm den Boden bereite hab, gestern im Commitium? So hat es geklungen, nicht wahr?«, er blickt seinen Neffen kurz an und Cato bejaht. »Wenn ich nicht gesprochen hätte, hätte es niemand getan. Und in einem Monat würden sie Crassus anflehen, weil der Thraker dann wohl vor unseren Toren steht. Letztlich hat der alte Remus den Boden bereitet, ohne ihn hätte ich nicht so sprechen können.«

»War es nicht Glabrus, den Sertorius wollte? Und hat nicht Crassus, Glabrus zu sich gebeten, und ihn bedrängt, euer Angebot abzulehnen?«

»Es war nie unser Angebot. Es war nur Sertorius' launischer Einfall. Annaeus wollte ihn nicht, letztlich konnte er auch Sertorius umstimmen. Auch ich wollte ihn nicht, Glabrus ist müde. Als er in Thrakien siegte, traf er überraschend ein, mit einer dreifachen Übermacht. Vor zehn Jahren wäre er der richtige und ich hätte zugestimmt. Heute wäre es, als würde ich ihn in den Tod schicken. Crassus brauchte von all dem nichts zu wissen, er bekam auch so genug.«

»Sechzigtausend Legionäre werden aus Rom marschieren, um eine Armee von Sklaven zu bekämpfen.«

»Sprich weiter.«

»Du weißt, worauf ich hinaus will.«

Sargon blickt wieder auf das Gewimmel unter ihm. »Du weißt doch, wie wir im Allgemeinen über Sklaven denken, über die Barbaren jenseits unseres Reiches. Ich erinnere mich an einen Tag, da sah ich einen Knaben spielen, an einem Wasser, und es freute mich. Plötzlich trat jemand aus dem Gehölz, schlug den Kleinen und schleifte ihn weg. Ich hatte schon die Worte auf den Lippen mit denen ich diesen, – dann sah ich den Sklavenring.« Er bricht abrupt ab, auf eine für ihn typische

Weise. Sein Blick weiter auf die Massen unter ihnen gerichtet, Gestik, Mimik, lassen nicht annehmen, dass er noch etwas anfügen wird. »Es sind Menschen«, spricht er unerwartet weiter. »Es sind Väter und Mütter, Söhne und Töchter, die wir versklaven. Crassus muss siegen, sonst mögen die Götter uns beistehen.«

*

Der Senat erteilt Crassus das Recht, sechs Legionen auszuheben, außerdem aus den Resten des geschlagenen Heeres weitere Vier zu bilden, plus Hilfstruppen. Ein Heer dieser Größe hat es seit Sulla nicht mehr gegeben. Ein Drittel der immensen Kosten für Lanzen, Schwerter, Schutzpanzer, Helme, kurz die gesamte Ausrüstung der Legionäre, bringt Crassus selbst auf. Dies ist eine der Bedingungen, die der Senat an Crassus stellt, für die Einwilligung, ihm das Konsulat für die Dauer des Krieges zu erteilen und nicht wie üblich für ein Jahr. Die ersten Vorbereitungen beginnen noch an diesem Tag.

Weiterhin wird ein Edikt erlassen, um die Finanzen aufzubringen für den Bau von zweihundert Schiffen, mit denen die Getreidelieferungen stabilisiert werden sollen. Die Schlagkraft der Legionen soll nicht an mangelnder Versorgung leiden. Nachlassender Kampfmoral wird man künftig mit Strafversetzungen beggenen. Die Garnisonen der Hafenstädte wird man verstärken, um Überfälle kilikischer Piraten abzuwehren. Rom bündelt seine Kräfte, mobilisiert die gesamte Kriegsmaschinerie, um der schmachvollen Bedrohung durch das Sklavenheer endlich ein Ende zu bereiten.

11. Kapitel
M. L. Crassus

Sargon verlässt das Schlafgemach und geht durch das Haus, alles ruhig. Diese Stunden sind es, in denen die Nacht endet, der Tag aber noch schläft, in denen er sich frei fühlt von all den hastigen, schnellen Entscheidungen, die der Tag bringen wird. Heute werden es weniger sein, Miriam ist seit einigen Wochen bei ihnen, sie wird ihm einiges abnehmen.

Alexandria, urplötzlich drängt sich der Name in seine Gedanken. *Das Zentrum unsere geistigen Welt hat einen weiblichen Namen, doch Frauen bleibt ein Studium verwährt. Miriam...als Mann hat sie sich verkleidet .. Cato ins Vertrauen gezogen...wenn das nur gut geht.* Er geht ein paar Schritte, um sich zu sammeln, um nicht in diesen Gedanken zu versinken. Cato wird heute ins römische Lager reiten und er will ihm noch einiges mit auf den Weg geben. Vor allem wegen des neuen Befehlshabers, Crassus, eigentlich nur deswegen. *Wenn er nur nicht so ein ... na ja, er ist ein guter Junge, aber ein Hitzkopf. Crassus sehnt sich nach militärischem Erfolg. Er wird eiserne Disziplin fordern, für einen Querkopf ist dort kein Platz.*

Sargon steht in der Mitte des Säulenhofes, Miriam neben ihm, während Cato sich die Rüstung anlegt. »Crassus ist durchaus offen für neue Gedanken und Betrachtungen«, sagt er zu ihm. »Er ist sogar der Philosophie zugetan. Doch die römische Mutter ist ihm heilig, du verstehst? Hörst du mir zu?«

»Ja«, antwortet Cato.

»Er führte den rechten Flügel unter Sulla, als sie gegen das Heer des Marius zogen. Sulla verdankt ihm den Sieg, doch blieb ihm die Anerkennung versagt. Und hier ist er empfindlich. Sei also vorsichtig mit Kritik an seinen Entschei-dungen, die das Heer betreffen.«

»Ich werde vorsichtig sein, aber ich glaube nicht, dass es dazu kommt, irgendwas zu sagen, zu dem was er vorhat. Es sei denn, er wünscht dies.«

»Das wird er, sobald er erfährt, dass ich dein Oheim bin.« Sargon verabschiedet sich recht kühl von seinem Neffen, was sonst nicht seine Art ist. Doch da Miriam bei ihnen ist, *überlasse ich ihr den Tränenabschied.*

»Ich werde nicht mehr hier sein, wenn du zurückkommst«, sagt sie zu Cato, »falls du zurückkommst.«

»Ich gehe nicht, um zu kämpfen. Ich werde nur Legat sein. Es ist wichtig, Crassus im Auge zu behalten.«

»Das allein ist es nicht!«, sagt Miriam.

»Nein. Das allein ist es nicht«, zügelt sein Pferd und steigt zu ihr hinunter. »All die Schriften in Alexandria, - du erinnerst dich bestimmt besser als ich. Die Schriften, über das Individuum, das Sklave-Sein – das Herr-Sein? Und was ist mit der aristotelischen Denkschule und seinen Anhängern? Ohne sie wäre dir ein Studium erlaubt, so wie mir.«

»Was hat das mit dem Aufstand zu tun?«, fragt Miriam, behutsam aber doch fordernd.

»Aristoteles schrieb auch über die Sklaverei«, sagt Cato etwas trocken.

»Und!?«

Cato sucht nach Worten. Er will nicht zu ihr sprechen wir ein Lehrer zu seiner Schülerin. »So wie er glaubte, dass die Intelligenz der Frauen dem Mann unterlegen ist, so glaubte er, dass Sklaven von Natur aus Sklaven sind, dass es ihnen besser sei von anderen regiert zu werden.«

»Ein Aufstand von Sklaven, ist immer auch ein Aufstand gegen Aristoteles, soll es das sein? Und vielleicht sollte ich mich darüber freuen?«

»Ich weiß noch nicht was es ist. Ich glaube nicht einmal Platon oder seine Anhänger haben sich je vorgestellt, dass es einen solchen Aufstand geben könnte. Crassus zog aus mit einer Armee, wie sie auch gegen Hannibal nicht größer war. Etwas geschieht hier, und ich will es sehen, mehr weiß ich nicht zu sagen.«

Miriam schaut ihn an, mit diesem Blick, dem er nicht ausweichen kann.

»Dem Sklaven ist alles Lebenswerte entzogen«, sagt sie,

»Menschen, die einander töteten, um ihrem Dasein zu entkommen. Und jetzt, – Lebenshunger wird sie antreiben, Lebenshunger. Sie fürchten den Tod gewiss weniger als die Rückkehr in die Sklaverei. Und genau so werden sie gegen euch kämpfen.«

»Ja«, sagt Cato, »ja, genau das glaube ich auch.«

»Aber trotzdem willst du gehen?«, fragt Miriam kühl, trocken, ohne ihn anzusehen.

»Sprich mit niemandem über solche Gedanken, du wirst hier in Rom keine geistigen Verwandten finden.«

»Hör auf«, sagt sie mit ihrer weiblich bestimmenden Art,

»sprich nicht zu mir, als wärst du einer meiner Ratgeber«, dann umarmt und küsst sie ihn.

*

Cato zögert nicht und reitet geradewegs auf die Gruppe der Reiter zu, die siche neben dem konsularischem Zelt versammeln. Als er näher kommt, zügelt er sein Pferd, tauscht einen Blick mit der Leibgarde und lässt es dann langsam weitertraben, entschlossen, sie nicht zu bitten, ihn hindurch zu lassen. Doch sie versperren ihm den Weg. Er würdigt die Garde mit keinem Gruß. Starr blickt er in Richtung des Konsuls, den er an Kleidung und Abzeichen erkennt: Marcus Licinius Crassus.

»Ich bin kein Bote einer feindlichen Armee, noch bin ich ein Legionär«, sagt Cato entschieden.

Crassus gibt seiner Leibgarde einen kurzen Wink worauf sie ihn hindurchlassen.

»Du musst verzeihen«, sagt er dann, während Cato langsam auf ihn zukommt. »Doch ich konnte nicht widerstehen, dir eine kleine Lektion militärischer Ordnung zu erteilen«, und fasst den Ankömmling näher in Augenschein. »Was kann ich für dich tun, edler Jüngling?«

»Ich grüße dich, Konsul. Mein Name ist Cato Livius Sargon, ein Neffe Senator Sargons, du hast mich rufen lassen.«

»Ja richtig, – ich hatte es vergessen. Da wir uns nun zu Pferd beggegnen, lass uns ein wenig durch das Lager reiten.« Cato hält sich seitlich an Crassus und betrachtet die bläulichen Zelte, wie sie geordnet, im wohlgemessenen Abstand nebeneinander stehen.

»Du also bist Cato, des Sargons Neffe«, nimmt Crassus das Gespräch wieder auf. »Eine gewisse Ähnlichkeit ist nicht zu übersehen.«

Cato nimmt diese Feststellung höflich dankend entgegen, hält sich ansonsten aber zurück. Die Richtung des Gesprächs ist ihm zu ungewiss.

»Wie ich höre, warst du lange Zeit in Alexandria, bist mit den Schriften der Philosophen vertraut, Aristoteles, Platon und auch den Sophisten?«

Cato ist zunächst überrascht von der Frage, doch Sargons Worte fallen ihm wieder ein. Einzig die Erwähnung der Sophisten stimmt ihn bedenklich. Da aber keinerlei Hohn, sondern Neugier und Interesse im Ton liegen, antwortet er schließlich. »Ich war vier Jahre dort. Und ja, – ich bin mit den Schriften vertraut.«

Crassus wirft einen prüfenden Blick auf ihn. »Was treibt einen so gebildeten Menschen, wie du es einer bist, in unser Lager? Sei unbesorgt, du bist willkommen, doch mir scheint, dies ist nicht der rechte Ort für einen Philosophen.«

»Ich bin hier als einer deiner Legaten, ich steh' dir zu Diensten. Hin und wieder wird es meine Aufgabe sein, dem Senat über die Kampfhandlungen zu berichten.«

»Bei Mars, dem Rächer«, sagt Crassus, sichtlich amüsiert, »der Feldzug hat noch nicht begonnen und schon hat der alte Fuchs seine Augen und Ohren auf mich gerichtet.« Ein wenig ironisch fügt er hinzu: »Du musst wissen, Sargon und mich verbindet eine besondere Freundschaft.«

»Ich weiß.«

»Natürlich«, sagt Crassus darauf mit seinem typisch dünnem Lächeln im Gesicht.

Als sie eine Stelle erreichen, von der aus sie das gesamte Lager überblicken können, zügelt Crassus sein Pferd und lässt es halten. »Sieh her! Vor dir liegt ein römisches Lager. Die

Zelte wohlgeordnet. Ein Erdwall von der Höhe einer kleinen Stadtmauer umschließt sie. Vier Tore, zu jeder Himmelsrichtung eines. Dieses Lager ist Schutz und Heimstadt für über sechzigtausend Legionäre. Sie verkörpern unsere Stärke, unseren verlängerten Arm, im Norden wie im Süden des Reiches. Doch diesmal haben wir den Feind auf römischem Boden. Und ich frage dich nicht als meinen Legaten sondern als Philosophen. Wie schmachvoll ist der Blick von aussen, auf uns? Der Blick der Parther, der Griechen, der Kilikier, wenn wir all unsere kriegerischen Möglichkeiten ausschöpfen, um ein Heer von Sklaven zu vernichten?«

Cato blickt kurz zur Seite, diese Art Fragen hat er von Crassus nicht erwartet. »Ich vermag das nicht zu beantworten«, sagt er darum nur.

»Fürchtest du dich, Cato?«, fragt Crassus, wartet aber nicht auf eine Antwort. »Auch ein Konsul braucht mehr als nur eine unpassende Meinung, um jemanden zu abführen zu lassen. Vor allem wäre es eine Beleidigung für meinen Stand, meine Gesinnung, jemanden aus diesen Gründen zu denunzieren.«

»Ich habe keine Furcht, doch mit militärischen Fragen bin ich wenig vertraut. Ich denke, wenn sie uns unterlegen sind, an Zahl, Waffen, wahrscheinlich auch Versorgung, und sie uns trotzdem besiegen, wäre es sicher sehr schmachvoll.«

»Sie haben unsere Truppen bereits geschlagen, mehrmals. Haben wir also einen gefährlichen Feind vor uns? Oder nur einen wild zusammengewürfelten Haufen von Sklaven, gegen die wir in den nächsten Tagen Legionen ins Feld führen? Römische Legionen, überall in der Welt siegreich?«

Cato zögert. »Ich bin überrascht. Ich habe solche Fragen nicht erwartet, von einem Konsul namens Marcus Crassus.«

Eine Antwort, die ein leichtes Grinsen auf Crassus' Gesicht legt. »Und?«, fragt er dann.

Cato spürt, dass er der Frage nicht ausweichen kann, doch ist dies der erste Tag im Lager, Crassus wird sich mit einer formalen Antwort zufrieden geben müssen: »Eine Niederlage kann nur beleidigend sein, für die römische Waffenehre.«

»Du sagst es, mein Lieber. Darum sollten dem Feldherrn, der Rom von dieser Geißel befreit, alle Ehrungen zuteil werden. Würdest du dem widersprechen?«

Cato streift den Konsul erneut mit einem kurzen Blick.

»Warum fragst du mich? Ich bin nur ein Legat. Ob ich diese Auffassungen teile, wird wenig Bedeutung haben.«

»Wen sollte ich sonst fragen? Meine Offiziere oder meine Legionäre? Du bist des Sargons Neffe, bist hier als mein Legat, noch völlig ohne Bindung zum Heer. Und du scheinst mir kühn genug, auch dann zu antworten, wenn die Antwort missfällt.«

Cato hofft erneut, sich dieser Frage entziehen zu können. Auch der versagte Ruhm fällt ihm wieder ein. So tolerant Crassus sich auch geben mag – Cato mahnt sich zur Vorsicht.

»Der Verlauf eines Krieges ist für einen Philosophen oft sehr mystisch. Wie du bereits sagtest, der Thraker hat unsere Truppen mehrmals geschlagen. Dem Feldherrn, der Rom Friede und Sicherheit zurückgibt, gebühren alle militärischen Ehrungen. Doch wird er dadurch nicht sein Pflichtgefühl vergessen und darum den Sieg nicht zu eigennützigen Forderungen verwenden.«

Crassus will auf die Antwort eingehen, doch seine Offiziere fordern seine Aufmerksamkeit. Darum antwortet er nur kurz: »Du bist hier am rechten Platz, Cato Livius Sargon. Wir werden noch so manches Gespräch führen. Entschuldige mich jetzt.«

*

Crassus zieht mit seinen Truppen auf der Via Flaminia nördlich durch Umbrien. Dann weiter nach Osten, in die Nähe der Stadt Ancona. Irgendwann in den nächsten Tagen wird er mit seinen Legionen auf das Heer der Aufständischen treffen. Während des Vormarsches ist er schweigsam. Gespräche sucht er nur mit jenen Offizieren, die schon mit den Armeen des Cossinius, Gellius und Lentulus gegen den Thraker zu Feld zogen. In Gedanken durchstreift er ihre Berichte, lässt die Ereignisse der vergangenen zwei Jahre vorüberziehen und versucht, den Thraker einzuordnen, ihn einzuschätzen. Ihn, der mit einer Handvoll Gladiatoren auf den Vesuv flieht und mit ihnen eine Erhebung von ungeahnten Ausmaßen beginnt.

Unbehagen befällt ihn, als er merkt, dass weder bei den Feldzügen gegen Mithridates, noch gegen Marius, die Anführer der feindlichen Truppen ihn so intensiv beschäftigt haben. Zwei Armeen hatte der Senat in die Po-Ebene entsandt, aber der Thraker blieb siegreich. Nur durch die immerwährenden Gefechte, mit den Garnisonen der umliegenden Städte, wurde dennoch das wohl wichtigste Ziel für die Römer erreicht, die Sklaven nicht über die Alpen entkommen zu lassen. Der Hohn und Spott der Athener würde keine Grenzen kennen. Vor allem wäre ein Heer von Aufständischen, jenseits der Alpen, eine ungleich größere Bedrohung.

Nachdem er mit seinem Heer den Apennin überschritten und die Küstenlinie erreicht hat, sucht er ohne Umschweife die Entscheidung. Sein Drängen wird belohnt, die ersten Späher kehren zurück und bringen Nachricht vom Heranrücken des Feindes.

Er gibt seinen Legionen zwei Stunden Ruhe, dann heißt er seine Truppen, sich in Schlachtordnung zu formieren und rückt weiter vor. Angespannte Stille ringsumher, das Gelände flach, die Sonne im Zenit. Nach einer Stunde beginnt der Horizont sich zu bewegen, das Heer der Aufständischen, nur wenige Meilen entfernt.

Donnernd erhebt sich das ›Bara‹ der Legionäre, sechzigtautsend schlagen mit Schwertern auf ihre Schilde.
Crassus zügelt sein Pferd, lässt den Blick über die Legionen schweifen, als diese plötzlich von einem markerschütternden, dämonischen Geheul erfasst werden. Schnell kommt es näher, mit der Linie der feindlichen Truppen. Mal leiser werdend, dann wieder aufpeitschend. In tiefes, hohlklingendes Grollen fallend, durchtränkt von vielstimmigen, die Seele erschütternden Schreien, als wolle die Unterwelt sich auftun, um sie alle zu verschlingen.

Im Nu ist die Entfernung dahingeschmolzen und das Heer des Thrakers bricht mit solcher Wucht über die Römer herein, dass die Flügel zu wanken beginnen, nur dank der Veteranen, die im Zentrum stehen, kann ein Aufbrechen verhindert werden. Plötzlich weichen die Aufständischen zurück, ihre Linien teilend, vergröbernd. Crassus' Legionen, dem Ansturm beinah erlegen, noch immer benommen, finden kaum Zeit sich am Zentrum wieder auszurichten.

Noch während sie sich formieren, stürmt eine zweite Welle heran, heftiger als die erste und diesmal bricht die Flanke auf.

»Reserven nach vorn«, hört Crassus die Rufe seiner Offiziere. Völlig überhastet werden die Truppen herangeführt, doch können den Einbruch nicht aufhalten.

Wildes Kampfgeschrei erfüllt die Luft. Schreie von Schmerz und Todeskampf, von Groll und Zorn wüten wie ein Sturm, der sich plötzlich über der Landschaft erhoben hat und alles mit sich reißt.

Crassus hat seine Stimme heiser geschrien, er reitet hinter den Linien entlang, so schnell es das Gelände erlaubt. Dort drüben taucht einer der Legaten auf. »Kavallerie gebunden«, ruft dieser aus Leibeskräften und doch kaum hörbar den Hang hinauf. Er zögert, schaut auf das Zentrum mit den Veteranen, die er schon unter Sulla führte, wie sie verzweifelt versuchen, sich der Angriffe zu erwehren, tauscht dann einen Blick mit seinen Befehlshabern und gibt dann das Signal zum Rückzug. Ein furchtbares Geheul durchflutet die Schlacht, als die eingekreisten Legionen begreifen, dass sie dem Untergang preisgegeben werden. Dann der Rückzug – der Rückzug der Übrigen – auch er misslingt. In panischer Flucht verlieren viele Verbände den Kontakt zum Hauptheer und werden Opfer der feindlichen Kavallerie.

Crassus zieht mit seinen Truppen zurück in das Lager bei Ancona, in Picenum, um neue Aushebungen vorzunehmen, aber auch aus Furcht, mit seinem demoralisierten Heer, auf den Thraker zu treffen. Zwischen den Berghängen des Apennin wäre das der Untergang. Die Stimmung im Lager ist mehr als nur bedückend, denn sie reiht sich ein, die erste Schlacht gegen den Thraker, in die Folge der Niederlagen. Hin und wieder reitet er durch das Lager, spricht mit seinen Befehlshabern, auch mit dem einfachen Legionär, doch die meißte

Zeit des Tages verbringt er in seinem Zelt. Noch einmal sieht er die Wucht des Angriffs vor sich, den scheinbaren Rückzug. Er hat nicht das ganze Heer kämpfen lassen, glaubt er plötzlich, nur einen Teil, und diese zogen sich hinter frische Linien zurück. Wie konnte ich nur... jäh wird er aus seinen Gedanken gerissen, als Cato durch den Zelteingang hereinkommt. »Du hast mich rufen lassen?«

»Ruf die Männer für den Kriegsrat zusammen, ich will sie über unser weiteres Vorgehen unterrichten.« Cato ist halb an den Wachen vorbei, die den Eingang bereits wieder aufziehen, als Crassus ihn noch einmal ruft: »Cato!«, zögert dann aber einen Moment, als müsse er seine Gedanken noch einmal wägen. »Du wirst nach Rom reiten, dem Senat berichten.« Fragend blickt er ihn an. »Ich erwarte keine Beschönigung, doch lasse sie wissen, dass dies der Anfang ist. Marcus Crassus wird das Sklavenheer niederwerfen!«

Cato steht wartend am Zeltausgang, unschlüssig, ob er etwas antworten soll. »Ein starkes, gefährliches Heer, das sich gegen Rom wendet. Niemand konnte erwarten, dass wir sogleich obsiegen, wenn es auch nur Sklaven sind.«

»Glaubst du das wirklich?«

»Ja.«

»Wohl an. Ich bin gespannt auf den Bericht deiner Rückkehr, denn in Rom wirst du damit keine Zustimmung finden.«

*

Parthische Ringe

Vier Tage nach der Niederlage erreicht Cato am späten Abend die Stadt Asculum. Hier, fern von Rom, erwarten ihn die Senatoren, die mit militärischen Aufgaben betraut worden sind.

Als Cato den Raum betritt, erkennt er sogleich, dass sich außer den Senatoren auch Vertreter des Adels derumliegenden Ländereien eingefunden haben. Ohne Umschweife wird er gebeten, vor die Versammlung zu treten und ihnen vom Verlauf der Kampfhandlungen zu berichten. Alle Augen richten sich auf ihn. Über dem Raum liegt eine Spannung, die nicht einmal das Atmen erlauben will.

»Wir haben Verluste«, sagt er in die Stille hinein. Ein tiefes Raunen aus Wispern und Röcheln geht durch die Runde.

»Wie viele?«, fragt Sertorius.

»Es war ein furchtbarer Ansturm, bei dem viele ihr Leben ließen. Es sind etwa vierundzwanzigtausend Legionäre gefallen.«

»Vierundzwanzigtausend!«, hallt es mehrmals durch den Raum. Cato sieht Leiber in sich zusammensacken, Arme, die sich empor recken, Hände, die verzweifelte Gesichter bedecken.

»Und wie viele bei den Sklaven?«, fragt Sertorius weiter.

»Wir wissen es nicht genau, es werden nicht mehr als tausend sein.

»Und Crassus? Lebt er?«

»Er ist am Leben.«

»Sprich weiter!«, drängt ihn Sertorius.

»Crassus sandte immer wieder Späher aus, die auch regelmäßig Nachricht brachten. An manchen Tagen mehr als dreimal. Er drängte auf die Schlacht. Er wollte dem Thraker so wenig Zeit wie möglich geben sich ein Bild über unsere neue Truppenstärke zu machen. So führte er unsere Legionen in die Schlacht, bei der ersten Gelegenheit die sich ihm bot. Es gab bis dahin keinerlei Feindberührung. Nachdem, was ich hörte...«

»Was heißt, nachdem, was du hörtest? Du warst doch dort«, herrscht ihn jemand aus dem Adel an. Cato überhört den Vorwurf und fährt monoton fort. »Sie stürmten also heran. Plötzlich erhob sich ein furchterregendes – Brüllen – Schreien – wie aus dem Rachen eines dämonischen Geschöpfs. Es war, als würden Himmel und Erde mit dieser Stimme sprechen. Es waren Parthische Ringe, wie man mir später sagte. – Letztlich brach die Flanke auf – und – an einen geordneten Rückzug war nicht mehr zu denken. Um nicht vollends unterzugehen, gab Crassus einen Teil seiner Truppen auf.«

Schwer atmend, tauscht Sertorius entsetzte Blicke mit den anderen.

»Wo steht sein Heer jetzt?«, fragt er.

»Er hat sich nach Picenum zurückgezogen, in die Nähe von Ancona.«

»Zurückgezogen?«, prescht wieder einer aus dem Adel aufgebracht hervor und faucht Cato mit Angst überzogener Stimme an: »Ich vermag meinen Zorn kaum zu zügeln. Eine gewaltige römische Armee zieht sich zurück, aus Furcht vor dem Ansturm eines unkoordinierten, wilden Sklavenhaufens, angeführt von einem Barbaren! Ist das so? Habe ich dich richtig verstanden?«

Cato fühlt den Blick des Redners auf sich gerichtet, doch spricht, den Senatoren zugewandt, weiter: »Mögen es Barbaren sein, Sklaven, wie auch immer. Dieser Thraker führt seine Truppen mit solcher Umsicht und sie folgen ihm, als würden sie den Tod nicht kennen. Er täuscht, umgeht, umklammert und vernichtet.« Er lässt den Blick durch den Saal schweifen. Obwohl es keine öffentliche Sitzung ist, sind außer den drei Äerarii Militaris fünf weitere, einflussreiche Senatoren anwesend.

Den Blick gesenkt, scheint jeder in eigenes Nachdenken versunken. Der Adel wird schliesslich genötigt, den Saal zu verlassen, es steht ihm nicht zu, an den folgenden Beratungen teilzuhaben.

Nach endlos langer Stille spricht Sertorius zu den Verbliebenen mit lethargisch aufgeweichter Stimme: »Crassus wird Aushebungen vornehmen, sein Ehrgeiz wird ihn dazu antreiben.«

»Und wenn nicht?«, fragt Sethos, aus der Gruppe der Fünf, langsam den Kopf hebend, als müsse er zunächst seine Ängste aus dem Gesicht fallen lassen.

»Er wird es tun«, spricht Sertorius weiter und macht ein paar Schritte auf die Wand zu, als könnte sie Antwort geben. »Er hat genügend Reichtümer, um die Kosten aufzubringen.« Mit ungelenken Bewegungen seiner Arme, entfernt er sich wieder von der Wand. Streicht sich dann mit der Hand immer wieders übers Gesicht, als er plötzlich Cato bemerkt. »Du bist ja noch hier?«, sagt er zu ihm mit gequälter Freundlichkeit. »Bitte lass uns jetzt allein.« Cato verabschiedet sich mit kurzem Gruß und verlässt den Saal.

»Sind die Schiffe angekommen?«, fragt Sethos.

»Ja, sind sie«, antwortet Sertorius. »Schafft nicht all eure Besitztümer an Bord, es würde auffallen.«

Cato geht langsam zu seinem Pferd. Das Tier kommt ihm entgegen und gibt ein leichtes Schnauben von sich. Er streicht ihm über die Nüstern, schaut dabei über die leblosen Straßen. Wer hätte je gedacht, dass der Senat in Lethargie verfallen könnte, weil er sich bedroht fühlt von einem Sklavenheer. Unschlüssig verharrt er eine Weile, schließlich macht er sich auf den Weg, um um die senatorischen Nachtlager aufzusuchen.

*

Sertorius beobachtet den Sklaven, wie er das Pferd wegführt. Langsam geht er die Stufen hinauf, zum Eingang seines Hauses. Plötzlich ein krachendes Geräusch hinter ihm, erschrocken dreht er sich um.

»Vergebung Herr, das Pferd wurde unruhig, es ist die Umgebung nicht gewohnt.«

Mit halb geöffnetem Mund, in seiner Bewegung erstarrt, betrachtet Sertorius den Sklaven. Fasst sich dann wieder, doch wendet sich ohne Antwort ab. Mit eckigen Bewegungen geht er weiter durch die geöffneten Flügeltüren.

Auf den Fluren, die zur Therme führen, kommt ihm sein Leibsklave Flacus entgegen und nimmt ihm die Rüstung ab. Sertorius betrachtet ihn eindringlich. Suchend nach Merkmalen, nach Verdächtigem. – Sind es Werkzeuge?, denkt er bei sich.

Flacus steht vor ihm, mit gesenktem Blick und Sertorius mustert ihn weiter. »Leg mir die Rüstung wieder an«, sagt er barsch und folgt dabei jeder Bewegung, die der Sklave ausführt. Jeden Riemen und jeden Verschluss führt Flacus ordentlich zusammen und tritt dann, wie üblich, in demütiger Haltung einen Schritt zurück.

Sertorius betrachtet ihn weiter. »Warum hast du mir die Rüstung wieder angelegt?«, fragt er ebenso barsch, wie er gerade befohlen hat.

»Weil Ihr es verlangt habt, Herr«, antwortet Flacus, ohne zögern.

»Jaahh«, sagt Sertorius halb zu sich selbst. »Geh jetzt, verschwinde!« Mit diesen Worten wendet er sich von ihm ab.

Flacus geht hinunter zu den Sklavenbaracken. Für die nächsten Stunden wird Sertorius sich mit den Sklavinnen beschäftigen und seiner nicht bedürfen.

»Was war denn?«, fragt ihn flüsternd eine vertraute Stimme, als die Tür der Baracke sich hinter ihm schliesst.

»Er wollte wissen, warum ich ihm die Rüstung wieder angelegt habe.«

Die vertraute Stimme fragt nicht weiter, jedes weitere Wort wäre nur schmerzlich. Er blickt kurz die Stufen hinauf. »Flacus, wir werden morgen gehen!«

»Und Servilia?«

»Wir können nicht warten. In den nächsten Tagen werden Prätorianer eintreffen, um das Haus zu bewachen. Sertorius fürchtet sich.«

»Vor wem?«

»Was glaubst du denn?«

*

Mirßa

»Cato, den Göttern sei gedankt, du lebst, komm herein.« Mit diesen Worten empfängt ihn Sargon, sichtlich erfreut, aber doch bedrückt ob der Ereignisse der letzten Wochen.

»Sie saßen da, als würden sie den Untergang herbeisehnen. Ein Schatten ihrer selbst«, sagt Cato mit fiebriger Stimme, während er sich den Brustpanzer abnimmt.

»Ich weiß«, sagt Sargon darauf und hilft ihm die Rüstung abzulegen.

»Sertorius?«, fragt er dann, als Cato etwas zur Ruhe kommt.

»Ich habe ihn noch nie so erlebt wie in Asculum. Es ist mehr als nur die Furcht vor dem Verlust von Gütern, sie fürchten den Untergang. Sie beladen Schiffe, im Hafen von Ostia, natürlich geheim, aber ich habe sie gesehen. Die Straßen leblos, nicht nur hier. Rom gleicht einer

Geisterstadt.«

»Ja«, antwortet Sargon und wirkt dabei so niedergeschlagen, wie man es nur selten bei ihm sieht.

»Eine weitere Niederlage und auch Crassus' Heer ist geschlagen. Was werden wir dann tun?«

»Wie ich dir schon einmal sagte, Crassus sieht sich von jeher im Schatten des Pompeius. Er wird weitere Truppen ausheben, dessen bin ich sicher. Ob das reicht, ich weiß es nicht. Der Thraker wollte mit seinen Leuten über die Alpen entkommen. Seine Gladiatoren haben die ganze Po-Ebene aufgerieben, aber wir wollten unter allen Umständen, dass dies misslingt. Jetzt sitzt der halbe Senat in Asculum und zittert um sein Leben.«

»Heute klingst du, als hättest du gewollt, dass sie es schaffen, über die Alpen«, sagt Cato, doch ohne Vorwurf. »So wie ich, vor über einem Jahr, als ich dich nach Thrajan fragte.«

»Ja«, antwortet Sargon und streicht dabei mit beiden Händen kurz über sein Gesicht, als wolle er Sorgen vertreiben. »Wie du siehst, bewahrt das Alter nicht vor Ratlosigkeit oder Zweifeln.« Er hebt den Kopf und senkt ihn wieder, als suche er nach entflohenen Gedanken. »Der Senat ist ein äußerst sensibles Gebilde, immer umringt von neuen Machtansprüchen. Wir hätten den Thraker ziehen lassen können. Doch in welche Richtung würde er sich wenden? Würde die Erhebung in sich zusammen fallen oder sich verstärken? Welche Stadthalter würden wir gegen uns aufbringen? Eine endlose Liste von Unwägbarkeiten. Also haben wir gehofft, geglaubt, an die Stärke unserer Legionen. Und was keiner für möglich hielt, ist nun geschehen. Der Thraker bleibt siegreich.« Sargon macht wieder eine längere Pause. Cato beobachtet ihn, wie er mit geschlossenen Augen nachdenkt, tief versunken, gegen Müdigkeit ankämpfend und wieder ertappt sich Cato ihn zur Ruhe bitten zu wollen, auch, da sein Vortrag nicht wirklich Neues birgt, doch verwirft diesen Gedanken wieder, denn es würde nur das Gegenteil bewirken. »Er zieht mit seinem Heer also wieder nach Süden«, spricht Sargon weiter. »Der Krieg findet weiter auf unserem Boden statt. Versorgung, Ausrüstung der Truppen, Sonne, Regen, Kälte, all das zehrt an den Kräften und kann das stärkste Heer zermürben. Hier ist Crassus dem Thraker überlegen und hier arbeitet die Zeit für ihn. Vielleicht gibt es noch hier und da eine glückliche Fügung, ein Missgeschick, das ihm zum Vorteil verhilft. Auch der Thraker ist nicht unbesiegbar.« Nach einer Weile erhebt er sich, langsam, wie ein müder Bär. »Komm, gehen wir nach draussen, auf die Veranda.«

Beide gehen den Tablinum entlang, dann weiter durch den großen Säulenhof. Cato lässt den Blick über Wände und Decken schweifen und es freut ihn zu sehen, dass alles noch ist, wie er es in Erinnerung hat. Die Marmorstufen abgenutzt, aber noch da. Die Verzierungen verblassen und doch hat er sie nicht erneuern lassen. Das gefällt ihm am meisten an ihm, dass die Dinge Bestand haben, in seiner Welt. Beide gehen schweigend durch den Torbogen auf die Veranda, nebeneinanderstehend verweilen sie und betrachten die üppigen Pflanzen. Sargon legt ihm die Hand auf die Schulter. Cato blickt zur Seite, die Augen des Alten sind halb geschlossen, er scheint in Gedanken versunken, ein friedliches Lächeln in seinem Gesicht: »Es ist noch alles so, wie es war, als ich zum letzten Mal hier war«, sagt Cato.

»Gefällt es dir?«

»Ja.«

»Komm, setz dich.« Sargon rückt seine Toga zurecht, wieder vergeht eine Weile, ohne dass gesprochen wird. Ein Gefühl von Geborgenheit und Friede umfängt Cato, wie er es nur in diesem Haus erlebt hat. Er spürt, wie sehr diese Sehnsucht nach all den Stürmen in ihm brannte. Plötzlich denkt er an Mirßa und hofft inständig, dass auch sie, ähnlich empfindet, empfunden hat, in den Räumen dieses Hauses. *Wo mag ihr Haus sein, wo ist ihr Heim, das all diese Sehnsüchte erfüllt? Nie hab ich sie danach gefragt.*

»Woran denkst du?«, fragt Sargon.

»Wo hatte Mirßa ihr Heim?«

»Sie stammt aus Syrien.«

»Ich habe sie nie gefragt. Glaubst du, sie fühlte sich wohl bei uns?«

»Cato, mein Lieber, bevor wir weiter von ihr sprechen – sie ist nicht mehr bei uns.« Sargon blickt in die fragenden, erschütterten Augen seines Neffen. »Sie bat mich, sie gehen zu lassen, um sich den Aufständischen anzuschließen, und ich gab ihr mein ›Ja‹ dazu. Bat sie jedoch, es nicht zu tun, wegen all der Gefahren. Aber sie ist gegangen.

»Und? Ist sie, – angekommen?«

»Ich weiß es nicht.«

Beide schweigen nachdenklich.

Plötzlich erscheint Jabulus. »Herr, Annaeus Serenus bittet um Einlass.«

»Um diese Stunde? Was kann er wollen? Er war doch in Asculum?«

»Er war dort«, sagt Cato, »hat aber kaum gesprochen, ungewöhnlich bei ihm.«

Sargon bedeutet Jabulus, ihn hereinzubitten und in die Empfangshalle zu geleiten.

Gekleidet in weißer Toga, den Purpurstreifen auf der Tunika und den Schuhen aus rotem Leder, erscheint Annaeus auf den Stufen, die zur Empfangshalle hinunterführen.

»Sargon.«

»Annaeus«, erwidert er den Gruß, ebenso kurz.

»Marcus Licinius Crassus«, beginnt Annaeus mit volltönender Stimme, »ist mit einem gewaltigen Heer gegen die Aufständischen ausgezogen und hat eine Niederlage erlitten. Ich nehme an, Details sind unnötig. Die Nachricht zieht wie ein Lauffeuer durch das Land. Furcht greift um sich wie ein Virus. Selbst unseren Sklavenschinder Cornelius hat sie befallen.«

»Auf welche Weise?«, fragt Sargon.

»Seine Sklaven, die, die noch übrig sind, tragen seine Habe zusammen. Er glaubt nicht, dass unsere Truppen den Thraker aufhalten werden, nicht einmal, wenn Mars selbst sie anführen würde.«

»Cornelius, was sagt man dazu.«

»Er ist nicht der einzige, Sargon. Was wirst du tun?«

»Was ich tue? Wer fragt danach? Ich bin keiner der Aerarii Militaris. Warum sprichst du nicht mit Sertorius?«

»Das würde doch nichts nützen!«, erwidert Annaeus mit einer wegwerfenden Handbewegung. »Dass hier ein Aufstand tobt, hat die Grenzen des Reiches verlassen. Bleibt der Thraker siegreich werden Stämme aus dem Norden einfallen. Im Osten stehen die Horden des Mithridates. Ziehen mutiger den je gegen Lucullus ins Feld. Der Thraker muss fallen, koste es was es wolle!«

»Woran denkst du?«, fragt Sargon unverwandt. Annaeus wirft einen Blick auf Cato.

»Er kann es ruhig hören«, sagt Sargon. »Er erfährt alles, was in diesem Haus gesprochen wird.«

Annaeus zögert. Die Stirn in Falten gelegt, die linke Hand am Schulterteil der Toga, sagt er schließlich: »Die Kilikier müssen uns helfen.«

12. Kapitel
Mons-Garganus

Mühsam und zäh waren die Verhandlungen mit den Kilikiern. Mochten sie bisher auch lose Verbündete der Aufständischen gewesen sein, so sind sie doch kein festes Volk, uneins, aufgeteilt in viele Clans, die sich immer wieder in Streitigkeiten befinden, ohne jede zentrale Autorität, der sie gemeinsam folgen. Fünfhundert Talente wurden gezahlt und zu weiteren Eintausend ist man bereit, wenn sie sich an die Vereinbarung halten, die Versorgung mit Kriegsgerät einzustellen. Jeder Senator, jeder Adlige, jeder Bürger wurde an seine Treue und Liebe zur römischen Mutter gemahnt, um die Summe aufzubringen. Unermüdlich warb der Senat mit dem Vorteil, der sich einstellen würde. Mochten die Aufstän-dischen sich auch weiter aus gewonnen Schlachten versorgen, zu Beginn eines Aufstandes ausreichend, doch zu wenig für lang andauernden Krieg. Selten sind Schilde und Schwerter, nach einer Schlacht, dem Feinde genommen, gleichwertig zu Neuen. Dem Feind ausweichen, die Suche nach Wasser, Lagerplatz, Versorgung, lassen kaum Zeit Gebrauchtes auszubessern.

*

Als die Nachricht von der geglückten Verhandlung mit den Kilikiern Crassus erreicht, gerät er unter Zugzwang.

›Unter großen Mühen‹, so lässt man ihn wissen, ›hat der Senat ihm ein Vorteil verschafft. Und ›er müsse den Krieg nun schnellst möglich beenden, da die Zusage der Kilikier wohl nicht von Dauer sein wird.‹

Wütend schickt er die Boten zurück nach Rom, nicht ohne ihnen einzuschärfen, den Senat zu mahnen, sich künftig nicht mehr einzumischen.

Genötigt durch die Nachricht forciert er die Verfolgung des Thraker nach Süden. Wissend dass dieser an der Küste entlang zieht, lässt er seine Truppen westlich marschieren, entlang der Ausläufer des Apennin. Auch wenn der Tross dabei zurückbleibt, doch ist es für seine Legionen der kürzere Weg, statt an der Küste zu folgen.

Zweimal zwingt er den Thraker zur Schlacht, doch kann dessen Vormarsch nicht aufhalten. Bei einem dritten Versuch, in den nördlichen Tiefebenen des Mons-Garganus, heisst er seine Truppen sich schnell wieder zurückzuziehen. Als der Thraker ihm nicht nachsetzt, glaubt er hier einen Beweis für das Ausbleiben der Waffenlieferungen durch die Kilikier. Er wartet, bis sie die Tiefebene verlassen und den schmalen Durchbruch zwischen den Ausläufern des Mons-Garganus und des Apennin erreicht haben. Hier drängt er auf eine Entscheidungsschlacht.

Als das Heer der Aufständischen am Horizont erscheint, formiert er seine Legionen in Form eines Halbmonds, die Öffnung zur Feind abgewandten Seite, die äußeren Legionen der Krümmung, in den Narben der felsigen Landschaft. Dann wartet er, bis die ersten Treffen aufeinander prallen, befielt dann den Äusseren nach vorn durchzupendeln, dabei das leicht ansteigende Gelände zu besetzen und so die Umfassung zu verstärken. Doch, *Zorn der Götter*, dem Thraker scheint über Nacht gelungen Tausende auf die Felsen über ihm zu schicken,

die nun seine Legionen mit einem Steinhagel überziehen. Mit materndem Entsetzen muss Crassus zusehen wie sein Heer zurückgedrängt wird und so den Weg nach Süden freigibt. *Geahnt, er hat es geahnt*, denkt Crassus, *statt nachzusetzten, schickte er seine Leute voraus.*
Einzig die Totenzählung erlaubt ihm Beruhigendes an den Senat zu schreiben:

Grosse Verluste auf Seiten der Aufständischen
Nur selten Schilde bei den Gefallenen.
Tribut an die Kilikier scheint sich auszuzahlen

*

Der Winter ist ungewöhnlich kalt. Schwere Regen und Schneefälle zwingen beide Heere in ihren Lagern zu bleiben. Nach mehreren Wochen zermürbender gegenseitiger Belagerung erreicht eine unerwartete Nachricht das römische Lager:

Heutiger Tag, früher Abend.
Thraker lässt Großteil der Frauen
und Kinder zum Meer marschieren.
Begleitung: vier Legionen.

Wieder sind es die Kilikier, die ihnen zum Vorteil verhelfen, diesmal durch eine Nachricht. Von einer hohen Summe ist die

Rede, auch müssen die Kilikier dem Thraker Geiseln überlassen. Crassus berät sich kurz mit seinen Offizieren. Das Piratengesindel arbeitet nach beiden Seiten, dies war zu erwarten. So gibt es nur wenig Zweifel am Bericht der Späher, auch sprechen sie von großen Truppenbewegungen. Schnell sind sie sich einig, dass es sich hier um eine Verzweiflungstat handeln muss, wenn der Thraker trotz der Gefahren versucht, seine Leute den Kilikiern zu übergeben.

Crassus lässt das Heer sich formieren und in Eilmärschen ziehen sie unter Sturm und Hagel zum Mons-Garganus.

Ein furchtbares Morden beginnt. Crassus, wissend um die Umstände des Gegners, will heute die Entscheidung. Unnachgiebig treibt er seine Legionen, trotz der Gefahren durch das Unwetter, in die Schlacht. Der Sieg scheint greifbar nah, als plötzlich ein weiterer Gegner im Rücken erscheint.

Die vier Legionen, die zum Meer marschiert waren, sind zurückgekehrt, umsichtig genug, nicht den selben Weg zu nehmen. Erbittert dauert das Gefecht an, doch die einbrechende Dunkelheit zwingt die beiden Heere auseinander. Wenn es auch keine Niederlage ist, so sind die Verluste aufseiten der Aufständischen gewaltig und viele sind in römische Gefangenschaft geraten.

Um Mitternacht kehren die ersten Spähtrupps zurück und überbringen die Nachricht, dass an Toten viertausend gezählt wurden und etwa doppelt so viele Verwundete.

Aufseiten der Sklaven aber zwölftausend Tote. Ein großer Sieg, wenn auch einige Tausend aus den eigenen Reihen zu Gefangenen wurden. Mit keiner Miene verrät Crassus seine Freude über diese Nachricht. »Wie geht es dem jungen Cato?«, fragt er kurz, da dieser sich nicht eingefunden hat.

»Er ist einer der Gefangenen«, antwortet der Legat.

»Bist du sicher?«

»Ja. Wir haben mit ein paar Männern gesprochen, die gesehen haben wie er in die Hände der Aufständischen fiel.«

Tags darauf schickt Crassus zwei Boten nach Rom mit der Bitte an den Senat, ihm den Quästor Skrofa zur Seite zu stellen. Dieser soll mindestens drei Legionen ausheben und mit ihnen nach Süden ziehen, in die Nähe von Nuceria und dort bleiben, bis er Nachricht von ihm erhält.

Er versucht erneut Kontakt zu den Kilikiern aufzunehmen, ob der plötzlichen Umkehr der Aufständischen die zum Meer marschiert waren, kann aber nur Ungenaues erfahren. Doch ist dies kein Grund zur Besorgnis, denn außer dem Sieg brachten die letzten Ereignisse etwas zum Vorschein, was weder er, noch seine Offiziere, bisher beachtet haben: Frauen und Kinder wollte der Thraker den Kilikiern übergeben. Er führt Frauen und Kinder mit sich, ein Nachteil, den sie von nun an ausnutzen werden.

*

Cato öffnet die Augen, versucht den Kopf zu heben, doch er schmerzt zu sehr. Er blickt sich um. Ein paar Fackeln erhellen den Raum. Dann hört er ein paar schlagende Geräusche, wie von einer Zeltplane. Ein Zelt also, er liegt in einem Zelt. Mühsam dreht er den Kopf zur Seite. Da beugt sich ein Gesicht über ihn, Mirßa. Er möchte etwas sagen, doch sie legt ihm behutsam die Hand auf den Mund, dann gibt sie ihm zu trinken.

»Du hast eine Wunde am Kopf«, sagt sie, »und dein Bein ist gebrochen, wir haben es geschient. Du bist einer unserer Gefangenen, aber du hast nichts zu befürchten, man wird dich eintauschen. Wahrscheinlich schon morgen Nacht.«

Cato legt sich zurück, fühlt sich elend und schwach. »Wie hast du mich gefunden«, bringt er dann doch aus seinem Mund.

»Als sie dich gefangen nahmen, fragten sie dich nach deinem Namen. Du erinnerst dich vielleicht nicht mehr. Und es gibt die anderen Gefangen aus Crassus Heer. Man zwang sie Auskunft zu geben, ich weiß darüber zu wenig. Aber unsere Herolde gingen irgendwann durch unser Lager und fragten nach Geflohenen aus eurem Haus, dem Haus der Sargen, so fanden sie mich.«

»Sind wir hier in euerem Lager?«

»Ja, wir sind südlich des Mons-Garganus. Crassus ist nur einen Tagesmarsch entfernt. Aber es regnet und stürmt seit Tagen.«

»Südlich des Mons-Garganus«, wiederholt Cato lautlos, immer wieder, als müsse er den Sinn erraten. Er legt den Kopf zur Seite und betrachtet Mirßa. Vor ein paar Monaten empfing sie ihn als Sklavin im Haus seines Oheims. Sie war immer dort. Er kennt sie von klein auf. Heute erwacht er in einem Zelt, im Lager der Aufständischen, verwundet, und Mirßa versorgt seine Wunden. Ihr Gesicht, so vertraut und doch so fremd. Ihre Züge haben sich verändert. Das kindlich scheue Lächeln ist dem Gesicht einer Frau gewichen.

Sie stellt den Krug zur Seite und setzt sich neben ihm.

»Lange bevor du geflohen bist, versuchten sie über die Alpen zu entkommen«, sagt Cato.

»Ja.«

Was ist passiert?« fragt er sie.

»Sie hatten sie schon fast erreicht, aber eure Legionen – . sie mussten kämpfen, immer wieder. Sie haben sie besiegt, aber – die Vorräte waren dann aufgebraucht. In den Bergen wären die Kinder zuerst gestorben.«

Der Zelteingang öffnet sich und fünf Männer kommen herein. Alle von hohem Wuchs, mit schwarzen, schulterlangen, zerzausten Haaren. Sie tauschen ein paar Worte mit Mirßa, die er nicht versteht, und streifen ihn mit Blicken aus glühenden Augen. Augen gehetzter Tiere, getrieben von Furcht und Hass und Verzweiflung.

Diese Männer sind meinetwegen hier Er versucht diesen zu Gedanken wiederholen, zu halten, doch er vermischt sich mit der Erinnerung seiner Rückkehr aus Alexandria, an den Tag der Versteigerung, der Mann in Flavius' Haus, das 'Ich', wieviel Furcht, Hass, Verzweiflung kann es aufnehmen, fernhalten, aushalten. Er fühlt Hitze in den Schläfen, den Puls hämmern, glaubt den Puls plötzlich schneller werdend, wodurch sich das Gefühl der Hitze in den Schläfen verstärkt.

»Sie wissen von dir«, hört er dann wieder Mirßas Stimme, »auch, dass du Legat in Crassus' Heer bist. Sie wollen dir ein paar Fragen stellen, ich werde für dich übersetzen.«

»Ich will versuchen zu antworten, so gut ich kann.«

»Warum habt ihr uns nicht ziehen lassen, über die Alpen?«, fragt sie ihn.

»Das weiß ich nicht.«

Mirßa übersetzt kurz. Der Mann spricht erneut, leise, beinah flüsternd, abgehackt, sich mühsam beherrschend, mit der Stimme der Verzweifelten.

»Er möchte wissen, was du selber glaubst. Ihr musstet doch wissen, dass ihr uns damals nicht würdet besiegen können, dass wir dann wieder nach Süden ziehen müssen, – und doch habt ihr alles getan, um unsere Flucht über die Alpen zu verhindern.«

Cato hört ihr zu, hört ihre zitternde Stimme. *Doch was antworten?*, fragt er sich. *Ihr sagen, dass nicht sein kann, was nicht sein darf? Ihr sagen, dass Rom niemals zulassen wird, dasszehntausende Sklaven ihre Freiheit erlangen, weil sie römische Legionen niederwerfen?* »Es ist Politik. Es ist der Senat, Intrigen und Ränkespiele um die Macht«, er überfliegt kurz seine Worte und fügt hinzu: »Ich fürchte, ich kann euch keine bessere Antwort geben. Ich bin nie Senator gewesen und war auch der Politik nie zugetan. Ich war lange Zeit in Alexandria und mit dem Studium der Philosophen …«, *Was rede ich…was ist los mit dir?*, und bricht ab.

Mirßa übersetzt und die Männer beraten sich kurz. Cato lauscht und versucht den Klang der Stimmen aufzunehmen, doch die donnernde Zeltplane verschluckt das Meiste. Plötzlich öffnet sich wieder der Zelteingang. Ein Bote späht kurz herein und übergibt eine Nachricht, so scheint es. Er versucht, sich etwas aufzurichten, um das Geschehen besser zu überblicken. Einer der Männer kommt näher. Zum ersten Mal kann er das Gesicht deutlich sehen, die Züge scheinen verhärtet. Der Blick gerade und durchdringend. Er spricht zu Mirßa, ohne den Blick von Cato zu nehmen.

»Ein Mann des Geistes«, übersetzt Mirßa, »und doch bist du im römischen Heer?«

Cato glaubt nicht, dass dies wirklich verwundert. Seine Reaktion auf die Frage wollen sie sehen, wollen sie lesen.

»Ich bin dort als Legat«, er blickt in die Gesichter und fühlt, dass dies nicht ausreicht. »Crassus gehört zu jenen, die wir Optimaten nennen. Sie sind Befürworter der Vorherrschaft des Adels. Ich gehöre zu den Popularen. Es ist wichtig für uns zu wissen, welche Entscheidungen er fällt, innerhalb und außerhalb des Heeres«, hier bricht er wieder ab, da er wieder bemerkt seine Sätze nicht mehr überblicken zu können. Das Zuhören, das Sprechen, - alles schwierig. Der Kopf schmerzt und das Bein schickt bei jeder Bewegung Wellen voller Schmerz durch seinen Körper.

»Glaubst du, dass Crassus mit uns verhandeln würde?«, fragt Mirßa, jedes Wort vorsichtig hervorbringend.

Cato streift die Runde und sieht die angespannten Gesichter. Da stehen sie, zweifellos die Anführer des Aufstandes, die Sieger in diesem über zwei Jahre andauernden Kampf mit römischen Legionen. Und wenn auch diese Siege ihnen völlig gleichgültig sein mögen, so muss diese Frage trotzdem schmerzen. Denn sie kann nur dazu führen, die ehemaligen Peiniger zu bitten. Er zögert, die Worte bleiben ihm in der Kehle stecken, sacht bewegt er den Kopf, ihre Frage verneinend. »Nein«, sagt er dann mit Bestimmtheit. »Crassus ist von Ehrgeiz zerfressen. Er ließ nichts unversucht, um das Kommando über die Truppen zu bekommen.« Er wartet, ob sich eine Frage anschließen wird, doch die Männer schweigen und warten ihrerseits, ob er weitersprechen wird.

»Wir könnten auch mit Schiffen das Land verlassen«, sagt Mirßa in die Stille hinein, als wolle sie diesen Moment auslöschen, damit er sein Unheil nicht gebäre. »Eine Stadt, kleiner als Neapel. Eine Stadt, die wir nicht Monate belagern müssen. Wir können den Kilikiern nicht trauen, sie wollen so wenig wie ihr, dass wir das Land verlassen. Sie würden uns verraten.«

»In Velia könntet ihr Schiffe finden, auch Männer, die sich auf den Schiffbau verstehen. Eine Stadt in Lucanien. an der Westküste, weit im Süden von Neapel.«

»Wir müssten wieder über den Apennin und Schiffe zu bauen braucht Zeit. Wir brauchen eine Stadt, mit einer Anzahl von Schiffen, die unser Heer fassen kann.«

»Ich, - ich weiß keine, - weiß keine, die das bieten könnte.«

Für Cato vergeht ein weiterer Tag als Gefangener, Mirßa versorgt ihn. Die Schmerzen lassen nach, doch rauben sie weiterhin den Schlaf. Am Tag an dem Mirßa ihn wissen lässt, dass der Austausch mit Crassus bevorsteht, hält er sie am Arm zurück und stellt ihr eine Frage, die ihn urplötzlich erfasst hat: »Warum lasst ihr mich gehen? Habt ihr keine Furcht, ich könnte erzählen von euren Plänen, euch Schiffe zu verschaffen? Warum habt ihr mich das wissen lassen?«

»Wir können die Suche nach einer solchen Stadt nicht im Lager verbreiten. Aber vor allem, - wir sind nicht mehr so stark wie am Anfang. Viele der Unsrigen gerieten in der letzten Schlacht in Gefangenschaft. Du bist den Römern sehr wichtig Sie waren bereit fünfhundert unserer Männer freizugeben. Und da, – haben wir natürlich, – ja gesagt. Hättest du eine Stadt genannt, würde es keinen Austausch geben«, etwas erschrocken über ihre Worte fügt sie hinzu: Morgen würde es keinen geben, aber bestimmt nach weiteren Tagen oder Wochen, wenn wir der Stadt nah wären. Ich muss gehen«, dann schlüpft sie durch den Zelteingang nach draußen, Cato bleibt allein zurück. Ein Knäuel aus Fragen und Möglichkeiten flutet sein Hirn. *Wie kann ich es verschweigen, den Austausch verschieben, nicht verschieben ... nach Rom gelangen ... mit Sargon reden....du kannst dich nicht auf ihre Seite stellen.*

*

Auf hölzernen Wagen werden die Gefangenen der letzten Schlacht nach Rom gebracht. Dort angekommen, werden sie aneinandergekettet, gleich, ob es Kinder, Frauen oder Männer sind. In einer langen Reihe werden sie durch Rom zum Marsfeldes geführt. Keine noch so grässliche Methode der Demütigung wird ausgelassen. Die Menge ist hysterisch. Nach Monaten der Angst, dunkel verdrängten Zweifeln, soll die Gewissheit wieder zurückkehren, soll alles überfluten, nichts übrig lassen, was rütteln könnte an der Haltung, dass jene dort die Sklaven und sie die Beherrschenden sind. Man will die römische Ordnung wieder fühlen. Fühlen, dass dies die Welt ist. Es wird nach ihnen getreten und gespuckt, Fäkalien werden über ihnen ausgeschüttet. Frauen werden begrapscht und befühlt an allen Regionen ihrer Körper, denn die zurückkehrende Gewissheit muss fühlbar, muss greifbar sein.

Angewidert wendet Sargon sich ab und geht die Straße hinunter. Cato ist in der letzten Schlacht verwundet worden, und geriet in Gefangenschaft, so die letzten Berichte. Er hofft auf Boten mit neuen Nachrichten, doch umsonst. So steigt er wieder auf den Wagen und kehrt zu seinem Haus zurück. Dort wird er bereits von einem ungebetenen Gast erwartet, Sertorius.

Sertorius fand es angebracht zugegen zu sein, wenn die Gefangen in Rom eintreffen. Außerdem Sargon aufzusuchen.

Wie dieser, hofft er auf Nachricht von Cato, doch weniger seine Gesundheit betreffend, als zu den Kampfhandlungen.

»Sertorius, – wie immer unangemeldet. Was führt dich zu mir?«

»Deine Gastfreundschaft ist nicht zu übertreffen!«

»Mein Weg führte über das Marsfeld, und der deine?«

»Auch!«, antwortet Sertorius kurz, fordernd. Wissend, dies wird nicht alles sein.

»Sprich weiter! Ist mir etwas entgangen!?«

»Möglich. Hast du dir die Augen verbunden und dich wie ein Blinder führen lassen?«

»Nein«, erwidert Sertorius, mit dem ihm eigenen, provozierenden Tonfall. »Doch ich habe nichts gesehen, was besondere Beachtung verdient hätte.«

»Das glaub ich dir«, antwortet Sargon mit borstiger Stimme.

»Ich sah Sklaven«, presst Sertorius hervor und geht einen Schritt auf ihn zu. »Sklaven, die sich erdreistet haben, gegen ihre Herren zum Schwert zu greifen, die von unseren Truppen besiegt und zurückgebracht wurden, um ihre gerechte Strafe zu erhalten. Was hast du gesehen?«

»Ich sah Männer und Frauen und Kinder«, antwortet Sargon, »aufs Schändlichste misshandelt.«

»Was ist das für ein Gerede, das du da von dir gibst. Ist nicht Cato, dein Neffe, geschult in Alexandria?«, kommt es wütend und doch gequält aus ihm heraus.

»So ist es.«

»Dann unterrichte mich jetzt. Wie heißt es in den Schriften des Aristoteles: ›Wo immer eines aus mehreren zusammengesetzt ist und ein gemeinsames entsteht, entweder aus kontinuierlichen oder getrennten Teilen da … ‹ «

Sertorius hält inne, weil Sargon, ihm ins Wort fallend, den Satz weiterspricht: » ›… da zeigt sich ein Herrschendes und ein Beherrschtes, und zwar findet sich dieses bei den beseelten Lebewesen auf Grund ihrer gesamten Natur. ‹ «

»Also bitte!«, spricht Sertorius fordernd weiter, »dann sind wir uns einig!«, und gibt sich wartend, um Sargon antworten zu lassen, doch nur kurz, nur formell. »Dies sind die Maximen unseres Staates, unseres Reiches«, spricht er dann auch schnell weiter, um jedes Wort, das sich in Sargons Mund doch noch bilden könnte, zu zuschütten. »Unsere gesamte Kultur basiert auf diesen Überlegungen. Es gibt keinen Grund, daran zu zweifeln und es wird auch keinen geben«, und verfällt wieder in wütendem Jähzorn, bereit zu zerquetschen, alles und jedes, wo immer es wagt Widerspruch zu erheben. »Alles ist zu tun, um zu verhindern, dass der Thraker mit seinem Sklavenhaufen, auf welche Weise auch immer, das Land verlässt. Unsere Legionen werden die zu Beherrschenden vernichten, es wird nichts übrig bleiben.«

»Weil sie Sklaven sind, Werkzeuge, beseelter Besitz?«

»Ganz recht, so ist es«, wütet Sertorius weiter. »Ich rate dir gut, Sargon, diese Formel wieder schnell zu lernen.«

Mit diesen Worten zwängt er sich in seinen Brustpanzer und verlässt das Haus ohne Abschied.

13. Kapitel
Zwölf Legionen

Tiefschwarze Nacht, Männer kommen ins Zelt. Sie legen Cato auf eine Bahre, während draußen eine große Gruppe aus Reitern und Fußtruppen wartet, der sie sich anschließen. Niemand spricht zu ihm, doch er ahnt den bevorstehenden Austausch. Nach Stunden kommen sich die feindlichen Truppen näher, sich gegenseitig umlagernd, umschleichend, jede Seite in Sorge, den Pfand zu verlieren. Cato fiebert, die Augen glühen, plötzlich glaubt er den Austausch gescheitert, glaubt sich auf dem Rückweg ins Lager der Aufständischen, dann wieder Wirrwarr. Endloses wogen zwischen fieberverzerrten Stimmen und Bildern. Endlich scheint die Hitze in seinem Körper zu schwinden. Er fühlt kühlen Morgenwind auf seinem Gesicht, öffnet die schweren Lider und folgt mit seinen Augen den Wolkenfetzen über ihm, bis er sich seiner Situation erinnert, doch Erinnerungen an den Moment des Austausches bleiben aus. Es gelingt ihm nicht, einen Blick über den Rand des Wagens zu werfen, doch legt sich seine Ungewissheit, als er den vertrauten Klang marschierender römischer Legionäre bemerkt.

*

Sargon geht den Flur entlang zum Speisesaal, um nach Cato zu sehen.

Die Wunden sind gut verheilt, er wird bald wieder aufbrechen. Als er den Saal betritt, entfernt ein Diener des

Hauses gerade die Mittagsspeise und er setzt sich zu ihm.

So verbringen sie eine Weile, ohne dass gesprochen wird, ein jeder froh über die Gesellschaft des anderen.

»Mirßa ist bei ihnen?«, fragt Sargon mit leiser, ruhiger Stimme.

»Ja. Es geht ihr gut, denke ich.« Cato spricht weiter, als er merkt, dass Sargon durch sein Schweigen ihn vorsichtig bittet, mehr zu sagen: »Sie schienen alle sehr verzweifelt. Sie wollten von mir wissen, warum wir sie nicht gehen ließen, als sie am Fuß der Alpen standen.«

»Und? Was hast du ihnen gesagt?«

»Ich? – Was hätte ich ihnen sagen sollen? Die Fragen kamen von fünf Männern, Mirßa übersetzte. Einer von ihnen könnte der Anführer gewesen sein, der Thraker, Spartacus. Ich bin nicht sicher. Ihr Hass auf uns, – sie schienen nicht ein noch aus zu wissen. Ich fürchtete mich davor, ihnen zu sagen, dass Rom niemals zulassen wird, dass Sklaven dieses Land verlassen, nachdem sie …«

»Ja – verstehe«, sagt Sargon.

»Mirßa sagte plötzlich, sie flehte beinah, sie könnten auch mit Schiffen das Land verlassen. Und ich habe geantwortet, dass sie in Velia Schiffe finden können, auch Seeleute, die sich auf den Schiffbau verstehen.« Er hält inne, weil die Ereignisse sich wieder und wieder in seinem Kopf wiederholen. Hofft dann auf ein paar Worte von seinem Oheim, doch Sargon schweigt, nur sein Mienenspiel, seine Körperhaltung, verrät angestrengtes Nachdenken.

»Crassus weiß davon nichts«, spricht er deshalb weiter. »Er war kurz bei mir, fragte nach meinem Befinden, doch von Velia sagte ich ihm nichts.«

Sargon hört aufmerksam zu. In sich zusammengesunken, antwortet er: »Cato, mein Lieber, du musst noch heute aufbrechen und zum Heer zurückkehren.«

»Er weiß es nicht und er muss es auch nie erfahren.«

»Er wird es wohl auch nie erfahren, nicht wirklich. Aber er wird erfahren, dass dem Thraker eine Stadt genannt wurde. Und dann? – Wer war es? Wer könnte es gewesen sein? Plötzlich einen Verräter nennen zu können, jemandem Schuld geben zu können, für das Versagen der Legionen, für die schmachvollen Niederlagen, daran kommt Crassus nicht vorbei, selbst wenn er wollte. Dies wird dann auch von anderen geschürt. Du warst im Lager der Aufständischen, es bietet sich an dich zu verdächtigen, es drängt sich auf. Sie werden uns alle verdächtigen, die Familie der Sargen. Dieser lang andauernde, schmachvolle Krieg gegen Sklaven, er rührt an den Säulen. Du verstehst?«

»Ja«, antwortet Cato und seine Stimme verrät seinen Widerwillen sich den Tatsachen zu beugen.

»Kannst du reiten?«, fragt er ihn dann. »Wird es schon wieder gehen, mit dem Bein?«

»Ja.«

»Sag es ihm sobald du wieder im Lager bist, warte nicht bis er zu dir kommt. Auf diese Weise kann er mit deinem vermeintlichen Verrat umgehen, als hättest du gehandelt in bedrohlicher Situation.«

Gegen Abend macht Cato sich bereit zum Aufbruch, Sargon begleitet ihn bis zum Tor. Ein Sklave des Hauses führt Catos Pferd heran.

»Nimm diesen Dolch, nimm schon!«, sagt Sargon, etwas strenger als sonst.

»Wozu?«

»Sollte dir etwas zustoßen, du dich auf dem Schlachtfeld wiederfinden, mit einer tödlichen Wunde, dann nimm den Dolch, warte nicht bis Geier und Schakale dich zu Tode fressen.«

Beide umarmen sich zum Abschied. »Mach dich jetzt auf den Weg. Und die Götter, wenn es sie gibt, sie mögen mit dir sein.«

*

Auf schlechten Wegen reitet Cato im Schutz einer Eskorte zurück zum römischen Heer. Die Centurios sind schweigsam, die Legionäre nicht minder. Auch er verspürt keinen Drang nach langatmigen Gesprächen. Wenn sie abends ihr Lager aufschlagen, zieht er sich meisst zurück. Hin und wieder kann er einen Gesprächsfaden auffangen. Von wechselvollen Kämpfen ist die Rede. Der Quästor Skrofa war irgendwann im Rücken der Aufständischen eingetroffen. Der Thraker richtete all seine Kräfte auf ihn, der Durchbruch wäre wohl auch geglückt, ›aber... eine Brücke... Skrofa hat sie einreißen lassen‹, so klang es, gleich nachdem er sie überquert hatte. Riskant für ihn selbst, doch wusste er Crassus in der Nähe. ›Der Thraker floh dann mit seinen Truppen Richtung Osten. Die Legionen setzten ihnen nach, trieben sie vor sich her‹, so sagte es einer. ›Dann endlich konnten sie gestellt werden, aber ...‹ *Wie es weiterging, werde ich im Lager erfahren*, denkt Cato. *Besiegt haben sie ihn nicht, so viel ist sicher*.

Mühsam geht es in den nächsten Tagen weiter, über die Pässe des Apennin. Sie reiten bis spät in die Nacht. Dann, endlich, auf dem Kamm eines Hügels stehend, erkennen sie in der Ferne das Lager, erhellt vom Schein der Fackeln.

Ein kurzer Wortwechsel mit den Wachen am dekumanischen Tor, während man sie passieren lässt. Das Lager selbst scheint trotz der späten Stunde noch lebendig. Schwerter werden geschliffen, Schilde ausgebessert, Zelte im Aufbau. Kleinere Abteilungen ziehen durch die Zeltstädte, von Centurios geführt, die ihre Anweisungen geben. Ermüdet von den Strapazen der letzten Tage, reitet Cato zur Zeltstadt der Offiziere. Auf der anderen Seite des Weges kommt ihm Drusus entgegen, er scheint in Eile. Cato ruft trotzdem nach ihm. Viele Gespräche hat er mit ihm geführt, seit er als Legat im römischen Heer dient, und Drusus ist allem sehr aufgeschlossen. Wenn Cato Fragen zu den letzten Geschehnissen oder dem weiteren Vorgehen hat, traut er ihm am meisten.

»Du bist in Eile, ich sehe es. Sag mir nur kurz, was geschehen ist. Die Eskorte sprach von schweren Kämpfen und Skrofa sei eingetroffen. Der Thraker floh mit seinem Heer nach Osten, mehr weiß ich nicht.«

»Sie flohen nach Osten, zurück in ihr Lager – dachten wir. Doch dann stellten wir sie im Bogen des Flusses. Du weißt, südlich des Mons-Garganus. So konnten wir unsere Überlegenheit an Zahl nicht ausnutzen. Natürlich kämpften wir gegen sie, aber sie entkamen über den Fluss, schnell, sehr schnell. Sie müssen Boote bei sich gehabt haben, auch Flöße.«

»Die Kilikier?«

»Nein, ich denke nicht. In ihrem Lager fanden wir Werkzeuge, auch halbfertige Gerüste.«

Cato fühlt einen eisigen Schauer, als Drusus von Booten spricht, denn er hört Mirßa's Stimme: ›wir könnten auch mit

Schiffen...‹, doch sagt er ihm nichts davon. Wenn er ihm auch vertraut, so ist Drusus doch durch und durch römischer Offizier. »Du teilst die Wachmannschaften ein?«, fragt Cato stattdessen.

»Ja.«

»Dann werde ich beruhigt schlafen können.«

»Das kannst du«, sagt Drusus darauf, während er sich den Helm aufsetzt. »Sei unbesorgt. Zwölf Legionen liegen hier.«

Zwölf Legionen wiederholt Cato in Gedanken, *zwölf Legionen brauchen wir*.

*

Mit eiskalter Miene, ihn nicht ansehend, nimmt Crassus, Catos Bericht entgegen. »Ich könnte dich in Ketten legen lassen, nach deinem Verrat« und starrt ihn eine Weile an, ruft schließlich nach einem Centurio und gibt Befehl, sofort zwei Boten, in Begleitung von dreihundert Reitern nach Rom zu schicken, mit der Nachricht, unverzüglich Seeleute nach Velia zu entsenden, um die Schiffe aus dem Hafen zu ziehen.

»Was mit dir weiter geschehen wird«, wendet er sich wieder an Cato, mit düsterer Stimme, die vieles bedeuten kann: »Du bleibst im Lager!«

*

Die Versorgung der Truppen ist schwieriger, als Crassus angenommen hatte, doch dem Feind geht es schlechter, dessen ist er sicher. Wieder ertönt das Signal der Wachmannschaften, Reiter kehren von ihrem Spähtrupp zurück. Crassus begibt sich zusammen mit Skrofa zum prätorianischen Tor und bittet den Centurio zu sich. Mit knappen Worten teilt dieser ihm mit, dass die Aufständischen trotz des Schnees und der Kälte in Eilmärschen nach Südwesten ziehen. Crassus überlegt kurz, will sie erneut aussenden, doch heißt dann den Centurio sich zu entfernen. Noch einen weiteren Tag Ruhe will er seinen Legionen gönnen und dann dem Thraker hinterherziehen.

»Er wird keinen Umweg nehmen, sondern geradewegs nach Velia ziehen«, wendet er sich an Skrofa.

»Was wirst du tun«, fragt dieser nach kurzem Zögern, doch belanglos, ohne der Frage Gewicht beizumessen. Die Gewissheit um die Stärke ihrer Legionen ist mit dem Sieg gewachsen und damit die Zuversicht, das Sklavenheer endlich niederzuwerfen.

»Eine Stadt wie Velia können sie nicht an einem Tag einnehmen. Wir werden einen Trupp Reiter nach Velia schicken, sie sollten noch vor den Aufständischen dort ankommen. Sie werden den Stadtvätern übermitteln, dass wir im Rücken des Feindes folgen und Velia zu halten ist, bis wir eintreffen.«

»Allzu lang können wir sie nicht warten lassen.«

»Werden wir auch nicht, aber vier oder fünf Tage werden sie aushalten.

Vielleicht ist nicht einmal das nötig. Morgen wirst du dem Thraker hinterherziehen, du bekommst acht unserer Legionen. Setze ihm nach, störe die Nachhut, wenn du kannst, aber ich ersuche dich ausdrücklich, ihm keine Schlacht zu bieten. Ich

237

werde mit dem Rest unserer Truppen nach Nola ziehen und weitere Aushebungen vornehmen. Viele werden es nicht sein, aber die Verluste aus der letzten Schlacht werden sie ausgleichen. In vier Tagen werden wir wieder zu euch aufschließen. Der Thraker hat seinen Nimbus verloren und ich glaube nicht, dass er auf dem Weg nach Velia großen Zulauf haben wird. Wir sind ihm dann dreifach überlegen. In Velia wird es sich entscheiden.«

Er verabschiedet Skrofa und reitet durch das Lager, dicht gefolgt von seiner Leibgarde. Als er sich seinem Zelt nähert, wird er bereits von einem seiner Offiziere erwartet, in der Hand eine Papyrusrolle. Es ist Cinnas, einer von jenen, die schon unter Sulla zu seinem engeren Kreis gehörten.

Crassus wechselt einen kurzen Blick mit ihm und bedeutet dann der Leibgarde zurückzubleiben. »Also?«, fragt er ihn dann.

»Lies es! Gefunden bei Cato, deinem Legaten.«

Crassus folgt Cinnas' Hand zu einer markierten Stelle.

»Hier ist kein Platz für solche Geister!«, spricht Cinnas weiter, da Crassus ihm nur einen fragenden ärgerlichen Blick zuwirft.

»Gehen wir ins Zelt«, sagt Crassus darauf und winkt den Wachen den Eingang zu öffnen. Noch während sie hineingehen nimmt er ihm das Papyrus aus der Hand, wartet bis die Wachen den Eingang wieder schliessen und liest die Zeilen still für sich:

›Der Gott hat alle frei geschaffen. Niemanden hat die Natur zum Sklaven gemacht. Alkidamas von Elia.‹

»Alkidamas von Elia, Philosoph, lebte vor ca. 200 Jahren«, spricht er sodann an Cinnas gewandt und gibt ihm das Papyrus zurück.

» ›Denn das Gleiche ist mit dem Gleichen von Natur aus stammverwandt«,

ließt Cinnas weiter, wo Crassus abbrach,

»aber der Brauch, der Tyrann der Menschen, erzwingt vieles gegen die Natur.‹ «

»Hippias von Elis«, antwortet Crassus seinem fragenden Blick. »Lebte vor mehr als 300 Jahren.«

»Ich dachte mir, dass du selbst diesen kennen wirst. – Der Brauch, der Tyrann der Menschen? Reicht dir das nicht!? Reicht es nicht, um ihn, diesen Cato zu erkennen, als das was er ist!? Weißt du, wie wir Sulla bestattet haben oder deinen Vater? – Zwingt man jemanden wie dich vor Gericht, gibt es selbst dort Bräuche. Wie viele unserer Gesetze sind an Bräuche angelehnt oder bewahren diese? Das zu bewahren, dafür ziehen wir in die Schlacht...«

»Hör auf! Was willst du! Mich belehren!?«, faucht Crassus ihn an.

»Schick ihn weg!«

»Nein!«, sagt Crassus entschieden.

»Du willst ihn weiter als Legaten verwenden?«

»Er hat den Senat bisher tadellos unterrichtet und das wird er auch weiterhin tun.«

»Wie? Im Namen EINES Gottes, der alle frei geschaffen hat? Wir flehen DIE GÖTTER um Hilfe an, Zeus, Apollo, Mars …«

»Ach wirklich!?«, fährt Crassus ihn an und hat schon weitere Worte auf den Lippen doch hält sich zunächst zurück, lässt sich stattdessen ein feuchtes Tuch reichen und reibt sich den Staub aus dem Gesicht. »Ich halte diese Gedanken für ebenso gefährlich wie ihr alle. Sieh dir deine Legionäre an, und dann schau auf diesen Cato. Er ist jung, ein Philosoph, ein Idealist. Er wird den Senat weiterhin unterrichten und er wird dabei gewissenhafter und sorgfältiger sein als irgendjemand sonst. Und weißt du wieso? Weil er wissen will, wie viel Wahrheit in diesen Worten steckt, die er irgendwo jenseits des Weges gefunden hat. Und weil das so ist«, fährt Crassus fort, setzt dabei jedes Wort wie einen Schwerthieb, »wird er uns sagen, werden wir durch ihn erfahren, ob wir gesiegt haben.

»Du brauchst einen Philosophen, um zu wissen ob wir gesiegt... «.

»Wer erlaubt dir, so zu sprechen!? Mich so in Frage zu stellen!?«

»Du tust es. Immer schon.«

»Und? Hast du je unter einem Konsul gedient und Ähnliches erfahren? – Wie!?«, spricht Crassus weiter, doch hat sein Tonfall sich verändert, von harsch, wütend, zu sachlich, bedenklich. »Wie sollte ich wissen, um den Zustand unserer Truppen, um eure Loyalität, wenn ich dich nicht spreche ließe? Verstehst du jetzt? Wer könnte uns besser sagen als dieser Cato, ob wir gesiegt haben?«, und wird wieder energischer. »BE-SIEGT haben, was uns dort bekämpft. Der Thraker da draussen ist nicht irgendein Aufstand.« Crassus hält inne, erinnert sich plötzlich an seinen Streit mit Annaeus, vor mehr als sieben Monaten, wo er denselben Satz gebrauchte. Augenblicklich martert die Philosophie sein Hirn, martert ihn mit Fragen zur Bedeutung, dieser Wiederholung, flutet seinen Geist mit den Überlegungen vom Bewegtem und Unbewegtem, vom Schweren und Schwerelosem, mit jeweils verschiedenen Eigenschaften und so auch das Seiende, die Zustände des Seienden. *Mein Zustand*, denkt er *mein Zustand.* Mit einer abrupten Körperdrehung reisst er sich von den Gedanken los. »Und du willst, dass ich ihn wegschicke!?«, fährt er fort. »Warum!? Aus Furcht!? Furcht vor wem!? Vor was!? Mars und Apoll sind auf unserer Seite, Cinnas!? Oder doch nicht?! Darum geht es, in diesem Krieg, darum geht es. Und deshalb wird er bleiben!«

Cinnas ergreift kurzerhand seinen Helm und entfernt sich, mit üblicher Geste, doch wortlos. Am Zeltausgang dreht er sich noch einmal um. »Ist er es oder bist du es, der nach dieser Wahrheit gräbt?«

*

Während Skrofa dem Thraker hinterherzieht, erreicht Crassus die Stadt Nola. Schon nach kurzer Zeit stehen weitere Truppen zum Abmarsch bereit, denn er nötigte die Stadtväter zu Aushebungen, drohte ihnen mit schweren Repressalien, sollten sie in ihrer Treue zur römischen Mutter wankend werden.

*

Sklavenmädchen

Da liegen sie, die beiden Körper, immer noch zuckend vor Schmerz, nicht mehr fähig, selbst aufzustehen. Etwas abseits, zusammengekauert, immer wieder schluchzend, sitzt Tiberius. Oh bei allen Göttern, ich hab es nicht gewollt. Warum nur bin ich so gestraft? – Doch er wollte, wollte endlich wieder die Körper von Frauen berühren. Trunken von den sexuellen Vergnügungen der anderen glaubte er, dass es heute möglich sein würde, doch blieb alles schlaff an ihm. Aber seine Schuld sollte es nicht sein. Nein, seine Schuld war es nicht! Es lag an den Frauen, diesen jungen Frauen. Während sie sich an seinem Geschlecht mühten, sah er deutlich das Kichern in ihren Gesichtern. Es war ihre Schuld und wenn sie schuldig sind, müssen sie auch geschlagen werden! Seine Augen wandern wieder über die Wunden der nackt vor ihm liegenden Körper. Der Unterleib der zierlichen Frau scheint anzuschwellen. Endlich kommen zwei Diener des Hauses, und legen sie auf eine Bahre. Sie stellen Fragen, die Tiberius nicht beantwortet. Sitzend, regungslos lässt alles um sich herum teilnahmslos geschehen. Mochten sie fragen, er wird ihnen keine Antwort geben. *Was wissen diese Kreaturen schon*, denkt er bei sich. *Starrt mich nicht so unverfroren an, sonst seid ihr die Nächsten, die man auf die Bahre legt. Es sind Sklaven, Sklavenmädchen, wie man sie zu Hunderten täglich auf den Märkten verkauft.* Doch hier reist der Faden ab, an dem dieser Gedankenstrom sich entlanghangelte und ertrinkt im Gefühl aus Hass, Bitterkeit, und peinigender Scham vor sich selbst. Langsam, mit einem tiefen Seufzer, erhebt er sich und verlässt den Raum. Leicht vornübergebeugt bleibt er stehen und lehnt sich dabei an eine der Säulen, wieder mit einem tiefen Seufzer, denn das Gefühl aus... erkennt er nicht, nur lästiges Unbehagen, als sich plötzlich eine Hand an seinen Arm legt. Erschrocken blickt er in das Gesicht seines Verwalters.

»Ihr seht müde aus, Herr, ihr solltet euch ausruhen.«

»Ach, lass mich!«, unwillig stößt er die Hand zur Seite.

»Ich habe gute Nachrichten über die Heeresbewegungen des Crassus. Er hat die Sklaven nach Süden gedrängt, nahe der Stadt Velia. Wir könnten noch heute zu eurem Landsitz in Lucania aufbrechen. Nach so langer Zeit wäre dies sicher eine willkommene Erholung.« Zweifelnd blickt Tiberius seinen Verwalter an, doch seine Augen leuchten schon, ob der freudigen Erwartung.

»Crassus hat sie schon einmal entscheidend geschwächt, am Mons-Garganus, wie Ihr euch erinnern werdet. Und er hat sein Heer noch verstärken können, es besteht kein Grund zur Sorge.«

»Ja, gewiss. Du hast recht«, antwortet Tiberius mit sanftem Ton und ein Zittern läuft durch seinen Körper. »Sag unseren Leuten, sie sollen alles vorbereiten.«

Voller Sehnsucht nach dem einzigen Ort, an dem seine körperlichen Begierden Labsal erfahren, macht sich er sich mit seinem Gefolge auf den Weg und denkt dabei an seine ›Fischlein‹.

*

Skrofa

Schon wenige Tage nach der Trennung vom Hauptheer hat Skrofa mit seinen acht Legionen die Aufständischen auf ihrem Weg nach Süden eingeholt, und erschwert auf verschiedene Weise deren Vormarsch, wie von Crassus befohlen. Immer wieder greift er die Nachhut an und erzielt dabei leichte Erfolge. Gefangene lässt er an den Bäumen längs der Straßen kreuzigen.

Als sie in die Nähe des Flusses Casuentus kommen, dessen Ufer überflutet sind, und so ein Weiterkommen der

Aufständischen verhindert, bedrängen die Offiziere ihren Quästor die Gelegenheit zu nutzen, sie nun endgültig gegen den Thraker zu führen und versprechen im Namen der Legionen einen glänzenden Sieg zu erringen. Skrofa zögert, gibt dem Drängen schließlich nach und heißt die Truppen zur Schlachtordnung. Doch nach einer Stunde bereut er es. Denn seine Truppen, eben noch die Schlacht fordernd, wenden sich zur Flucht, in wilder Panik, Schilde und Schwerter von sich werfend, nicht imstande, der verwundeten, jähzornigen Bestie entgegenzutreten, die sich ihnen plötzlich entgegenstellt, um mit aller Wut und Verzweiflung ihre Verfolger zu zerreisen. Skrofa schickt Crassus seine Boten, damit dieser ihm zu Hilfe komme, und versucht vergeblich die Fliehenden aufzuhalten. Als Crassus sein demoralisiertes Heer erreicht und von der schmachvollen Flucht seiner Legionäre erfährt, entschließt er sich wutentbrannt zu einer der grausamsten Strafen im römischen Heereswesen. Noch am selben Abend verkündet er den Befehlshabern seiner Legionen seine Entscheidung:

»Hört mich an. Die letzte Schlacht wurde verloren, weil unsere Legionäre von der Tugend der Tapferkeit verlassen, von Feigheit aber befallen waren. Auch in früheren Tagen kam es zu dieser Krankheit und unsere Vorväter sahen sich gezwungen, im Namen Roms zu einem heilsamen Mittel zu greifen. Und so ordne ich hiermit eine Dezimation an; den Tod eines jeden zehnten Kämpfers. Das Los wird die Entscheidung treffen.«

»Crassus, das darfst du nicht«, bedrängen sie ihn sofort, mit haltlosem Entsetzen, kaum dass er geendet hat. »Schon seit mehr als hundert Jahren hat es keine Dezimation mehr gegeben, nicht einmal Sulla hat zu diesem barbarischen Mittel gegriffen.«

»Bei allen Göttern!? Wollt ihr mir sagen, was mir erlaubt ist!?«, herrscht er sie wütend an. »Der Senat gab mir alle Vollmachten, und so wie ich sage, wird es geschehen!«

Auch Skrofa bedrängt ihn, fleht beinah, nicht im Zorn eine so grausame Strafe zu verhängen, da auch viele Patrizier in jenen Reihen kämpften, doch Crassus ist durch kein noch so flehentliches Bitten von seinem Vorhaben abzubringen. Während sich die versprengten Truppen allmählich wieder dem Heer anschließen, eilt die Kunde der Dezimation nach Rom. Der Adel ist aufgebracht, doch der Senat hält sich bedeckt und hat nicht vor sich einzumischen. »Wenn er die Leute damit wieder zur Zucht bringt ...«, lautet die einzige verbale Äußerung, bevor er sich gänzlich vor dem Adel und der Öffentlichkeit verschliesst.

Der Adel wähnt die nächsten Verwandten in den Reihen der Verurteilten. In ihrer Verzweiflung brechen viele trotz der Gefahren noch am selben Tag auf, um dem barbarischen Akt Einhalt zu gebieten.

Als Crassus davon erfährt, lässt er in aller Eile die nötigen Maßnahmen ergreifen, um das Urteil zu vollstrecken und schickt eine Kohorte, den Adel notfalls gewaltsam abzufangen und ihn zu mahnen, nicht durch sein ungeschicktes Verhalten vor aller Welt auszustellen, zu welch schändlichen Maßnahmen man genötigt sei. Dann lässt er das Zentrum des Lagers herrichten, damit die Vollstreckung für alle sichtbar werde. Fünfhundert Mann, jene, die am schändlichsten flohen, werden herbeigeführt. In fünfzig Abteilungen zu je zehn geteilt. Wen das Los trifft, wird mit Ruten bis aufs Fleisch gezüchtigt und hingerichtet.

*

In Velia wird es keine Schiffe mehr geben, so treibt der Thraker sein Heer im Gewaltmarsch weiter nach Süden. Crassus folgt ihm unerbittlich. An den Hängen des Apennin ist das Gelände häufig abschüssig, die Nächte kalt und regnerisch, die Straßen unterspült oder von Schlamm überzogen. Immer wieder kommt es zu Gefechten mit der Nachhut. Doch Crassus' Legionen ertragen die Strapazen nach der vollzogenen Dezimation ohne Widerspruch.

Nach Wochen zäher Verfolgung, scheint endlich eine Gelegenheit den Thraker zu stellen.

»Vergebung, Konsul, ich würde nie wagen unerlaubt einzutreten, doch unsere Späher berichten, dass bei der Überquerung des Flusses die Brücken plötzlich von den Wassermassen mitgerissen wurden, ein Teil des Sklavenheeres musste zurückbleiben.«

Crassus zögert nicht, unverzüglich heisst er die Truppen sich zu sammeln, führt sie durch das Tal und drängt sie in die Schlacht. Als es endlich gelingt das Heer der Aufständischen zu umzingeln, melden die Posaunen das Herannahen eines neuen Feindes. Schneller als erwartet, hat der Thraker seine Leute zurück über den Fluss geführt, um den Seinen zu helfen.

Crassus blickt nach Westen. Tief steht die Sonne. Lange Schatten unter rötlichem Horizont, auf dem plötzlich eine schwarze, flimmernde Linie erscheint.

In lang gezogener Schlachtlinie, mit der Geschwindigkeit hungriger Wölfe, stürmen die feindlichen Truppen heran.

Eilig zieht Crassus seine Legionen zusammen und kehrt sie dem Feind zu, die Front verlängernd, um nicht selbst eingeschlossen zu werden.

Schon scheint alle Taktik, alles Kalkül umsonst, furchtbar prallen die beiden Heere aufeinander.

Crassus gibt die ersten beiden Legionen auf, doch anders als in früheren Schlachten bewahrt er Ruhe. Seine zahlenmäßige Überlegenheit gibt ihm Sicherheit. Kühl lässt er die hinteren Legionen sich formieren und verlängert noch einmal die Schlachtlinie, wissend, der Thraker kann dem nichts entgegensetzen. Wieder ist es die einbrechende Dunkelheit, die die beiden Heere auseinander zwingt.

14. Kapitel
Verhandlungen

Mehr als ein Jahr ist vergangen, seit Crassus die römischen Legionen gegen den Thraker führt. Fünf Mal hat er in dieser Zeit gegen ihn gekämpft, ohne dem Krieg eine Wende geben zu können. Eindringlich seine Rede vor den Senatoren. Sechs Wochen, höchstens drei Monate, länger würde er, Crassus, nicht brauchen, um das ›Sklavenpack‹ aufzureiben. Eine Reihe von Forderungen hatte er dem Senat auferlegt, bevor er zustimmte den Oberbefehl über die Truppen anzunehmen. Seine Bedingungen wurden akzeptiert, aber sein eigentliches Ziel, sich endlich mit dem

Lorbeerkranz des Feldherren zu bekränzen und einem Pompeius gleich unter dem Jubel der Massen in Rom einzuziehen, ist gescheitert. Egal wie der Krieg ausgehen wird, in den Augen der Römer wird es zu lange gedauert haben, um eine Sklavenarmee niederzuwerfen.

*

sechstausendachthundert

Sertorius bleibt allein zurück. Umständlich rollt er den Bericht des Boten zusammen. Ein Bericht geschrieben von Cato. *Von Cato*, denkt Sertorius, *geschult in Alexandria, wie kann er so schreiben... unsere Legionen, unbesiegt im ganzen Reich, kämpfen seit fast drei Jahren gegen das Pack... im eigenen Land...es ist doch nur Pack... welch Schmach, welch Schande...*

Er rollt den Bericht wieder auf, um nochmal zu lesen. Und liest, still vor sich hin. Verschiebt das Papyrus, dreht es, als suche er in den Zeilen nach weiteren Zeilen, in den Zeilen nach Verstecktem. Hoffend auf Wörter, die, Inhalt oder Aussage, ändern:

...in der letzten Schlacht, auf Seiten der Sklaven, zwei von sechstausendachthundert im Rücken verwundet, alle anderen starben ihr Gesicht dem Feind zugewandt

Wie lange noch?, fragt er sich. *Wie lange noch wird der Thraker sich halten? Werden ihm wieder neue Sklaven zulaufen?... die Kilikier, werden sie ihm wieder Waffen liefern? Wieso gelingt es Crassus nicht, den Aufstand niederzuschlagen?* Endlos quälende Fragen, die den Tag knebeln, die Wochen und die Monate.

*

wir kämpfen

Als Cato an diesem Morgen das Zelt verlässt, sieht er eine Gruppe von Reitern am prätorianischen Tor das Lager verlassen, der Anzahl nach mindestens eine Kohorte. An Helm und Rüstung erkennt er einen Centurio, der eben aus einem der gegenüberliegen Zelte heraustritt. »Sie wollen mit dem Aufständischen verhandeln, mehr weiß ich nicht.« Cato schwingt sich auf sein Pferd und reitet durch das Lager.

Er kann eben noch Drusus aufhalten, der eilig versucht aufzuschließen. »Der Senat trägt sich mit dem Gedanken, Lucullus oder Pompeius herbeizurufen. Falls dies geschieht und sie in die Kämpfe eingreifen, wird man die Zerschlagung des Sklavenheeres ihnen zuschreiben. Crassus fürchtet, um den Sieg gebracht zu werden.«

»Und nun will er verhandeln?«, fragt Cato. »Worüber? Was will er ihnen denn anbieten?«

»Ich weiß es nicht. Ich muss weiter«, antwortet Drusus und drückt dem Pferd die Sporen in die Seiten.

*

In der Ferne, inmitten des ausgedörrten Landstrichs, zeichnet sich eine neblige, dunstige Wolke ab. Für eine Gruppe von Römern, angeführt von Crassus, scheint sie zunächst still zu stehen. Doch nach einer Weile gibt es keinen Zweifel. Auffliegender, staubiger Sand, aufgewirbelt von den Reitern der Aufständischen, unter ihnen der Thraker Spartakus, mit dem ein Treffen vereinbart wurde.

Crassus reitet mit seinen Männern bis zur Mitte einer flachen Erhebung, die sich durch ihren kahlen, gelben Sandboden abhebt von der übrigen Trostlosigkeit und nach allen Seiten gut zu überblicken ist.

Er heißt die Centurionen zu einer Linie aus zwei Reihen aufzuschließen. Dann befiehlt er die Älteren, darunter Cinnas, nach vorn, die Jüngeren wie Drusus, in die zweite Reihe. Schnell wendet er sich wieder nach vorn, um sein Schaudern zu verbergen, denn das Bild des jungen Drusus, der gebannt nach vorn schaut, bleibt in ihm stehen.

Die feindlichen Reiter kommen näher, Crassus schätzt sie auf acht oder zehn. Eine Senke entzieht die Sicht, wieder bleibt den Römern nur der aufgewirbelte, staubige Sand.

Angespannt starren sie auf den Grat vor ihnen, auf dem die Schar der feindlichen Reiter jeden Moment erscheinen muss, ihre Gesichter werden dann zu erkennen sein.

Crassus fühlt seinen Puls bis an die Schläfen. Endlich wird er den Thraker, den Anführer zu Gesicht bekommen. Er will sehen, will endlich wissen, ob an diesem Menschen etwas zu bemerken ist, ein Hinweis, ein Mal, ein Irgend-Etwas, wodurch er sich von anderen Sklaven unterscheidet. Dies, so hofft er, würde aufwüllenden Fragen, rastloses Durchdenken des Geschehens beenden.

In gemessenem Abstand, zu einer Linie aufschließend, halten die feindlichen Reiter vor ihm und seinen Begleitern. Crassus legt sich auf den Mann in der Mitte fest, weil es die übliche Formation wäre und nur dieser in trakischer Rüstung erscheint. Er mustert die äußere Erscheinung. Dunkles Haar zeigt sich an den Seiten des Helms, der eine hohe Stirn zu verbergen scheint. Narben bedecken die muskulösen, langen Arme. Dann sucht er den Blick des anderen zu fassen. Der Thraker scheint ihn anzusehen und gleichzeitig durch ihn hindurch. Crassus hebt die rechte Hand zum Gruß: »Ich grüße den Anführer der tapferen Gladiatorenarmee.« Überrascht, tief die kalte Luft einsaugend, beobachtet Drusus das Geschehen. Crassus, oberster Feldherr der Republik, grüßt den Thraker zuerst. Angespannt ruht sein Blick auf der Reiterschar, wartend auf deren Reaktion. Als diese nicht antworten, hält

Drusus dieses Unternehmen bereits für gescheitert. Niemals zuvor hat es Verhandlungen zwischen Heerführern römischer Legionen und aufsässigen, entflohenen Sklaven gegeben. Die besonderen Umstände, der über zwei Jahre andauernde Siegeszug dieses Thrakers und der beinah kranke Ehrgeiz seines Feldherrn, haben dieses Treffen zustande kommen lassen. Dann stockt ihm erneut der Atem. Der Mann zur Linken des Thrakers übersetzt den Gruß in eine Sprache, die ihm fremd ist. Drusus wirft den Kopf nach rechts, nur für einen Moment, um in den Gesichtern der anderen zu lesen. Mit übermäßiger Disziplin ihre Verunsicherung verbergend, betrachten sie den Feind. Doch ihre erstarrte Haltung lässt keinen Zweifel. Wieder hört er diesen fremden Akzent, der Mann zur Linken erwidert den Gruß.

Wie bringt er es fertig, dass seine Männer so erbittert, so entschlossen und tapfer gegen uns kämpfen? Seit fast drei Jahren uns im eigenen Land ein ums andere Mal besiegen, wenn er nicht einmal ihre Sprache spricht. Als Knabe lauschte er oft den Berichten des Krieges, immer war die Rede von Feldherren, die ihre Männer anfeuerten, zu ihnen sprachen, ihnen Mut machten und zu einer eingeschworenen Gemeinschaft formten, seine Suche danach war vergeblich. Das römische Heerwesen ist eine bis ins Detail straff organisierte Maschinerie, in der kein Platz ist für Feldherren–Soldaten-Kriegsromantik. Doch dort, ihm gegenüber, steht der Thraker, Anführer eines Heeres entlaufener Sklaven und Gladiatoren, das all dies in sich zu vereinen scheint. Drusus erwacht aus seinen Grübeleien, wieder hört er die Stimme des Übersetzers. Er bittet darum, man möge sie ziehen lassen, zu einer Stadt an der Westküste, mit ausreichender Anzahl von Schiffen, um dann in ihre Länder zurückzukehren.

»Marcus Licinius Crassus, oberster Feldherr der Republik, spricht zu dir!«, fällt Crassus dem Übersetzer mit harter Stimme ins Wort. »Im Namen des römischen Senats unterbreite ich dir folgendes Angebot. Du und Hundert deiner Männer, die Wahl triffst du selbst, erhalten die Freiheit, der Rest ergibt sich auf Gnade oder Ungnade dem Senat.«

Wieder sucht er den Blick des Thrakers, während dieser zu dem Mann an seiner Linken spricht und ihn übersetzen lässt.

Drusus betrachtet die Gesichtszüge des Übersetzers. Gleichmäßig verlaufen sie über Stirn, Nase und Kinn. Fleischige Wangen, darüber dunkle Augen, tief in ihren Höhlen. Die Aussprache fällt ihm auf. Mag sie einen fremden Akzent haben, doch dies ist der Klang des Philosophen, des Denkers.

»Wir waren Sklaven, weil Ihr uns dazu machtet, nicht weil wir es sind«, spricht der Übersetyer weiter.

»Ihr seid Sklaven und werdet es bleiben und auf dem Schlachtfeld untergehen«, erwiedert Crassus. Der Übersetzer gibt Crassus Worte weiter, ohne den Blick von ihm zu nehmen. Dann verstummt er, angespannte Stille jetzt. Regungslos betrachten beide Seiten einander.

»Uns kümmert eure Geisteshaltung zur Sklaverei nur soweit«, spricht der Übersetzter plötzlich weiter, »als dass sie zu den Gründen zählt, weswegen du heute hier bist. Du wärst nicht gekommen, um mit Sklaven zu verhandeln, wenn nicht Pompejus vom Senat gebeten wäre – dir zu helfen.«

Crassus greift fester in die Zügel seines Pferdes, er spürt augenblicklich die Erstarrung seiner Männer. *Wie können sie davon wissen*, denkt er. Und schlimmer noch, der Übersetzer, ein Sklave, geht mit seiner Antwort über die Zurechtweisung eines Konsuls hinweg, ohne dass er, Crassus, eine Möglichkeit hat ihn zu strafen, wie es üblich wäre, wie es nötig wäre. Die ganze vertraute Welt scheint hier am ende. Niemals hätte er sich auf eine Verhandlung einlassen sollen. Sargons Fragen zu Aristoteles gehen ihm durch den Kopf. Es darf nicht sein, das alles hier, darf nicht sein. Er sucht nach Worten, er muss antworten, muss eingehen auf den Einwand und muss es doch vermeiden. Tut er es nicht, hebt er die Sklaven endgültig auf Augenhöhe, unter den Augen seiner Offiziere. Doch sollte alles scheitern, so wird er der Verhandlung seinen Willen aufzwingen, dafür hat er gesorgt. »Euer Untergang ist besiegelt«, erwidert er scharf. »Eure Versorgung ist zusammengebrochen, es wird keine Schiffe geben, wir haben die besseren Waffen. Denkt über mein Angebot nach.«

»Du kannst nicht mehr gewinnen«, antwortet der Übersetzer, ohne dem Thraker Crassus' Worte zukommen zu lassen, ohne sich an ihn zu wenden und sei es nur, um sich mit ihm zu beraten. Crassus möchte eingreifen, doch fürchtet ins Leere zu reden und damit die Verhandlung vollends zu seiner Niederlage zu machen.

»Das Sklavendasein ist eine erzwungene Lebensform«, spricht der Übersetzer weiter, »keine Form aus sich selbst heraus. Indem wir euch bekämpfen und besiegen, bringen wir diese Wahrheit ans Licht. Wenn wir uns ergeben, sind wir schon heute tot.«

»Das glaubst nur du selbst und auch das bezweifle ich. Die Wahrheit, von der du sprichst, geht mit euch unter, so viel ist gewiss.« Dann zeigt er mit dem Arm auf den Thraker. »Du da, ich biete es noch einmal an: Ergib dich und Hundert deiner Männer sind frei. Der Rest bleibt unserer Gnade überlassen.«

Mit einer Gebärde der Verzweiflung, greift der Thraker in die Zügel seines Pferdes und Crassus weidet sich an dem Gefühlsausbruch. Alle Unsicherheit, alle Verwirrungen in ihm werden überschwemmt vom Gefühl der Überlegenheit und Stärke.

»Wir kämpfen«, lautet dann die Antwort an ihn. Noch ehe er etwas erwidern kann, wenden sie ihre Pferde um sich zu entfernen, doch plötzlich ertönen Posaunen, Crassus gab ihnen das vereinbarte Zeichen. Im Nu erscheint die römische Kavallerie im Rücken des Thrakers und seiner Begleiter.

Angespannt, beinah zitternd, durch das Nachbeben seiner jüngsten Erbauung, wartet Crassus auf den nächsten Schritt des Thraker, lechzt auf seine nächste Reaktion, als hätte die Vorherige Teile seines Wesens zu neuem Leben erweckt, die gierig ihren Durst vermelden.

Die Kavallerie rückt näher, doch die Gruppe um den Thraker verharrt in wartender Stellung. Plötzlich hält die römische Kavallerie inne und jäh fährt es Crassus durch die Glieder. Er wendet den Kopf und blickt auf eine lang gezogene Linie feindlicher Reiter hinter ihnen. Seine Offiziere, seine Legaten, jeden wird er fragen, wie das geschehen konnte. Doch was nützt es, er wird ihn ziehen lassen müssen.

*

Crassus folgt dem Thraker nach südwesten in das felsige Land der Bruttier. Mühsam, gezeichnet von den Strapazen des Feldzuges, schleppen sich die Legionen über lehmklebende Wege und steinige Pässe. Die Versorgung ist schlecht, Regen und Kälte tun ihr Übriges. Dichte Nebelschwaden liegen an diesem Morgen über der Landschaft, als die Vorhut einen besonderen Fund entdeckt. Crassus, in Begleitung seiner Leibgarde, lässt sich zu der bezeichneten Stelle führen und heißt sie dann zurückzubleiben. Abseits der Wegstrecke, einen sanften Hügel hinauf, zwischen Bäumen und Strauchwerk, liegen mehrere Gräber, die Erde noch frisch, die Tafeln mit Inschriften versehen. Auf einer lesen sie:

HIER RUHT UNSERE GELIEBTE MUTTER
UND MEIN GELIEBTES WEIB
IN LIEBEVOLLER ERINNERUNG
AN DEINE TRÖSTENDEN HÄNDE,
DEINE HINGEBUNGSVOLLE ZUNEIGUNG
ZU DEN DEINEN, NEHMEN WIR ABSCHIED
VON DIR.

»Wie viele dieser Gräber habt ihr finden können?«
»An die vierzig bis fünfzig Gräber, Herr«, antwortet einer der Männer.
»Mit Tafeln versehen?«
»Ja. Alle mit Tafeln und Inschriften. Worte der Trauer und des Abschiednehmens.«
Crassus geht ein paar Schritte. Strauchwerk zur Seite drückend, betrachtet er weitere Tafeln. »Es ist kein Zufall«, sagt er

schließlich zu seinen Männern, »dass sie gerade hier begraben sind. Seht nur, wie mystisch dieses kleine Gehölz in der Landschaft liegt.« Er spürt das Unbehagen seiner Männer. Die römische Götterwelt lässt viel Platz für Aberglaube.

»Lasst alle Tafeln von den Gräbern entfernen«, befiehlt er trotzdem, »und nehmt auch die Steine herunter.«

»Konsul, wir sollten die Ruhe der Toten nicht stören.«

»Mein lieber Skrofa, du bist doch nicht abergläubisch? Wisse, ich bin es nicht. Die Toten sind tot, aber die Welt ist römisch und das wird sie bleiben. Hier ist kein Platz für den Totenkult von Sklaven.«

Sein Pferd wird herangeführt. Ärgerlich weist er die helfenden Hände zurück und hebt sich mühsam in den Sattel. Dann spricht er noch einmal zu Skrofa: »Vor allem bedenke, worüber diese Gräber nach Jahren noch Zeugnis ablegen. Es gibt Menschen und es gibt Sklaven! Doch diese Gräber sagen etwas anderes.«

*

Wieder hat er gegen ihn gekämpft, und wenn die Verluste seines Heeres auch geringer sind, so hat er ihn doch nicht besiegen können. Mit Kräften, mit Wollen, nie konstant verfügbar, war es den Aufständischen gelungen, der drohenden Umklammerung zu entkommen und ins bergige Hinterland zu fliehen. Ungefähr so, denkt Crassus, werden sie auch bei ihrem Ausbruch in Capua gekämpft haben, mit derselben wilden Entschlossenheit. Vielleicht denkt ›er‹ auch gerade daran.

Doch diesmal soll es ihnen nichts nützen, denn Bruttium misst in der Mitte nur vierzig Meilen, vom Nord zum Südufer. Und eben dort, wird er, Crassus, einen Graben ausheben und einen überdimensionalen Wall errichten lassen, um sie endgültig einzukesseln. Mögen sie hoffen von Rhegium nach Sizilien überzusetzen, umsonst. Denn er hat die Sizilianer bereits gewarnt, die Rhegini ebenso, Ihnen befohlen Anlandungen abzuweisen, Schiffe aus den Häfen zu schaffen, Wachmanschaften zu verstärken. An alles hat er gedacht, alle Wege geschlossen, alle Optionen verriegelt, nur eine Frage der Zeit, bis der Thraker sich ihm stellen muss.

Er reitet entlang einer Strecke, an der die Arbeiten schon begonnen haben. Wieder winden sich seine Gedanken um die letzten Minuten der Schlacht. Siegessicher erwartete er mit seinen Befehlshabern das Ende des Krieges. Aber der Thraker kämpfte selbst, weit vorne, und seine Truppen folgten ihm, als würden sie den Tod nicht kennen, führten taktische Manöver mit einer Geschwindigkeit aus, die jeden Feldherren beeindrucken muss. Und Crassus weiß, dass dies auch seinen Tribunen nicht entgangen sein kann. Wenn sie es auch nicht offen aussprechen, so macht es sich doch bemerkbar in den Bedenken, die geäußert werden, den Hinweisen auf mögliche Gefahren, bezüglich der eigenen Aktionen.

Crassus gibt sich einen Ruck, um diese sinnlosen Gedanken zu beenden und sich wieder ganz dem Erdwall zu widmen. Akribisch suchen seine Blicke das Bollwerk ab oder schauen darüber hinweg, um zu sehen, ob der Feind sich irgendwo bemerkbar macht, ob er versucht, den Graben aufzufüllen oder den Wall abzutragen.

*

Wieder ist ein Monat vergangen, ein Monat des Wartens darauf, dass der Thraker, vom Hunger und der Verzweiflung seiner Leute getrieben, ihm die Schlacht bietet. Nur nichts riskieren, denkt Crassus. Zu leicht könnte er in dem felsigen und von Tälern durchzogenen Land in einen Hinterhalt geraten.

Späher halten vor seinem Zelt, Crassus winkt sie zu sich. Die Männer wirken erschöpft und mürrisch. Der Regen, der seit Tagen fällt, aufgepeitscht von starkem Wind, hat sie völlig durchnässt. Zitternd am ganzen Körper, stehen sie vor ihm. Ihre Gesichter gezeichnet von den Strapazen, kurz der Bericht des Centurios an ihn:

»Nichts passiert«, sagt er achselzuckend, »am Tage verhalten sie sich ruhig, ob und wie viele Vorräte sie noch haben, wissen wir nicht. Die Bewohnern des Landes sagen, dass sie selber schon Hunger leiden. Zur Nacht lässt er große Feuer anzünden.«

»Konntet ihr erfahren, ob sich ihm viele neue Sklaven angeschlossen haben?«, fragt Crassus.

»Es gibt Flucht von den Ländereien. Recht zahlreich, heißt es.«

Mit einem kurzen Kopfnicken entlässt er die Legionäre.

*

Das schlagen der Zeltplane erinnert Cato an seine Zeit als Geisel der Aufständischen. Das Schlagen dieser Plane ist heller, donnerder, denn der Sturm ist stärker. Wieder reißt er den

Eingang auf, den Diener eilig verschliessen. Dann wieder, Crassus' Stimme: »Vielleicht tausend oder zweitausend«, sagt er halb an sich, halb seinen Befehlshaber zugewandt. »Mehr werden es nicht sein, so dicht bevölkert ist dieser Landstrich nicht.« Sein Blick ruht auf der Karte. »Gut, lasst mich allein. Du noch nicht, Cato. Bleib noch einen Augenblick!« Crassus wartet, bis er allein mit ihm im Zelt ist. »Du bist nun seit Beginn des Feldzuges dabei. Er neigt sich dem Ende zu. Wir haben den Thraker eingeschnürt, im Grunde ist er geschlagen«, er hält kurz inne und geht einen Schritt auf Cato zu.

»Seine Leute hungern, er wird aufgeben. Glaubst du nicht auch?«

»Nein.«

»Nein? Wieso? Sag es mir!« Cato will antworten, doch plötzlich, – wilde Rufe, sich überschlagende, krächzende Stimmen von erschöpften Männern, die versuchen sich in dem seit Tagen andauernden Unwetter verständlich zu machen. Crassus eilt hinaus, eine heftige Böe erfasst ihn und peitscht ihm den Regen ins Gesicht. Schützend hebt er eine Hand und greift mit der anderen nach den Zeltstangen, um nicht den Halt zu verlieren. Regenschleier ziehen an ihm vorüber, doch er kann die Männer sehen und hört ihre Rufe. Er fährt zusammen, alles dürfen sie sagen, nur das nicht. Er kämpft sich weiter durch den heulenden Sturm, Skrofa dicht hinter ihm. Einige Legionäre haben sich vor Erschöpfung einfach in den Schlamm geworfen. Er greift nach einem und brüllt ihn an, als wolle er damit auch den Sturm bändigen: »Bei allen Göttern, was ist los!?«

»Konsul, er bricht durch«, antwortet dieser keuchend. »Durchbruch! Etwa fünf Meilen von hier entfernt.«

»Bist du von Sinnen«, brüllt Crassus ihn weiter an, doch der Sturm reißt ihm die Worte vom Mund ab. Er wirft den Legionär zur Seite, kämpft sich zum Zelt zurück, greift nach den Leinen und ruft wutentbrannt in den Sturm hinein: »Er soll sich beugen! Warum beugt er sich nicht!?«

*

Das Heer der Aufständischen zieht nach Osten, auf derselben Route, die sie vor zwei Monaten durchschritten haben, vorbei an einem Gehölz, das auf einem sanften Hügel wächst. Es ist kalt und nebelig. Diesmal kommen sie schneller voran, - der Durchbruch war verlustreich.

Crassus folgt mit seinen Legionen. Als sie erneut das Tal der Bruttier erreichen, ist es mit Kreuzen übersät, an denen römische Legionäre hängen. In einem Anfall von Wut und Verzweiflung treibt Crassus seine Truppen zum Gewaltmarsch, um den Thraker zu stellen. Immer wieder kommt es zu kleineren Gefechten und Crassus befiehlt seinen Legionen links und rechts über die Hügel, um ihn in die Zange zu nehmen, auch wenn dies völlig aussichtslos ist. Doch dann scheint an andere Stelle das Kriegsglück mit ihm zu sein, als der Tross der Aufständischen, mit den Frauen und Kindern, im sumpfigen Gelände stecken zu bleiben droht. Doch seine Legionen, zwischen den Hügeln verteilt, behindern sich auf den Rückwegen, nehmen falsche Pässe oder drohen selbst zu versinken. Nach drei Tagen gibt er das sinnlose Unterfangen auf.

15. Kapitel
Ende

Cato findet die Stadtväter von Velia in heller Aufregung.

»Sie haben Tiberius ermordet«, antwortet einer der Präfekten, den er um kurze Erklärung bittet.

»Wann?«

»Das weiß ich nicht. Die Aufständischen sind durch Bruttium gezogen. Es hieß, ihr hättet sie fest eingeschnürt, und jetzt das! Es hieß, ihr hättet einen Erdwall errichtet, so tief und so breit, dass man glaubte, ihr wolltet Bruttiern eine neue Insel geben, und selbst damit konntet ihr den Thraker nicht aufhalten. Schande über euch!«

Cato lässt die Hohnrede ungerührt über sich ergehen, zu antworten wäre sinnlos. Er möchte weiter nach Tiberius fragen, da er sich zunächst nur an den Namen erinnert, doch dann steigt das Bild eines weißharigen alten Senators in ihm auf, mit hervorstechender Nase, bekannt für grausigen Umgang mit seinen Sklavinnen. *Wenn es einer verdient*, denkt Cato, doch behält es für sich.

Jemand ruft nach den Präfekten, da eine Gruppe von Reitern eben eingetroffen sei, mit dem Verwalter der Villa des Tiberius.

Cato folgt in den Sitzungssaal, der auch für gerichtliche Verhandlungen genutzt wird. Für gewöhnlich sei dieser bis zur Hälfte gefüllt, lässt einer der Präfekten ihn wissen, während er ungelenk neben ihm geht: »Gemeines Volk, Beamte in Begleitung ihrer Klienten und Sklaven«.

Der Präfekt bricht abrupt ab, da er nur die wenigen Schritte bis in den Saal hinein überbrücken wollte.

Im hinteren Teil des Saals, etwas abgeschirmt, sitzt ein Schreiber. Zahlreiche Papyrusrollen liegen ausgebreitet vor ihm. Zur Linken ein zu groß geratenes Regal, in dem an die Hundert dieser notizspeichernden Rollen aufbewahrt werden. Catos Blicke kehren zurück zu dem Schreiber, der begonnen hat, die Worte des Verwalters niederzuschreiben.

»Sein Anwesen ist bis auf die Grundmauern niedergebrannt«, sagt der Verwalter.

»Was ist mit den Sklaven?«

»Ja, – im Ganzen etwa zweihundert, durchschnittliches Alter zwanzig«, antwortet der Verwalter.

Der Schreiber macht Notizen auf einer Papyrusrolle, sein Mund spitz zu einem ›O‹ geformt, sein Blick immer wieder die Rolle bedächtig absuchend, die Hand bewegt sich so langsam, als wolle sie das Schreiben neu erlernen.

Cato ist noch immer bei dem ›Ja‹ des Verwalters, dieses kurze ›Ja‹, mit dem er seine Antwort begann. Ein ›Ja‹, das Distanz schaffen soll, die Antwort eines Menschen, der ahnt, wie es weitergeht, ein ›Ja‹ wie: ›Ja, ich höre, ja, ich bin bereit Auskunft zu erteilen, ich bin nur deshalb hier, versteht ihr, doch habe ich mit all dem nichts zu tun.‹

»Hübsche Knaben und Mädchen, nicht älter als zwölf«, kommt es plötzlich heiter von einem der Umstehenden, mitten hinein in die verlegene Stille, die nur vom Kratzen der Feder gestört wird.

»Halt den Mund, du Schwachkopf«, herrscht ihn einer der Präfekten an. Doch dieser spricht weiter, als hätte die simple

Ermahnung, in seinem Kopf, eine andere Bedeutung: »Sie waren darauf dressiert, unter Wasser an seinem Stiel zu saugen.«

»Wache! Schafft diese Kreatur hinaus!«

»Und jetzt hängt er am Kreuz?« fragt Cato und alle Blicke richten sich auf ihn.

»Ja«, antwortet der 'Schwachkopf'. »Jetzt hängt er am Kreuz und sein Stiel auch, aber in seinem Mund.« Mit schrägem Blick und drolligem Gelächter wird die lästige Kreatur von den Wachen hinausgetragen. Einer der Präfekten, um Haltung ringend, ruft durch den Sitzungssaal, um die Wachen zu mahnen, doch mit brüchiger Stimme: »Dieser Mensch ist von krankem Geist. Ich weiß nicht, ob Zeus ihn mit seinen Blitzen traf oder ob er nur zu viele Würmer fraß, die ihm das Hirn zersetzten.« Doch wenn ich ihn noch einmal hier vorfinde, werden es eure Leiber sein, durch die sich Würmer hindurchbeißen!«

Cato beobachtet das Zurechtrücken des Präfekten auf seinem Stuhl, nach seinen mahnenden Worten, die nicht recht passen wollen, in diesen Sitzungsaal.

*

Sargon

»Wo ist Jabulus?«, fragt Cato.

»Auf Reisen«, antwort Sargon kurz, er weiss noch nicht wie er Cato einweihen soll.

»Auf Reisen?«, wiederholt Cato.

»Er schickt Nachricht an die Kilikier.«

»Du schickst Nachricht an die Kilikier?«

»Ja.«

Cato starrt auf seinem Oheim. Die Sorge, die Furcht, die Sargon hatte, nach seiner Rückkehr aus der Gefangenschaft der Aufständischen. Sein Drängen, schnellstmöglich möglich zum Heer zurückkehren, um Crassus zu berichten, von der Absicht des Thrakers sich in Velia Schiffe zu verschaffen, alles Gegenwärtig, und nun schickt er Nachricht an die Kilikier. Doch seine ungewöhnliche Köperhaltung, seine kurze Antwort zu dieser Frage, geben ihm schnell Gewissheit, dass sich hinter seinem kurzem ›Ja‹ mehr verbirgt, als nur der Sinneswandel irgendeines eines alten Senators.

»Du musst es mir nicht sagen«, versucht Cato zu beschwichtigen. Er glaubt nicht dass Beschwichtigung nötig ist, er will nur etwas anfügen, an sein _Fragen_, um nicht schweigend wartend und damit drängend zu erscheinen.

»Komm her, mein Lieber. Komm, setz dich. Sollten sie Jabulus entdecken, ihn foltern, fällt alles auf mich. Du hast nichts zu befürchten, und auch sonst niemand. Du warst im römischem Heer, wurdest eskortiert auf dem Weg hier her – unmöglich Kontakt zu den Kilikiern aufzunehmen.«

»Aber wieso?«, fragt Cato behutsam. »Was hast du vor?«

»Hast du nicht gewünscht sie mögen es schaffen, über die Alpen? Und Mirßa? Und die aristotelische Denkschule, hast du nicht davon gesprochen, bei deinem Abschied von Miriam? Sollten sie es diesmal schaffen – ein Schlag gegen diese Schule. Und lass uns hoffen, dass Mirßa noch bei ihnen und wohl auf ist.« Sargon lehnt sich zurück, mit einer typischen Gebärde die Ruhe und Zufriedenheit ausdrücken soll, doch heute will es nicht gelingen. Cato versucht zu ordnen was er eben gehört hat.

Miriam, Mirßa, Denkschule ›sollten sie es diesmal schaffen...‹, bleibt ihm im Ohr stehen. »Was, was hast du vor?«, fragt er duldsam, da ihm sein Oheim beinah fremd erscheint. Dieser Alte Mann der sonst aus tiefem, festem Geist spricht, heute so brüchig, so zerbrechlich, sagt Dinge als wolle er mit allem brechen, dabei aber den Seinen noch etwas Gutes hinterlassen.

»Ich will, dass die Kilikier dem Thraker ihre Schiffe überlassen, im Hafen von Brundusium.« Sargon blickt in Catos ungläubiges erschrockenes Gesicht. »Du fragst gar nicht wer sie bezahlen soll?«

»Nein – ich...«

»Die Kilikier werden keiner Bitte folgen. Nein, das werden sie nicht. Aber wenn sie Nachricht erhalten aus Rom, ohne Siegel versteht sich, wie du siehst bin ich nicht gänzlich verrückt geworden. Eine Nachricht die darüber nachdenkt, was sie möglicherweise erwartet, wenn der Aufstand niedergeschlagen ist und zwei römische Heere, die vor sich hin dösen, auf eine neue Aufgabe warten. Und welche könnte das sein, wenn nicht die Plage der See endlich zu bekämpfen. Wenn sie also den Aufständischen helfen, ihnen Schiffe in Brundusium überlassen, und sie wieder nach Norden bringen, sagen wir bis nach Ravenna, werden sie es diesmal über die Alpen schaffen. Der Aufstand wird dort erstarken, wir senden Pompejus, um ihn zu bekämpfen.«

»Und Crassus?«

»Crassus Legionen werden nicht gegen die Kilikier geschickt, man wird sie hier behalten, aus Furcht vor einem neuen

Aufstand.« Cato verharrt, unschlüssig ob er weiter fragen soll. Sargons Worte verständlich wie eh, doch so unwirklich, wie seine Art zu sprechen es heute ist. »Ein erstarken des Aufstandes jenseites der Alpen, war es nicht das, was du ebenso befürchtet hast, wie auch jeder andere Senator?«, fragt er, bereit die Frage sofort zurückzunehmen, denn er spürt plötzlich Sargons Anspannung, ob Pflicht ihn einzuweihen, ohne es ihm aufzubürden. »Ich glaube nicht mehr, dass es dazu kommt«, sagt Sargon, »aber die Kilikier werden es glauben. Als ich dies fürchtete, – zu dieser Zeit hatte der Thraker gerade Gellius und Lentulus niedergemacht, unsere beiden konsularischen Armeen. Eine Welle der Begeisterung hätte ihn jenseits der Alpen empfangen. Und alle Zwietracht, alle Fehden, Argwohn, die es zwischen den Stämmen im Norden gibt, hätte er einen können. Doch heute, – der Thraker und alle die mit ihm sind, kämpfen seit drei Jahren gegen unsere Legionen. Drei Jahre Cato, das ist eine lange Zeit. Drei Jahre voller Entberungen, immer an der Seite des Todes, immer auf der Flucht. Nach jeder Schlacht das Leid teilen über den verloren Sohn, den Vater, die Mutter. Wenn sie also über die Alpen kommen, – diese Menschen werden niemanden aufwiegeln. Man wird ihnen zuhören, mit Neugier, so wie man Flüchtlingen zuhört, – mehr nicht.«

Mehr nicht, wiederholt Cato in Gedanken, da Sargon abrupt inne hält, doch vor allem wegen der Art wie er die beiden Worte aussprach, als schmerze ihn dieses Ende.

Sargon schaut seinen Neffen an, mit lächeldem Antlitz, denn nichts soll auf ihm lasten. Unbeschwertheit war jetzt auszusenden. Sein Werk ist es, nichts hatte er ihm vorher

gesagt und nichts könnte nun schrecklicher sein, als bei ihm, dem jüngeren, Halt zu suchen. »Falls ich mich irre«, spricht er
weiter, denn er ahnt welche Frage Cato bewegt, »falls also jenseits der Alpen der Aufstand doch wieder erstarken sollte, wird Pompejus tatsächlich entsendet. Und das wird für uns alle gut sein. Bleiben er und Crassus hier, ein jeder mit einem Heer von über 60.000 Mann – auf dumme Gedanken werden sie kommen, nicht nur sie. Einflüsterungen von allen Seiten. Je eher einer von beiden sich wieder entfernen muss, um so besser.« Wieder hält er abrupt inne, als brauche er eine Pause. Dann richtet er den Blick wieder auf Cato. »Ich sehe keine Freude in deinem Gesicht?«

Cato setzt ein kurzes verlegenes Lächeln auf, wie um tröstlich seinem Wunsch nachzukommen, doch bereut es sofort, wissend, dass Sargon Trost immer ablehnen wird. Er ahnt plötzlich wie sehr er mit sich gerungen haben muss.

Sieht den Mut, den es braucht, um über all die Ungewissheit hinwegzugehen. Er setzt sich neben ihm. »Ein Schlag gegen die aristotelische Denkschule«, sagt er dann und fasst nach seiner Hand.

»Ja, ja so wird es sein.«

*

Reiter erscheinen auf der Via Appia nach Rom, peitschend ihre Pferde treibend, Boten aus Crassus Heer. Schnell öffen die Wachen die Porta Capena, die Reiter preschen hindurch, ohne Gruss, ohne übliche Formalitäten, denn sie bringen Nachricht, die schreckensvoller kaum sein kann.

> Nachricht von M. L. Crassus
> an die Aerarii Militaris,
> Kilikier wollen Schiffe überlassen,
> im Hafen von Brundusium,
> Lucullus eventuell zu spät,
> Rate dringend Pompejus wieder nach
> Norden zu senden,
> Umgegend von Ravenna.
>
> M. L. Crassus

Eilig werden die Aerarii Militaris vom Senat einberufen, der Adel ausgeschlossen. Dringlichkeit, Entsetzen und Bestürzung, lassen keinen Raum für langatmiges Für und Wider. Schnell ist man sich einig Pompejus nicht weiter vorrücken zu lassen, jedoch die Hälfte seiner Truppen wieder nach Norden zu senden.

*

Flucht

Crassus teilt sein Heer erneut und lässt Skrofa mit der Hauptmacht den Thraker verfolgen. Selbst will er aus den

Städten des nördlichen Bruttiums neue Truppen einfordern. Noch ist Zeit, zwei Wochen, vielleicht drei. Mag der Thraker seine Leute treiben, Gewaltmarsch, Tag und Nacht. Mit seinem Tross von Frauen und Kindern wird die Strecke diese Zeit fordern. Er hofft, ihn noch einmal zu stellen, um dann, mit einer dreifachen Übermacht, ihn endgültig niederzuwerfen. Sein Sieg soll es sein, nicht der des Pompeius oder Lucullus. Drohend führt er den Präfekten vor Augen, mit welchen Strafen sie zu rechnen haben. Der Krieg wird so oder so bald beendet sein, sie aber Bruttiums Bündnistreue infrage stellen, falls sie ihm keine Truppen überstellen.

Nachdem er aus den Neuen zwei Legionen zusammenstellen kann, folgt er dem Quästor, der nach Angaben seiner Legaten inzwischen das flache Land südlich von Genusia erreicht hat. Als sich ihnen der Blick auf das Tal öffnet, kommen ihnen in wilder Flucht die eigenen Männer entgegen. Besonnen gibt Crassus den Befehl zur Schlachtformation und lässt die Posaunen ertönen, um den Fliehenden Sicherheit zu signalisieren und bestellt unverzüglich Skrofa zu sich, der mit stockenden Worten, fast weinerlich berichtet: »Wir folgten ihm, wie du gesagt hast, haben immer wieder kleinere Gruppen gefangen genommen und blieben immer auf Distanz. Ich habe nicht mehr geglaubt, dass er noch einmal gegen uns kämpfen würde, doch plötzlich hatten wir ihn vor uns, in voller Schlachtordnung. Sie fielen über uns her mit solchem Ingrimm, ich konnte unsere Männer nicht zurückhalten. Vergib mir Konsul.«

Crassus ist außer sich vor Zorn, er heißt die Legionen sich im Halbkreis zu formieren und droht ihnen, sie einer erneuten

Dezimation zu unterziehen, falls sie noch einmal aus Feigheit fliehen sollten.

*

Der Thraker zieht mit seinen Truppen weiter, so schnell es das Gelände erlaubt, nicht mehr darauf achtend sich verborgen zu halten, nur weiter, weiter zum Hafen von Brundusium.

*

erinnern

»Sertorius, ein Bote mit Nachricht von Crassus ist soeben eingetroffen.«

»Schon wieder! Besteht das ganze Heer nur aus Boten?« Er macht eine wegwerfende Handbewegung. »Lass ihn herein.«

Der Bote betritt den Raum, verneigt sich und übergibt die Nachricht. Sertorius, das Papyrus halb überfliegend und mit den Lippen die scheinbar wichtigen Stellen vor sich hin murmelnd, gibt den Brief weiter an seine vier Amtsbrüder. Geduldig wartet er, bis auch der letzte den Brief gelesen hat.

»Nun«, sagt Sertorius, » ich denke, wir können sagen, dass dies wohl das Ende sein dürfte.«

»Was, wenn er wieder nach Norden zieht?«

»Das wird er nicht tun. Unsere Entscheidung vor einer Woche war richtig. Pompeius steht nur ein Tag südlich von Rom und ich bin sicher, der Thraker weiß dies. Und wenn ich richtig gelesen habe, bewegt sich das Sklavenpack in Eilmärschen über den Apennin, um den Hafen von

Brundusium zu erreichen, dem letzten Strohhalm, der ihnen geblieben ist. Wenn sie dieses Tempo durchhalten, was ich bezweifle nach den Hungertagen, könnten sie einer Woche dort sein.

Doch selbst wenn sie auch diesmal wieder das Unmögliche schaffen – Lucullus wird sich in den nächsten Tagen dort ausschiffen, Crassus rückt ihm nach. Wenn das Pack dort ankommt und merkt, dass es keine Schiffe mehr gibt, steht es zwischen zwei Heeren. Auch dieser Spartacus wird dann am Ende sein.«

Alle schweigen.

»Ja, es wird wohl das Ende für ihn sein«, unterbricht Sargon als erster das Schweigen. »Hoffentlich wird man sich seiner, ob unserer Bemühungen ihn zu vernichten, nicht mehr erinnern als an uns.«

Aus den Augenwinkeln beobachtet er das Augenrollen, die sich hin und her wendenden Köpfe, doch lässt er kein Anzeichen von Genugtuung erkennen. Er erhebt sich, ohne jedwede Theatralik. »Für einen alten Mann ist es Zeit zu gehen. Da alle Sklaven, die uns nach dem Leben trachten, bald wieder eingefangen sein werden, können wir wohl wieder beruhigter schlafen.«

»Sargon«, ruft Sertorius, erhebt sich und geht langsam auf ihn zu, um mit bitterer Stimme weiterzusprechen: »Ich werde nie verstehen, warum ein Mann, an den Ufern des Tiber geboren, Sympathie hegt für dieses Ungeziefer.«

Sargon, die Schwelle des Ausgangs schon überschritten, dreht sich noch einmal um. »Das macht nichts, es gibt vieles, was du nicht verstehst.«

*

Crassus folgt dem Thraker ohne Eile, wissend, dass dieser ihm nicht entkommen kann.

Nach vier Tagen kehren Späher zurück und berichten, dass die Kilikier versucht hätten in Brundusium anzulanden, doch Lucullus hatte sich bereits ausgeschifft. Die Aufständischen
hielten kurz vor Brundusium. Einen Tag und eine Nacht bewegten sie sich nicht. Die Späher glaubten zunächst, dass sie nun, völlig demoralisiert, sich aufgegeben haben und den Tod erwarten.

»Doch trotz ihres Gewaltmarsches und des schlechten Wetters haben sie sich wieder erhoben und sind im Anmarsch auf dieses Lager.«

*

»Crassus, die Schlacht währte fast zehn Stunden, die Männer sind am Ende.«

»Das weiß ich, aber ich will, dass jeder überlebende Sklave gefangen wird, je mehr desto besser. An die fünf Legionen liegen tot auf dem Schlachtfeld …« Crassus bricht abrupt ab, der Eingang öffnet sich und Cato betritt das Zelt. »Deshalb«, spricht Crassus weiter »soll jeder, der sich bewegen kann, helfen, Verwundete zu finden und …«

»Aber Konsul«, fällt Cato ihm, beinahe flüsternd, ins Wort und ihre Blicke treffen sich, »wir kämpfen noch immer.«

Crassus hebt den Kopf, langsam, als würde alle Last, alle Verzweiflung dieses Krieges sich um seinen Hals legen.

»Was sagst du?«, fragt er mit trockener Kehle. »Bist du noch bei dir?«

»Es sind etwa tausend«, sagt Cato darauf. »Er ist auch dabei.«

»ER? – Wer ist ER? – Hat ER keinen Namen?« Crassus geht langsam auf Cato zu »Wo? Wo ist er?«

Cato reitet voraus, Crassus dicht hinter ihm. Zehn Stunden währte die Schlacht, viermal hat er in dieser Zeit frische Kräfte herangeführt. Fünf Stunden halten Legionäre aus... Crassus zwingt seinen Verstand auf den Weg vor ihnen, auf Catos Pferd, auf alles was sich bewegt, doch er kann diesen Geist nicht aufhalten...nur wenige schaffen sechs... Schmerzen in den Handgelenken... Finger geschwächt, Schild und Schwert sind kaum zu halten, doch sie ...kämpfen noch immer.

Der Aufstand zieht an ihm vorüber, vom Beginn seines Treffens mit Sargon. Und da ist wieder Aristoteles, da ist sein Treffen mit Annaeus, alle Gespräche, alle Gedanken scheinen sich in ihm aufzubäumen...und es ist ihnen besser, ihnen besser... in dieser Art von Dienstbarkeit...gut aufgehoben also, zu ihrem eignen Wolhbefinden. Doch diese da kämpfen noch immer. Diese da... wem das Leben zur unerträglichen Last wird, kämpft wie diese da...das Leben zur Last, in der Dienstbarkeit, die für sie besser sei. Crassus zügelt sein Pferd und bringt es seitlich neben Cato's.

Die Dämmerung bricht bereits herein, als sie vom Grat eines Hügels, áuf die Kämpfenden herabsehen, wechselnde Winde verwehen die Geräusche oder tragen sie überdeutlich heran: Das hell aufschlagende, schneidende Geräusch der Schwerter, das krachende Geräusch von berstenden Knochen und das Stöhnen und Ächzen der Sterbenden.

»Du bewunderst ihn, nicht wahr, Cato?« Nüchtern, ohne besondere Betonung eines Wortes, stellt Crassus ihm die Frage, hält auch seinen Blick weiter geradeaus.

»Er hätte es verdient, als Römer geboren zu sein«, antwortet Cato.

»Ich frage nicht, was er verdient, ich frage, ob du ihn bewunderst«, wiederholt er, absichtlich mit Nachdruck, denn er ahnt, dass die Frage ihn aufwühlen muss. Denn er, Crassus, stellt ihm diese Frage, er unterstellt die Möglichkeit von Bewunderung für einen entlaufenen Sklaven, einem Feind Roms. Denn die Bewunderung für Hannibal, auch diese, offen ausgesprochen, galt als Verrat. Crassus kehrt ihm sein Gesicht zu, um in seines zu sehen, und erkennt die Erschrockenheit in Cato's Antlitz, auch wenn er versucht sie zu verbergen, doch hält er seinem Blick stand und antwortet: »Bevor die Schlacht begann, sprach er zu seinen Männern. Er sagte, heute sei die entscheidende Schlacht. Vor ihnen stünde Crassus, im Rücken Lucullus. Sie müssten entweder siegen und das Heer des Crassus vernichten oder gemeinsam untergehen. Dann führten sie sein Pferd heran, ein schwarzes, numidisches Ross, das seit Beginn des Aufstandes zu ihm gehörte, und er stach es mit seinem Schwert nieder. Er hielt es am Zügel und stach ihm dreimal in die Brust. Dann rief er ihnen zu, dass er heute kein Pferd brauche. Würde sie siegen, so nehme er sich eines der Feinde. Bei einem Untergang brauche er weder heute noch jemals wieder eines. Dann stürmten sie auf uns los. Wenn du also mich fragst, Konsul, so lautet die Antwort, ja. – Ja, ich bewundere ihn!«

Crassus gibt keine Antwort, stumm bleibt er, auf seinem Pferd sitzend, neben ihm. Nach einer Weile stellt er ihm eine weitere Frage:

»Woher weißt du, was er sagte?«

»Einer unserer Männer, der in vorderster Reihe kämpfte, sagte es mir. Ich weiß nicht, woher er es weiß, keiner spricht diese Sprache, doch es wird bereits überall erzählt.«

Obwohl die dem Roman zugrunde liegende Geschichte des Spartacusaufstands historisch belegt ist, basiert die vorliegende Version auch auf fiktionalen Elementen.

Folgende Zitate wurden im Roman verwendet:

- S. →: Der Bericht des griechischen Historikers und Geographen Agatharchides. Aus: Weber, »*Sklaverei im Altertum*«, S. 186f.

- S. →: Aristoteles, zitiert nach: Lautemann/Schlenke, »*Geschichte in Quellen*«, S. 311.

- S. →: Alkidamas, zitiert nach: Weber, »*Sklaverei im Altertum*«, S. 331.

- S. →: Hippias von Elis, zitiert nach: Kranz, »*Vorsokratische Denker,*« S. 221.

Bei der Figur **Tiberius** handelt es sich nicht um den Kaiser Tiberius, wohl aber wurde der Charakter an das historische Vorbild angelehnt.